ALBUM-ALMANACH

DES DEMOISELLES

Typographie Dondey-Dupré,
rue Saint-Louis, 46, au Marais

ALBUM-ALMANACH

DES DEMOISELLES

PAR EDMOND AUDOUIT

AUTEUR DE L'HERBIER DES DEMOISELLES

PARIS

CHEZ ALPHONSE DESESSERTS

ÉDITEUR DE LA LIBRAIRIE A ILLUSTRATIONS DE LA JEUNESSE

PASSAGE DES PANORAMAS, 38; ET GALERIE FEYDEAU, 12.

Un Mot à mes jeunes Lectrices.

En publiant pour les jeunes filles un *Album-Almanach*, mon intention n'est point seulement de leur offrir un calendrier complet où elles puissent trouver le tableau des jours, le quantième des fêtes, les révolutions de la lune et du soleil, la date des éclipses, etc., tout ceci mêlé ou suivi d'anecdotes plus ou moins attrayantes, destinées à faire passer agréablement quelques heures.

Non; mon but est plus large : j'ai la prétention de croire que cette publication sera beaucoup moins éphémère; car dans cet *Album*, que je ferai peut-être suivre de quelques autres, on retrouvera, sous une autre forme, les mêmes tendances que dans mes ouvrages didactiques, c'est-à-dire le soin continuel de montrer aux jeunes filles le rôle qu'elles doivent remplir ici-bas; leur influence dans la famille et dans la société, sans sortir du cercle que leur a tracé la nature; le bonheur qu'elles éprouveront à venir en aide à l'infortune; enfin, la tâche qui leur est particulièrement dévolue par Dieu, celle de propager, en les pratiquant, ces vertus fondamentales dont elles sont les gardiennes et les apôtres, et qui sont la base d'une bonne civilisation.

En m'occupant du fond, je n'ai point oublié la forme, et à cet égard on reconnaîtra peut-être que si je n'ai pas réussi, j'ai du moins fait tous mes efforts pour donner à mon *Album-Almanach* l'attrait, le piquant et la variété que réclame un ouvrage de ce genre.

Divisé en autant de séries qu'il y a de mois dans l'année, chaque série se trouve séparée de la suivante par quelques feuilles de papier, destinées à recevoir le récit d'impressions personnelles, ou les souvenirs affectueux que l'on place ordinairement dans un Album, et qui nous deviennent d'autant plus chers, que nous nous éloignons davantage de l'époque où nous les avons écrits ou reçus.

Je ne saurais trop engager mes lectrices à remplir ces pages blanches. Ceux ou celles qui comptent déjà quelques étapes dans cet épineux sentier que l'on nomme la vie savent combien l'on est heureux de retrouver au milieu de la route quelques-uns des souvenirs qui rappellent le commencement du voyage.

Quelques lignes écrites autrefois sur un cahier de classe, dont une feuille paraît tout à coup sous nos yeux; un dessin tracé par une amie de pension, un seul mot mis sur le dos d'un livre, évoquent à l'instant un cortége d'idées candides et gracieuses, dont nous ressaisissons le parfum primitif!

Que serait-ce donc alors si l'on avait pris le soin de coordonner tous ces éléments épars, et d'en faire un recueil où l'on pourrait à toute heure aller chercher, dans un passé que souvent on regrette, une douce compensation au présent qui nous déçoit! C'est un avis que l'on ne cesse de répéter aux jeunes personnes; mais disons à regret qu'il en est fort peu qui s'y soumettent. L'*Album-Almanach* qui leur en offre le moyen aura-t-il l'avantage de les décider à se préparer pour l'avenir une foule de petites jouissances dont elles connaîtront alors tout le prix ?

Afin de fournir à mes lectrices tous les éléments de distraction, j'ai réclamé le concours de quelques compositeurs de musique, qui se sont empressés de s'associer à mon œuvre. MM. Ritouret et Lafeuillade m'ont donné, l'un un quadrille, et l'autre une polka complétement inédits. Charles Delisle, qui s'est déjà conquis une place honorable parmi nos plus aimables compositeurs, a fait pour une de mes poésies une musique délicieuse, et je dois une valse au beau talent de Burgmuller, l'immortel auteur de *Giselle* et de *la Péri!*

Bertall, Lasalle et Bertrand m'ont prêté leurs crayons spirituels et gracieux.

Enfin, mon éditeur, M. Desesserts, dont le zèle ne se dément jamais quand il s'agit de ses jeunes clientes, n'a reculé devant aucuns sacrifices pour donner tout le charme possible à notre *Album-Almanach*.

Nous ne pouvions certainement trop faire; puissions-nous avoir assez fait!

Edm. Audouit

TABLE DES MATIÈRES.

* Ces lignes sont destinées à recevoir les titres des compositions que l'on mettra sur les pages de papier teinté que nous avons laissées entre chaque mois. Pour qu'il fût possible d'écrire ces titres à la main, nous avons fait tirer la présente feuille sur un papier spécial.

PETITE

INSTRUCTION CHRONOLOGIQUE ET ASTRONOMIQUE.

CALENDRIER.

On appelle *Calendrier* une table contenant tous les jours qui composent l'année; et l'on donne le nom d'*Almanachs* à ces petits livres qui, formés d'abord du Calendrier seulement, se sont de nos jours amplifiés et accrus d'une telle façon, que chacun d'eux constitue une véritable encyclopédie, renfermant des articles signés des auteurs les plus célèbres, et allant porter tous les ans au sein des villes et des campagnes une éducation sociale, littéraire, scientifique, politique ou morale, empreinte des idées et des tendances du principal rédacteur de l'Almanach.

Chacun de ces petits livres a ses principes, son but, son cachet propre et sa classe de lecteurs, je dirais presque ses abonnés; l'Almanach est donc un véritable journal annuaire, où le Calendrier n'occupe qu'une toute petite place, et sert pour ainsi dire de passe-port au reste de la rédaction, dont l'esprit pourra faire beaucoup de bien ou beaucoup de mal.

On s'accorde à penser que l'origine des Almanachs remonte au temps de la découverte de l'imprimerie, c'est-à-dire au quinzième siècle.

A cette époque, ainsi que je l'ai dit, le Calendrier seul en faisait presque tous les frais, mais bientôt des astrologues et des médecins y joignirent leurs prédictions et leurs conseils; l'immortel Nostradamus contribua puissamment par ses curieuses prophéties à mettre les Almanachs en vogue; quelques érudits publièrent sous cette forme des revues satiriques qui obtinrent un succès immense; enfin, l'Almanach a toujours marché depuis, et marche rapidement encore à une splendeur qu'il ne manquera pas d'acquérir; mais revenons au *Calendrier*.

Dès l'origine du monde on sentit la nécessité de diviser le temps.

Presque tous les peuples l'ont divisé par années; mais chez les nations primitives on adopta dans le principe des bases si incertaines, qu'il est permis de dire que ces peuples n'avaient pas alors la moindre idée de la chronométrie, c'est-à-dire de la mesure du temps. Les uns, en effet, prenaient pour base de leurs calculs l'apparition des neiges, d'autres celle des fleurs, d'autres l'époque de la moisson, etc., etc.

Empressons-nous d'ajouter que cet état de choses ne dura pas longtemps, car les hommes, naturellement portés à élever leurs regards vers le ciel, s'occupèrent promptement de l'observation des astres et connurent de bonne heure l'astronomie, ou plutôt les premiers éléments de cette vaste science.

La succession du *jour* et de la *nuit* leur fit diviser le temps en deux parties distinctes :

La révolution de la lune autour de la terre, révolution qui s'accomplit dans l'espace de trente jours à peu près, donna l'idée du *mois*.

Le retour du soleil, ou mieux (car le soleil ne marche pas) la position dans laquelle nous nous retrouvons par rapport au soleil après un certain espace de temps, éveilla la notion de l'*année*.

Enfin, on comprit un certain nombre d'années sous les noms de *siècle, période, ère, cycle*, etc., termes que nous expliquerons un peu plus loin.

D'après ces données astronomiques, on institua des *Calendriers*, dont les formes furent très-nombreuses et très-diverses, et dont en définitive on ne conserva que le *Calendrier solaire*, que l'on nomma ainsi parce qu'il est fondé sur le temps que met la terre à accomplir son mouvement de rotation autour du soleil, et à revenir au point fixe qu'elle occupait antérieurement, eu égard à cet astre. On voit par là que le *Calendrier solaire* pourrait également s'appeler *Calendrier terrestre;* les astronomes le définissent en disant qu'il embrasse l'intervalle qui s'écoule entre deux passages de la terre au même *équinoxe* ou au même *solstice*.

L'*équinoxe* signifie une époque où les nuits sont égales aux jours. Il y a chaque année quatre *équinoxes* qui marquent le commencement des quatre saisons : le premier a lieu le 20 mars, le second le 21 juin, le troisième le 23 septembre, et le quatrième le 21 décembre.

Le *solstice* indique le temps où le soleil est dans son plus grand éloignement de l'équateur. On sait ou on saura que l'équateur est un cercle fictif qui sépare le globe en deux parties égales, nommées *hémisphères*.

Il y a par an deux *solstices*, le *solstice d'été* et le *solstice d'hiver*.

Le *Calendrier solaire* qui nous vient des Romains, et qui est suivi par presque tous les peuples de la terre, a deux formes distinctes, que l'on appelle, l'une *Julienne* et l'autre *Grégorienne*.

La première, également nommée *vieux style* et qui tire son nom de Jules César, est en vigueur chez les Russes et chez les Grecs.

La seconde, ou *nouveau style*, est adoptée par toute l'Europe chrétienne.

Or, voici en quoi ces deux formes diffèrent; mais pour l'exposer clairement, remontons à l'origine de notre calendrier qui, ainsi que je le disais à l'instant, nous vient des Romains.

Le calendrier romain, emprunté lui-même par Romulus aux peuples du Latium, se composait de dix mois, dont le premier était le mois de *mars* et le dernier le mois de *décembre*.

A ces dix mois, *Numa Pompilius* en ajouta deux autres : *janvier* et *février*, qu'il plaça, celui-ci à la fin de l'année et l'autre au commencement, ce qui donnait au Calendrier l'ordre ci-après :

1. Janvier.	7. Sextilis ou août.
2. Mars.	8. Septembre.
3. Avril.	9. Octobre.
4. Mai.	10. Novembre.
5. Juin.	11. Décembre.
6. Quintilis ou Juillet.	12. Février.

Pour que l'année ainsi composée concordât avec la marche du soleil, *Numa Pompilius* ordonna que tous les deux ans on intercalerait 22 jours au Calendrier, et que ces 22 jours seraient placés après le mois de février.

Durant un certain laps de temps, cette intercalation fut faite; mais les personnes chargées de ce soin ne l'ayant pas rempli avec tout le scrupule nécessaire, il y eut dans la mesure du temps un tel désordre, que *Jules César*, 45 ans avant Jésus-Christ, fit venir d'Egypte l'astronome *Sosigène*, pour rétablir les choses dans une position normale.

Sosigène fixa la durée de l'année à 365 jours et 6 heures, et pour absorber ces 6 heures, qui excédaient les 365 jours de l'année, il ajouta tous les quatre ans un jour aux calendes de mars, et comme ce jour se nommait en latin *bis sexto calendas martias*, on donna en français à l'année où se fait cette intercalation, le nom d'*année bissextile*.

L'addition que les Romains faisaient au mois de *mars*, nous la faisons au mois de *février*, mais cela revient, dans le temps, absolument au même, puisque le second mois de leur année était le mois de mars, ainsi qu'il résulte du tableau ci-dessus.

L'œuvre de *Sosigène*, que quelques auteurs continuent d'appeler la *réforme de Jules César*, sans doute par suite de cette adulation qui fait attribuer aux rois tout l'honneur des actes accomplis sous leur règne, et cela au détriment de leurs auteurs; l'œuvre, dis-je, de *Sosigène*, était évidemment fort remarquable, mais elle offrait une très-grave imperfection.

L'astronome égyptien, en supposant l'année composée de 365 jours et 6 heures, l'augmentait de 11 minutes et 9 secondes, puisque la terre accomplit réellement sa révolution autour du soleil en 365 jours, 5 heures, 48 minutes, 51 secondes et 21 tierces. Erreur minime au premier abord, mais qui néanmoins fit qu'au seizième siècle, en l'année 1582, l'*équinoxe* du printemps se trouva être le 10 mars au lieu du 20, ainsi que l'avait fixé *Sosigène*.

Frappé de la nécessité d'une nouvelle réforme, le pape Grégoire XIII... Est-ce bien encore personnellement Grégoire XIII?... Admettons! le pape Grégoire XIII supprima d'abord 10 jours de cette même année 1582, ce qui porta l'équinoxe du printemps au 20 mars, sa véritable place, et pour éviter désormais un inconvénient semblable, il statua que dans une période de 400 ans l'on retrancherait trois fois ce jour intercalaire qui donne à l'année le nom de *bissextile*, et cela à chaque terminaison des siècles suivants, dont le chiffre dénominateur ne pourrait pas se diviser par 400.

Ainsi, l'année qui termina le seizième siècle ou l'an 1600 resta *bissextile*, parce que 1600 peut se diviser par 400. Les années 1700 et 1800 ne le furent pas, l'année 1900 ne le sera pas davantage, et à cette époque on aura rattrapé les 3 jours formés dans l'espace de 400 ans par les 11 minutes et 9 secondes supplémentaires. Dans la période de 400 ans suivante, 2000, 2100, 2200 et 2300, on retranchera le jour intercalaire des trois dernières années, parce que leur chiffre n'est pas divisible par 400, et ainsi de suite. Sur quatre années terminant autant de siècles, il n'y en aura donc jamais qu'une de *bissextile*.

La différence de temps entre les Calendriers *Julien* et *Grégorien* est aujourd'hui de 12 jours, en sorte que les Russes et ceux des Grecs qui ont conservé l'année dite *Julienne*, sont en retard d'autant, c'est-à-dire qu'ils ne sont qu'au 1er janvier, lorsque nous sommes rendus au 13.

Le *Calendrier grégorien*, que l'on suivait en France depuis sa promulgation, fut abandonné par un décret de la Convention nationale, en date du 5 octobre 1793, et on lui substitua le *Calendrier républicain*, qui était formé de douze mois, composés de trente jours seulement, ce qui forçait tous les ans à une addition de cinq jours supplémentaires, et de six par conséquent pour les années bissextiles.

Ce Calendrier fut aboli le 9 septembre 1805, et malgré quelques légères tentatives faites après la révolution de février 1848 pour le rétablir, il est probable qu'il ne figurera plus dans nos annales que pour mémoire. C'est à ce titre que je vais en donner le tableau.

L'année républicaine avait commencé le 20 septembre :

1°	Vendémiaire correspondait aux mois de septembre et octobre.			
2°	Brumaire	—	—	à octobre et novembre.
3°	Frimaire	—	—	à novembre et décembre.
4°	Nivose	—	—	à décembre et janvier.
5°	Pluviose	—	—	à janvier et février.
6°	Ventose	—	—	à février et mars.
7°	Germinal	—	—	à mars et avril.
8°	Floréal	—	—	à avril et mai.
9°	Prairial	—	—	à mai et juin.
10°	Messidor	—	—	à juin et juillet.
11°	Thermidor	—	—	à juillet et août.
12°	Fructidor	—	—	à août et septembre.

On ne peut s'empêcher de reconnaître qu'il y avait quelque chose de très-heureux dans le choix de ces dénominations, dont le radical exprimait les accidents, les usages ou les produits de chaque saison, et dont la désinence était la même d'un équinoxe à l'autre.

Ces dénominations de :

— Germinal, floréal, prairial (germination, fleurs, verdure des prairies). PRINTEMPS.

— Messidor, thermidor, fructidor (moisson, bains, fruits). ÉTÉ.

— Vendémiaire, brumaire, frimaire (vendanges, brumes, frimas). AUTOMNE.

— Nivose, pluviose, ventose (neige, pluie, vent). HIVER, étaient véritablement harmonieuses, et si la subdivision du mois en décades ou périodes de dix jours n'eût pas froissé les us et coutumes religieux, on aurait protesté peut-être contre le sénatus-consulte du 9 septembre 1805; et les poëtes, qui n'ont que deux rimes pour *octobre* et pas une seule présentable pour *juin*, eussent bien certainement combattu pour le mélodieux Calendrier de la République, quoique les plus illustres parmi les enfants d'Apollon ne soient pas tous précisément enthousiastes de la perpétuation des actes du gouvernement par excellence.

DÉFINITION DE QUELQUES TERMES EMPLOYÉS DANS LE CALENDRIER.

SIÈCLE. — C'est un espace de cent ans.

PÉRIODE. — On entend par ce mot un intervalle plus ou moins considérable; la plus remarquable des périodes est celle dite *Julienne*, qui résulte de la multiplication l'un par l'autre du *nombre d'or*, du *cycle solaire* et de l'*indiction romaine*. On la nomme *Julienne*, parce qu'elle est composée d'années du Calendrier Julien. — Son invention, qui date du seizième siècle, est due à Joseph Scaliger.

ÈRE. — On appelle ainsi l'époque à laquelle on commence à compter les années. — Les plus remarquables sont :

1° *L'ère Julienne*, ainsi appelée du nom de Jules César, pour rendre hommage sans doute à la mémoire du trop modeste et trop inconnu *Sosigène*.

2° *L'ère de la fondation de Rome*, qui date de l'année 753 avant Jésus-Christ.

3° *L'ère de Nabonassar*, qui a commencé l'année 747 avant Jésus-Christ, et que l'on nomme ainsi, parce que les observations astronomiques faites en Grèce par des Chaldéens furent apportées à Babylone sous le règne de Nabonassar.

4° *L'ère des olympiades*, qui remonte à l'année 776 avant Jésus-Christ, et qui tire son nom des jeux olympiques que l'on célébrait à Rome.

COMPUT ECCLÉSIASTIQUE. — Le mot *comput* est un terme de chronologie, qui se dit des calculs qui servent à régler les *fêtes mobiles*. Ces calculs ou supputations de temps sont le *cycle solaire*, l'*épacte*, l'*indiction romaine* et la *lettre dominicale*.

Cycle solaire. C'est une période de 28 années, après lesquelles l'année commence par les mêmes jours. Cette période a été fondée 37 ans avant Jésus-Christ, et s'est répétée depuis autant de fois qu'il y a eu de 28 ans, autrement dit, 67 fois. L'année 1849 est la 10ᵉ du 68ᵉ *cycle solaire*.

Epacte. L'épacte est un nombre qui indique combien il faut ajouter de jours à l'année lunaire, pour l'égaler à l'année solaire.

Pour bien comprendre l'*épacte*, il faut savoir d'abord que l'année lunaire est de 11 jours plus courte que l'année solaire. Cela étant, supposons que le soleil et la lune se trouvent dans une situation donnée relativement à certains points du ciel. La lune part pour accomplir sa révolution annuelle; mais, comme cette révolution elle l'accomplit dans l'espace de 354 jours, tandis que l'*année solaire* se compose de 365, il est évident qu'il faut ajouter 11 jours aux 354 de l'année lunaire, pour que les deux années soient égales.

Le chiffre de l'*épacte* sera donc 11 l'année suivante.

L'année d'après, la même différence ayant lieu, il faudra ajouter onze nouveaux jours aux onze premiers, pour équilibrer les deux années.

L'*épacte* sera donc alors 22.

L'année suivante on ajoutera onze nouveaux jours, ce qui donnerait 33 pour l'*épacte*; mais, comme sur ces 33 jours la lune en prend 30 pour accomplir une lunaison supplémentaire, on retranche ces 30 jours, et il reste 3 pour l'*épacte* à la quatrième année.

On voit par là que dans une période de trois ans il y a 37 *mois lunaires*, tandis qu'il n'y en a que 36 *solaires*.

La cinquième année l'*épacte* est 14, puisque la lune a encore avancé de 11 jours, et qu'il en restait déjà 3 de l'année précédente.

La sixième année l'épacte sera 25
La septième. . . . . . 6 (c'est celle de l'année 1849.)
La huitième. 17
La neuvième 28
La dixième. 9
La onzième. 20

La douzième.	1
La treizième.	12
La quatorzième.	23
La quinzième	4
La seizième..	15
La dix-septième.	26
La dix-huitième.	7
La dix-neuvième..	18
La vingtième.	29

Après cette époque, le soleil et la lune se retrouvent exactement dans la même situation où ils étaient au commencement de la première année, et les phases de la lune tomberont les mêmes jours et aux mêmes heures que lorsque la lune a commencé sa première révolution. Ainsi, par exemple, nous aurons cette année (1849) les mêmes lunaisons qu'en 1830. C'est à cette période de 19 ans, nécessaire pour que les phases de la lune reviennent aux mêmes dates, que l'on a donné le nom de *cycle lunaire*, appelé plus communément *nombre d'or*, parce que les Grecs furent si ravis de la découverte de ce *cycle*, dont l'honneur revient à l'astronome Méthon, qu'ils le tracèrent en lettres d'or sur des tables de marbre. — Le premier cycle lunaire date du commencement de l'*ère de Denys le Petit* ou *ère vulgaire*.

Indiction romaine. — L'indiction romaine, qui comprend une *période* ou *cycle* de quinze années, est une manière particulière de calculer le temps; elle fut établie par Constantin, l'an 312 ou 313, après la victoire que cet empereur remporta sur Mayence.

L'indiction romaine n'est guère employée que par les papes, qui s'en servent encore pour dater leurs bulles.

Lettre dominicale. — Dans le Calendrier perpétuel, les astronomes ayant remplacé les noms des jours par les sept premières lettres de l'alphabet A, B, C, D, E, F, G, on donne le nom de *dominicale* à celle de ces lettres qui tombe le premier dimanche de l'année, et par conséquent sur tous les autres dimanches, à l'exception des années *bissextiles*, dans lesquelles la lettre qui servait à désigner le dimanche durant les deux premiers mois, désignera dès lors le lundi. La période ou le cycle de la *lettre dominicale* est de 28 ans, c'est-à-dire que tous les 28 ans les lettres dominicales tombent les mêmes jours.

RAPPORT DE L'ANNÉE 1849 AVEC QUELQUES AUTRES PÉRIODES OU TEMPS.

L'an 1849 de l'ère chrétienne répond aux années :

6562 de la période Julienne.
2602 de la fondation de Rome.
2596 de l'ère de Nabonassar.
2625 de l'ère des Olympiades.

COMPUT ECCLÉSIASTIQUE.

Nombre d'or ou cycle lunaire en 1849. .	7
Epacte.	VI
Cycle solaire.	10
Indiction romaine	7
Lettre dominicale.	G

QUATRE TEMPS.

On appelle ainsi les trois jours où l'Eglise romaine ordonne de jeûner dans chacune des quatre saisons. Ils auront lieu cette année les

28 février, 2 et 3 mars.
30 mai, 1er et 2 juin.
19, 21 et 22 septembre.
19, 21 et 22 décembre.

FÊTES MOBILES.

Le nom donné à ces fêtes indique suffisamment qu'elles ne tombent pas tous les ans aux mêmes jours; elles auront lieu cette année ainsi qu'il suit :

La Septuagésime, le 4 février.
Les Cendres, le 21 février.
PAQUES, le 8 avril.

Les Rogations, les 14, 15 et 16 avril.
L'Ascension, le 17 mai.
La Pentecôte, le 27 mai.
La Trinité, le 3 juin.
La Fête-Dieu, le 7 juin.
Le premier dimanche de l'Avent, le 2 décembre.

COMMENCEMENT DES SAISONS EN 1849.

PRINTEMPS, le 20 mars, à 5 heures 23 minutes du soir.
ÉTÉ, le 21 juin, à 2 h. 16 m. du soir.
AUTOMNE, le 23 septembre à 4 h. 13 m. du matin.
HIVER, le 21 décembre, à 9 h. 51 m. du soir.

LUNAISONS.

Si le soleil, par sa clarté resplendissante, nous frappe, nous éblouit et nous étonne, la lune, par sa douce et mélancolique lumière, nous plaît, nous émeut et nous enchante.

Le site le moins pittoresque vu à la lueur de ce flambeau des nuits offre un aspect qui n'est plus autant dépourvu de charmes. La pauvre chaumière dont les murs décrépits s'argentent, la silhouette du grand peuplier, qui ressemble de loin à une sentinelle placée devant la porte, la petite citerne où la blonde Phébé ne dédaigne pas d'aller refléter son image, tout enfin, jusqu'à l'ombre du tertre et même du caillou, concourt à faire momentanément disparaître la nudité du lieu!

Mais c'est dans les régions où la nature a prodigué ses magnifiques décors qu'il faut aller admirer un beau clair de lune. Il faut, quand le silence de la nuit succède à l'agitation du jour, sortir de la ville ou du village endormis, et seulement accompagné de son ombre, qui s'élève ou s'abaisse selon les accidents de la route, s'avancer à pas lents au milieu de ce théâtre ravissant et gigantesque.

Alors le spectacle le plus admirable, mais aussi le plus difficile à peindre, soit avec le pinceau, soit avec la plume, se présente aux regards.

Au fond du tableau, c'est une chaîne de montagnes dont les parties saillantes, largement illuminées, semblent être à une faible distance, tandis que les enfoncements plongés dans une obscurité complète, paraissent s'éloigner d'autant plus.

En deçà, c'est une forêt ou une oasis, dont les arbres se teignent de mille nuances, blafardes ou bleuâtres, selon qu'ils sont placés pour renvoyer les rayons de l'astre lumineux; à côté, c'est un château superbe qui dessine hardiment sur le sol son dôme, ses créneaux et ses tourelles; sur un autre point, c'est un chalet gracieux qui apparaît modestement dans la pénombre; un peu plus loin, c'est une petite rivière qui roule en gazouillant des ondes argentines; à chaque pas, enfin, c'est un site ou un objet quelconque, dont la forme accentuée, vague ou douteuse, évoque autant de sensations diverses.

Mais pendant qu'on observe, la lune marche et le point de vue change.

Les montagnes se confondent à l'horizon avec la forêt ou l'oasis; le château n'est plus illuminé que par une de ses faces, tandis que le reste est plongé dans d'épaisses ténèbres; le chalet, à son tour, dessine nettement sa pittoresque architecture; la petite rivière paraît déposer sur une de ses rives les flots d'argent qu'elle roulait tout à l'heure! — Ce sont les mêmes objets, mais c'est une autre scène, et dans un instant cette nouvelle scène va changer encore! — Et si l'observateur tourne alors son regard vers le ciel, ce regard ne contiendra-t-il pas une prière, et son âme ne sera-t-elle pas agitée par l'espérance ou la crainte, en apercevant cette voûte immense toute criblée de petits points lumineux, dont quelques-uns décrivent dans l'espace une courbe rapide et disparaissent aussitôt dans des régions inconnues, comme pour nous montrer la brièveté du sillon que nous devons nous aussi tracer sur la terre, et pour nous indiquer qu'au delà de notre monde, il existe encore d'autres lieux où nous serons admis peut-être quelque jour!

De la poésie mystique passons maintenant à la science.

La lune est une planète qui tourne autour de la terre, à peu près de la même façon que la terre tourne autour du soleil. C'est pour cela qu'on l'a nommée *Satellite* de notre globe.

Le diamètre de la lune est de 791 lieues, et sa circonférence d'environ 2500; elle est donc 49 fois moins volumineuse que la terre.

Par elle-même, la lune n'est pas lumineuse, et c'est au soleil qu'elle emprunte les rayons qu'elle nous envoie; mais cet emprunt n'est pas constamment le même, il varie fort souvent, et dépend de la position dans laquelle se trouvent le soleil, la lune et la terre.

Ainsi, lorsque la lune se trouve entre le soleil et la terre nous ne pouvons pas l'apercevoir, puisque relativement à nous elle est éclairée par derrière. — On dit alors que *la lune est nouvelle*, ou qu'elle est dans *sa première syzygie*.

Mais au bout de quelques jours la lune s'étant éloignée du soleil, nous apercevons une partie de son disque sous forme d'un croissant, dont les cornes sont opposées au soleil. On appelle cet état de la lune son *premier quartier* ou sa *première quadrature*.

Quelques jours après, notre globe se trouvant entre le soleil et la lune, nous voyons toute la face éclairée de celle-ci, cette position se nomme *pleine lune*, *opposition* ou *seconde syzygie*.

Enfin, un peu plus tard, la lune continuant sa course ne nous montre plus qu'une portion de disque ayant encore la forme d'un croissant, mais dont les cornes cette fois sont dirigées dans le sens contraire à celui de la première quadrature. Cette autre position de la lune est appelée *seconde quadrature*, *déclin* ou *dernier quartier*.

La lune se montre sous ces quatre aspects dans l'espace de 29 jours, 12 heures, 44 minutes, 33 secondes, et chacun de ces aspects prend le titre de *phases* ou *lunaisons*.

Voici les époques auxquelles apparaîtront ces *phases* durant l'année 1849.

LUNAISONS DE 1849.

JANVIER.

P. Q. le 2 à 7 h. 48 m. du m.
P. L. le 8 à 11 h. 0 m. du s.
D. Q. le 16 à 7 h. 4 m. du m.
N. L. le 24 à 10 h. 12 m. du m.
P. Q. le 31 à 4 h. 52 m. du s.

FÉVRIER.

P. Q. le 7 à 11 h. 25 m. du m.
D. Q. le 15 à 4 h. 12 m. du m.
N. L. le 23 à 1 h. 39 m. du m.

MARS.

P. Q. le 2 à 0 h. 12 m. du m.
P. L. le 9 à 1 h. 11 m. du m.
D. Q. le 17 à 0 h. 48 m. du m.
N. L. le 24 à 2 h. 15 m. du s.
P. Q. le 31 à 6 h. 59 m. du m.

AVRIL.

P. L. le 7 à 3 h. 59 m. du s.
D. Q. le 15 à 7 h. 17 m. du m.
N. L. le 23 à 0 h. 3 m. du m.
P. Q. le 29 à 2 h. 27 m. du s.

MAI.

P. L. le 7 à 7 h. 16 m. du m.
D. Q. le 15 à 10 h. 40 m. du m.
N. L. le 22 à 7 h. 46 m. du m.
P. Q. le 28 à 11 h. 33 m. du s.

JUIN.

P. L. le 5 à 10 h. 33 m. du s.
D. Q. le 13 à 10 h. 33 m. du s.
N. L. le 20 à 2 h. 28 m. du s.
P. Q. le 27 à 10 h. 53 m. du m.

JUILLET.

P. L. le 5 à 1 h. 38 m. du s.
D. Q. le 13 à 7 h. 17 m. du m.
N. L. le 19 à 9 h. 25 m. du s.
P. Q. le 27 à 0 h. 45 m. du m.

AOUT.

P. L. le 4 à 4 h. 1 m. du m.
D. Q. le 11 à 1 h. 42 m. du s.
N. L. le 18 à 5 h. 42 m. du m.
P. Q. le 25 à 5 h. 5 m. du s.

SEPTEMBRE.

P. L. le 2 à 5 h. 27 m. du s.
D. Q. le 9 à 7 h. 5 m. du s.
N. L. le 16 à 4 h. 11 m. du s.
P. Q. le 24 à 11 h. 33 m. du m.

OCTOBRE.

P. L. le 2 à 5 h. 42 m. du m.
D. Q. le 9 à 0 h. 53 m. du m.
N. L. le 16 à 5 h. 22 m. du m.
P. Q. le 24 à 7 h. 13 m. du m.
P. L. le 31 à 4 h. 56 m. du s.

NOVEMBRE.

D. Q. le 7 à 8 h. 12 m. du m.
N. L. le 14 à 9 h. 22 m. du s.
P. Q. le 23 à 2 h. 34 m. du m.
P. L. le 30 à 3 h. 34 m. du m.

DÉCEMBRE.

D. Q. le 6 à 7 h. 2 m. du s.
N. L. le 14 à 3 h. 47 m. du s.
P. Q. le 22 à 7 h. 50 m. du s.
P. L. le 29 à 2 h. 10 m. du s.

Mouvement diurne de la longitude du nœud de la lune, 3′ 10″, 6.

ÉCLIPSES.

On entend par *éclipse* la disparition apparente et momentanée d'un corps céleste par l'interposition d'un autre corps qui se place entre l'astre et l'observateur.

Les éclipses se distinguent en *totales*, *partielles* ou *annulaires*.

Elles sont *totales*, quand le corps éclipsé disparaît complétement.

Partielles, quand il disparaît en partie.

Et *annulaires* quand l'astre éclipsé, plus grand que le corps éclipsant, déborde celui-ci et se présente sous la forme d'un anneau.

ÉCLIPSES DE 1849.

22 ET 23 FÉVRIER. ÉCLIPSE ANNULAIRE DE SOLEIL,

INVISIBLE A PARIS.

Commencement de l'éclipse générale, le 22, à 11 h. 16 m. du soir. — Fin de l'éclipse générale à 2 h. 48 m.

8 ET 9 MARS. ÉCLIPSE PARTIELLE DE LUNE,

VISIBLE A PARIS.

Entrée de la lune dans la pénombre, le 8, à 10 h. 20 m. du soir. — Commencement de l'éclipse à 11 h. 34 m. — Fin de l'éclipse à 11 h. 34 m.

18 AOUT. ÉCLIPSE PARTIELLE DE SOLEIL,

INVISIBLE A PARIS.

Commencement de l'éclipse générale à 3 h. 25 m. du matin. — Fin de l'éclipse générale à 8 h. 13 m.

2 SEPTEMBRE. ÉCLIPSE PARTIELLE DE LUNE,

INVISIBLE A PARIS.

Entrée de la lune dans la pénombre à 2 h. 39 m. du soir. — Commencement de l'éclipse à 3 h. 56 m. 3 s. — Fin de l'éclipse à 6 h. 42 m. 3 s.

L'HIVER.

De ses riches trésors la terre est dépouillée!
Les oiseaux sont enfuis! la campagne est en deuil!
Et le givre est venu remplacer la feuillée
Que la neige à présent étreint sous son linceul!
Heureux! heureux celui qui, couvert de fourrure,
Dans un boudoir fermé par de doubles ventaux,
Peut braver près du feu le vent et la froidure
Qui viennent expirer derrière ses vitraux!

Heureux! heureux celui qui naît dans l'opulence,
Et qui, durant l'époque où le ciel était clair,
A pu, sans s'imposer une seule abstinence,
Prévoir le mauvais temps, et faire en abondance
Ses provisions pour l'hiver!

Mais nous n'avons pas tous un égal privilége;
Le malheureux qui vit à peine au jour le jour,
Meurt de froid et de faim quand la grêle ou la neige
Fouettent les ais mal joints de son triste séjour!
Pas un charbon! pas un! sur la pierre de l'âtre!!!
Pas un morceau de pain dans le garde-manger!!!
O vous! qui vous joignez à la troupe folâtre,
Passerez-vous par là, dites, sans y songer?.....

Visitez quelquefois, visitez la mansarde
Où le pauvre gémit. Visitez-la pour vous,
Oui, pour vous, car d'en haut le bon Dieu nous regarde,
Quand le pauvre en pleurant embrasse nos genoux!
Autant que vous pourrez allez tarir des larmes,
Car lorsque vous tendrez une main au malheur,
Ce sera pour plus tard vous préparer des charmes,
L'infortune a surtout la mémoire du cœur!

Après avoir laissé bien loin l'adolescence,
Un temps vient où le ciel étant pour nous moins clair,
Notre âme ne vit plus que de reconnaissance.
Allons, depêchez-vous, faites en abondance
Des provisions pour l'hiver!

JANVIER.

Ce mois, ajouté par Numa Pompilius au Calendrier romain, tire son nom de Janus, ancien roi d'Italie, qui vivait environ 1400 ans avant Jésus-Christ.

Numa Pompilius avait placé tout d'abord ce mois au commencement de l'année; mais quelque temps après que les peuples modernes eurent adopté le Calendrier romain, plusieurs d'entre eux intervertirent l'ordre institué par le second roi de Rome, et les Français furent de ce nombre.

Aux cinquième et sixième siècles, l'année pour eux commençait dans le mois de mars; au neuvième à Noël, et jusqu'au seizième, il y eut des différences, même entre les provinces, dont les unes commençaient l'année le 25 mars et d'autres le 25 décembre.

En 1564, Charles IX ordonna qu'à l'avenir l'année commencerait le 1er janvier, et cet usage s'est perpétué depuis.

C'est le premier jour de ce premier mois de l'année que l'on échange ou que l'on donne en France ces présents que l'on nomme *étrennes*. La coutume en est fort ancienne, et si l'on en croit la tradition, elle aurait été instituée par Tatius, roi de Rome, qui ayant reçu le premier jour de l'an des rameaux coupés dans un bois consacré à la déesse de la *Force* ou *Strenua*, conçut de ce présent un bon augure, et voulut que tous les ans à pareille époque on se fît des cadeaux, qui furent appelés *strenæ*, du nom de la déesse, et qu'en français l'on nomma *étrennes*.

Ces étrennes consistèrent d'abord en figues, en dattes et en miel; mais, ainsi que le dit M. Viennet, dans l'épître à ses amis sur le jour de l'an :

> On y joignit bientôt le saphir et l'opale,
> Les richesses de Tyr, les trésors du Bengale.

Les Romains, en effet, tombèrent à cette occasion dans des prodigalités folles, dictées le plus souvent par la vanité, l'adulation ou le calcul; et les peuples imitateurs de la coutume instituée par Tatius suivirent les errements des Romains.

Parmi les étrennes remarquables par leur luxe et qui furent faites en France, on cite ce curieux ouvrage offert par le duc de Montausier à Julie d'Angennes, et que l'on connaît sous le nom de *Guirlande de Julie*. Voici la description que nous en a laissée le savant Huet, évêque d'Avranches :

« ..... Il fit peindre séparément en miniature toutes les plus belles fleurs par un excellent peintre, sur des morceaux de vélin de même grandeur; il fit ménager au bas de chaque figure assez d'espace pour y faire écrire un madrigal sur le sujet de la fleur qui y était peinte, et à la louange de Julie; il pria les beaux esprits de ce temps-là, qui presque tous étaient de ses amis, de se charger de la composition de ces pièces, après s'en être réservé la meilleure partie; il fit écrire au bas de chaque fleur son madrigal, par un homme qui avait beaucoup de réputation alors pour la beauté de son écriture; il fit ensuite relier tout cela magnifiquement; il en fit faire deux exemplaires tout pareils et les fit enfermer dans un sac de peau d'Espagne. Voilà le présent que Julie trouva à son réveil, le premier jour de l'année 1633 ou 1634. »

On attachait à Rome une idée superstitieuse à l'emploi du premier jour de l'an, et comme on était persuadé que la manière dont on passerait ce jour aurait beaucoup d'influence sur les autres, on faisait des aumônes et quelques actions charitables si l'occasion s'en rencontrait; on visitait les temples et les malades; enfin, on consacrait quelques heures au travail.

Il serait inutile de recommander ce dernier point à mes lectrices, car je sais qu'au nouvel an, les visites aux grands et petits parents absorbent au moins tout le jour; mais, si par hasard, lorsque vous retournerez chargées de riches cadeaux, et vous laissant aller à l'idée riante de l'heureux avenir que l'on vous aura souhaité; si, dis-je, vous trouvez sur votre route un infortuné qui vous tendra sa main osseuse, soyez un instant fatalistes à l'instar des Romaines, et comme le dit le petit Auvergnat : *Cela, mesdemoiselles, vous portera bonheur !*

PLANTES QUI FLEURISSENT DANS LE MOIS DE JANVIER.

En serre chaude. — Le *Cypripedium insigne*, dont les fleurs sont blanc-verdâtre et en forme de cothurne.

— L'*Eranthemum pulchellum*, originaire de l'Inde (fleur bleue).

— Les *Begonies*, originaires du Brésil (fleur rose et blanche).

La chaleur nécessaire à ces plantes est de 10 à 15 degrés en hiver, et de 15 à 25 en été.

— Le *Cypripedium* se cultive dans des pots remplis de mottes de terre de bruyère grosses environ comme des noix, et placées sur des tessons que l'on met au fond du vase pour faciliter l'écoulement des eaux.

— L'*Eranthemum* et les *Begonies* se plaisent dans la terre de bruyère ordinaire.

En serre froide. — Le *Daphne hybrida* (fleur brune).

— Quelques *Acacias* de la Nouvelle-Hollande (fleur jaune).

— L'*Erica versicolor*, originaire du Cap de Bonne-Espérance (fleur rouge).

— L'*Erica blanda*, même origine (fleur blanc-violet).

— L'*Erica hyemalis* et l'*Erica vilmoria*, qui sont des hybrides obtenus en Europe. Les fleurs de la première sont rose pourpre; celles de la seconde rosées.

— Le *Philica ericoïdes*, originaire du Cap de Bonne-Espérance (fleur blanche).

— Le *Strelitzia reginæ*, même origine (fleur jaune et bleue, ressemblant à un long bec d'oiseau).

— La *Primevère de la Chine* (fleur rose et blanche).

Ces plantes se cultivent en serre froide ou dans un appartement, pourvu que dans l'une ou l'autre la température ne soit pas moindre de 3 degrés centigrades au-dessus de zéro. Elles aiment beaucoup à être aérées; aussi, quand le soleil donne sur la croisée de l'appartement, il faut les y exposer environ deux heures au milieu de la journée.

La terre qui leur convient est la terre de bruyère, qu'il faut avoir soin de rendre sableuse, en y ajoutant du sable fin quand celle qui doit servir à les réempoter ne l'est pas assez. Cette opération se fait en avril.

— *Jacinthe.*

— *Narcisse.*

Ces deux plantes et leurs variétés ne fleurissent dans le mois de janvier qu'autant qu'on les a forcées sous châssis ou en serre chaude. Elles exigent la même température que les plantes précédentes. La terre qui leur convient le mieux est un mélange de terre normale, de terre de bruyère et de terreau.

Parmi les étrennes remarquables par leur luxe et qui furent faites en France, on cite ce curieux ouvrage offert par le duc de Montausier à Julie d'Angennes, et que l'on connaît sous le nom de *Guirlande de Julie*. Voici la description que nous en a laissée le savant Huet, évêque d'Avranches :

« ..... Il fit peindre séparément en miniature toutes les plus belles fleurs par un excellent peintre, sur des morceaux de vélin de même grandeur ; il fit ménager au bas de chaque figure assez d'espace pour y faire écrire un madrigal sur le sujet de la fleur qui y était peinte, et à la louange de Julie ; il pria les beaux esprits de ce temps-là, qui presque tous étaient de ses amis, de se charger de la composition de ces pièces, après s'en être réservé la meilleure partie ; il fit écrire au bas de chaque fleur son madrigal, par un homme qui avait beaucoup de réputation alors pour la beauté de son écriture ; il fit ensuite relier tout cela magnifiquement ; il en fit faire deux exemplaires tout pareils et les fit enfermer dans un sac de peau d'Espagne. Voilà le présent que Julie trouva à son réveil, le premier jour de l'année 1633 ou 1634. »

On attachait à Rome une idée superstitieuse à l'emploi du premier jour de l'an, et comme on était persuadé que la manière dont on passerait ce jour aurait beaucoup d'influence sur les autres, on faisait des aumônes et quelques actions charitables si l'occasion s'en rencontrait ; on visitait les temples et les malades ; enfin, on consacrait quelques heures au travail.

Il serait inutile de recommander ce dernier point à mes lectrices, car je sais qu'au nouvel an, les visites aux grands et petits parents absorbent au moins tout le jour ; mais, si par hasard, lorsque vous retournerez chargées de riches cadeaux, et vous laissant aller à l'idée riante de l'heureux avenir que l'on vous aura souhaité ; si, dis-je, vous trouvez sur votre route un infortuné qui vous tendra sa main osseuse, soyez un instant fatalistes à l'instar des Romaines, et comme le dit le petit Auvergnat : *Cela, mesdemoiselles, vous portera bonheur !*

PLANTES QUI FLEURISSENT DANS LE MOIS DE JANVIER.

En serre chaude. — Le *Cypripedium insigne*, dont les fleurs sont blanc-verdâtre et en forme de cothurne.

— L'*Eranthemum pulchellum*, originaire de l'Inde (fleur bleue).

— Les *Begonies*, originaires du Brésil (fleur rose et blanche).

La chaleur nécessaire à ces plantes est de 10 à 15 degrés en hiver, et de 15 à 25 en été.

— Le *Cypripedium* se cultive dans des pots remplis de mottes de terre de bruyère grosses environ comme des noix, et placées sur des tessons que l'on met au fond du vase pour faciliter l'écoulement des eaux.

— L'*Eranthemum* et les *Begonies* se plaisent dans la terre de bruyère ordinaire.

En serre froide. — Le *Daphne hybrida* (fleur brune).

— Quelques *Acacias* de la Nouvelle-Hollande (fleur jaune).

— L'*Erica versicolor*, originaire du Cap de Bonne-Espérance (fleur rouge).

— L'*Erica blanda*, même origine (fleur blanc-violet).

— L'*Erica hyemalis* et l'*Erica vilmoria*, qui sont des hybrides obtenus en Europe. Les fleurs de la première sont rose pourpre ; celles de la seconde rosées.

— Le *Philica ericoïdes*, originaire du Cap de Bonne-Espérance (fleur blanche).

— Le *Strelitzia reginæ*, même origine (fleur jaune et bleue, ressemblant à un long bec d'oiseau).

— La *Primevère de la Chine* (fleur rose et blanche).

Ces plantes se cultivent en serre froide ou dans un appartement, pourvu que dans l'une ou l'autre la température ne soit pas moindre de 3 degrés centigrades au-dessus de zéro. Elles aiment beaucoup à être aérées ; aussi, quand le soleil donne sur la croisée de l'appartement, il faut les y exposer environ deux heures au milieu de la journée.

La terre qui leur convient est la terre de bruyère, qu'il faut avoir soin de rendre sableuse, en y ajoutant du sable fin quand celle qui doit servir à les rempoter ne l'est pas assez. Cette opération se fait en avril.

— *Jacinthe.*

— *Narcisse.*

Ces deux plantes et leurs variétés ne fleurissent dans le mois de janvier qu'autant qu'on les a forcées sous châssis ou en serre chaude. Elles exigent la même température que les plantes précédentes. La terre qui leur convient le mieux est un mélange de terre normale, de terre de bruyère et de terreau.

LE GATEAU DES ROIS

OU

LA PART DU PAUVRE.

Dans l'un des riants châteaux bâtis sur les bords de la Loire, à quelque distance d'Orléans, une société joyeuse célébrait cet usage antique qui rappelle l'adoration des Mages.

La jeune et belle Hermance, fille de M. de Latour, le propriétaire du château, présidait avec la grâce la plus parfaite cette réunion charmante composée de ses meilleures amies de pension et de cinq ou six jeunes gens invités par M. de Latour.

Dix heures venaient de sonner à la cloche du château, et après avoir dansé plusieurs quadrilles, l'on s'était assis autour d'un goûter splendide, où s'étalait majestueusement un gâteau monstre, que la jeune maîtresse de maison s'apprêtait à découper.

Voyons, dit l'aimable enfant, avant de commencer, combien sommes-nous?

— Seize! répondit une voix.

— En ce cas, il faut dix-sept parts.

— Pourquoi dix-sept? fit un des jeunes gens.

— Oh! monsieur Charles, repartit la jeune fille, que c'est mal à vous d'avoir oublié la part du pauvre!

— Ah! pardonnez-moi, mademoiselle, repartit le jeune homme, je l'avais oubliée, c'est vrai, mais c'est bien plutôt par étourderie que par mauvais cœur, et pour ma punition je me condamne à laisser la moitié de la mienne pour le premier malheureux qui se présentera.

— A la bonne heure! s'écria M. de Latour; j'aime à voir réparer ainsi ses torts. Je suis persuadé, Charles, que vous vous en souviendrez une autre fois, et vous l'oublieriez bien moins encore, ainsi que vous autres, mes bons amis, si vous saviez que c'est à l'accomplissement de ce pieux devoir que je dois une partie de ma fortune et peut-être mon existence.

— Comment donc cela? firent à la fois tous les convives.

— Demandez à Hermance, repartit M. de Latour.

— Tu sais bien, bon père, répliqua la jeune fille en rougissant, que je n'ai pas... assez d'esprit pour raconter ces choses-là.

— Je te comprends, mon cher ange, poursuivit M. de Latour; eh bien, permets-moi seulement d'essayer à le faire.

— Pas ce soir... Un autre jour.

— Si, si, ce soir, exclama toute la compagnie. Pourquoi, méchante, fit en souriant une des jeunes personnes, veux-tu nous faire languir?

—Alors, puisque cela paraît vous intéresser si vivement, je ne m'oppose plus à ce que mon père vous le dise; mais je vous préviens d'avance qu'il ne manquera pas d'orner son récit d'une foule de petits détails, selon moi, parfaitement inutiles.

— Tranquillise-toi, mon enfant, répliqua M. de Latour; je ne serai pas trop minutieux. Et jetant sur sa fille un de ces regards qui reflètent l'amour et l'orgueil d'un heureux père, il commença de la sorte, au milieu du plus profond silence.

Il y a trois ans, nous célébrions en famille la fête qui nous rassemble aujourd'hui.

Hermance, quoique alors tout à fait enfant, faisait comme ce soir les honneurs d'un repas modeste, et la part du pauvre ayant été réservée tout d'abord, nous allions tirer la fève, quand on vint m'annoncer qu'un malheureux demandait à passer la nuit dans l'étable.

— Un malheureux! s'écria Hermance; qu'il entre, c'est le ciel qui nous l'envoie pour réclamer sa part; la voilà, souffrez, bon père, qu'il vienne un instant s'asseoir à nos côtés.

Je me rendis sans peine aux désirs d'Hermance, et l'on introduisit le pauvre hère.

C'était un homme de quarante à quarante-cinq ans, à peu près. Une longue barbe grise tombait sur sa poitrine; sa tête à demi chauve était en partie cachée sous un vieux bonnet de soie noire; des vêtements râpés jusqu'à la trame et un mauvais manteau couvraient ses membres transis; il avait à ses pieds de grosses bottes déchirées et rougies par l'usure.

A sa vue, nous fûmes tous saisis d'un serrement de cœur qui, pour ainsi dire, nous coupa la parole. Hermance, revenue la première de son émotion, se leva de table, et allant prendre l'infortuné par la main :

— Venez, mon ami, lui dit-elle, venez vous mettre à côté de moi; comme vous le voyez, votre place était prête; venez, et nous tâcherons de vous faire oublier durant quelques heures les affreuses privations dont vous semblez souffrir.

Étonné d'un accueil aussi cordial, le pauvre se laissa machinalement conduire, et quand il fut assis il nous regarda d'une façon étrange, que nous attribuâmes à son étonnement ou à son embarras, puis il baissa la tête et sembla réciter une prière.

La pénible impression que nous avait causée notre nouvel hôte s'étant peu à peu dissipée, Hermance nous distribua nos parts de gâteau, et tandis que chacun cherchait s'il n'avait pas la fève :

— Mon pauvre homme, dit-elle en s'adressant à son voisin, voyons, essayez, s'il se peut, de ne plus songer à vos peines; vous êtes pour le moment de la famille, et je veux que vous soyez gai comme nous tous. Il y a dans ce gâteau une fève qui donne la couronne à celui que le hasard protége; vous n'êtes point exclu du concours; cherchez donc, et peut-être est-ce vous qui serez notre roi.

Le pauvre, relevant la tête et passant la main sur son front, tressaillit, comme si cette voix enfantine eût réveillé tout à coup un souvenir ou fait vibrer une corde de son âme; il prit ensuite son morceau de gâteau, le rompit, et... la fève tomba dans son assiette!

— C'est le pauvre!!! criâmes-nous tous ensemble, c'est l'envoyé du bon Dieu qui est le roi! Vite, du champagne! et buvons à sa santé!

Mais lui, repoussant son assiette, et les traits horriblement crispés :

— Non, non, murmura-t-il d'une voix sourde, non, c'est impossible; merci... messieurs, et vous aussi, mes bonnes dames..... Mais... je ne peux pas!... L'envoyé du bon Dieu!... ce n'est pas moi!

Le ton bref et saccadé dont il articula ces derniers mots me frappa; néanmoins, l'attribuant à ce scepticisme qui s'empare des âmes faibles quand la misère les poursuit, je n'y fis point autrement attention, et pour vaincre un refus qui pouvait dépendre d'un excès de délicatesse :

— Acceptez, mon brave homme, lui dis-je, acceptez ce que le sort vous offre; il ne faut jamais refuser ses moindres faveurs. Au reste, si vous connaissez la charte du *Royaume de la fève*, vous savez que nul n'y peut être roi par procuration; c'est vous qui êtes élu, c'est vous qui devez régner : différemment, notre fête ne serait pas légale.

— Oui, reprit Hermance, acceptez sans scrupule et sans crainte : le rôle n'est pas très-difficile à remplir; seulement il vous faut une reine, et si vous voulez de moi, je la serai de bien bon cœur.

Je vois ce qui vous attriste, poursuivit-elle, vous pensez que demain vous serez plus malheureux après avoir joui des douceurs de notre hospitalité; mais rassurez-vous, avant de vous remettre en route, nous pourvoirons à vos plus pressants besoins, et puisqu'en ne me refusant pas vous m'avez admise pour votre reine, mon devoir est de partager avec vous : ma bourse contient six louis, prenez-en trois, ils vous appartiennent.

Pour toute réponse, le pauvre saisit la main d'Hermance, et d'abondantes larmes coulèrent de ses yeux.

— Ce n'est pas tout, continua la jeune reine, je veux encore y joindre quelque chose; la voici, c'est une petite médaille de la Sainte-Vierge; conservez-la précieusement, elle vous portera bonheur!

A ces mots, que nous couvrîmes d'applaudissements, le pauvre se leva tout à coup, et étendant ses bras vers le ciel :

— Je le jure, ma belle demoiselle, s'écria-t-il, oui, je jure de ne jamais abandonner cette petite médaille. Ah! vous ne savez pas ce qui se passe en moi dans ce moment! A l'avenir, je le sens, j'aurai du courage pour supporter les épreuves auxquelles Dieu voudra me soumettre, et ce ne sera pas en vain que j'aurai rencontré l'un de ses anges!

Cette petite mais chaleureuse invocation, prononcée dans les meilleurs termes, me confirma dans les soupçons que javais eus déjà que cet homme avait reçu dans sa jeunesse une certaine instruction; je lui tendis la main à mon tour, il la serra convulsivement, et reprit sa place à côté d'Hermance.

Il était plus de minuit quand nous nous levâmes de table.

Avant de se retirer dans sa chambre, Hermance fit encore promettre au pauvre de ne pas désespérer de la Providence et de prier quelquefois la Sainte-Vierge; on se sépara et je demeurai seul avec notre convive improvisé.

— Vous avez dû bien souffrir, et vous me paraissez bien malheureux? lui dis-je.

— Malheureux! Oh! dites misérable, monsieur!

— Comment?

— Peut-on nous entendre?

— Non, parlez!

—Oui, misérable, répéta-t-il; et si vous ne me pardonnez pas... fit-il en se précipitant à genoux.

— Relevez-vous, mon ami, répliquai-je; et si grande que soit votre faute, elle n'est sans doute pas irréparable. Mais comment pouvez-vous m'avoir offensé? Vous ne me connaissez pas, je suppose, et je ne me rappelle pas vous avoir déjà vu?

— Je ne vous connaissais pas, en effet, reprit le pauvre avec un accent de regret, sans cela je ne serais point ici!

—Je ne vous comprends plus, repartis-je; mais en tout cas, si ce que vous avez à me dire vous est trop cruel, je ne vous le demande nullement, gardez votre secret; j'ai donné des ordres pour que l'on vous préparât une chambre où vous trouverez des habits convenables, et un peu d'argent que j'ai voulu joindre aux trois louis d'Hermance; et quand vous serez complétement remis de vos fatigues, vous repartirez, sans que personne ici songe à vous demander compte d'un passé douloureux.

—Oh! c'est trop de générosité, s'écria le pauvre homme, et je serais doublement lâche si je n'osais pas vous avouer mon crime; je veux, je dois tout vous dire; écoutez-moi donc, monsieur.

J'habite à quelques lieues d'ici; je suis père d'une famille nombreuse, et depuis longtemps nous sommes plongés dans une misère horrible, amenée par le manque de travail, ou plutôt par ma faute; car c'est à cause de mon inconduite que j'ai perdu mes clients. J'étais horloger!

Après avoir vendu tout ce qui m'appartenait et jusqu'aux hardes de ma femme et de mes enfants, n'ayant plus aucune espèce de ressources, j'étais allé m'asseoir sur le bord d'un chemin pour tendre la main aux passants, lorsque je fus accosté par deux hommes qui paraissaient être aussi pauvres que moi, et qui me demandèrent, après quelques minutes de conversation, si je voulais tout d'un coup sortir de la misère!

J'acceptai, sans même m'informer du moyen; le désespoir et les privations m'avaient rendu fou! Ils me donnèrent une petite pièce de monnaie que je portai bien vite à ma famille, et les ayant rejoints, nous nous mîmes en route.

Chemin faisant ils me racontèrent leurs desseins. Oh! vous pouvez me croire, monsieur, je frémis tout d'abord en les apprenant; car si j'étais malheureux et coupable, je n'étais pas du moins criminel! Je voulus même les abandonner; mais, lâchement vaincu par leurs instances, leurs raisonnements et leurs menaces, je consentis à devenir leur complice!... c'est vous qui deviez être la victime!

—Moi! fis-je en l'interrompant.

—Oui... monsieur... Ils avaient appris que vous étiez riche, et que vous habitiez ce château avec quelques personnes peu capables de se défendre. Nous devions y venir demain dans la nuit, voler tout ce que nous aurions pu, et si nous y avions été contraints, ajouter à ce premier forfait... le meurtre... et l'incendie!... J'avais été chargé par eux de pénétrer ici pour prendre connaissance des lieux, et dans deux ou trois heures ils m'attendront sur la lisière de la forêt voisine!

Mais ne vous inquiétez pas, monsieur, peut-être ces gens-là sont-ils, comme moi, poussés par la faim; j'irai les retrouver, si vous me laissez sortir; je leur dirai tout ce que j'ai vu ce soir; je leur parlerai de cette belle ange, que vous avez pour fille; je leur montrerai cette petite médaille qu'elle m'a donnée; je leur abandonnerai, s'ils l'exigent, tout ce que j'ai reçu de vous, et j'espère les émouvoir, car ils verront mon repentir, mes larmes et ma reconnaissance.

Deux heures après, poursuivit M. de Latour, le pauvre quitta le château; je le vis s'agenouiller près de la petite croix blanche qui se trouve là-bas au détour de la route, et peu à peu je le perdis de vue.

Le lendemain, j'écrivis à quelques-uns de mes voisins de venir; sous prétexte d'organiser une partie de chasse, je les retins à coucher, et de toute la nuit je ne dormis pas; mais mes précautions furent inutiles, et depuis ce temps-là je n'ai jamais entendu parler du pauvre ni de ses compagnons.

Après ce récit, durant lequel les yeux des auditeurs s'étaient souvent tournés vers Hermance, comme pour la féliciter d'avoir, par ses bons sentiments, détourné le danger qui menaçait son père, on remercia M. de Latour et l'on se mit en devoir de tirer la fève.

—Si la Providence voulait un peu se mêler de nous, fit Charles, ce serait mademoiselle Hermance qui serait reine.

—Précisément, monsieur, répondit Hermance, je tiens la fève; il n'est pas fort poli de s'emparer chez soi des honneurs; mais enfin, puisque le sort a décidé, je prends le sceptre, et je vous offre de partager mon trône, pour vous dédommager de la moitié de votre gâteau, que vous avez si libéralement abandonnée pour augmenter la part du pauvre!

—Bravo! s'écrièrent tous les assistants! Vive la reine! et vive le roi! Si les peuples en avaient de semblables, ils ne songeraient sûrement pas à se mettre en république!

Comme Hermance s'apprêtait à porter un toast au bonheur de ses sujets, un domestique entra dans la salle, et remit un petit paquet à M. de Latour.

—Qui vous a donné cela, Guillaume?

—Monsieur, c'est un homme qui m'a prié de vous l'apporter tout de suite, et qui est reparti à toute bride, sans attendre la réponse et sans me dire son nom.

—C'est bien; nous allons voir ce qu'il y a dans ce paquet.

M. de Latour défit l'enveloppe, qui recouvrait une petite boîte en palissandre, et de cette boîte, qu'il ouvrit avec une charmante clef d'or attachée sur le couvercle, il sortit une montre admirablement ciselée et dont le cadran indiquait les mois, les jours et les heures. L'aiguille des mois était arrêtée sur janvier, celle des jours sur samedi, et la troisième sur dix heures.

—Oh! le joli bijou! fit toute la société; qui donc vous envoie cela, monsieur de Latour?

—Attendez, attendez, mes bons amis; ce n'est peut-être pas pour moi; je vois une lettre au fond de la boîte, et nous allons savoir d'où vient ce riche cadeau.

M. de Latour décacheta la lettre, la parcourut vivement des yeux, et le sourire sur les lèvres :

—Je ne crois pas, en effet, que ce soit à mon adresse, dit-il. N'importe, écoutez :

« *New-York*, 25 novembre.

» Monsieur,

» Si mes instructions sont exécutées, ce petit envoi vous sera remis pendant que vous célébrerez, selon votre habitude, cette fête de famille où Dieu voulut me faire asseoir il y a trois ans.

» Vous avez peut-être oublié le pauvre vagabond qui, entré chez vous criminel, en sortit honnête homme : mais cet épisode a trop influé sur son existence; vous avez dans son cœur, ainsi que votre sainte fille, une trop large place pour qu'il perde jamais votre souvenir.

» Quand j'eus rejoint, monsieur, les hommes qui m'avaient égaré, je leur fis un tableau si touchant de votre honorable famille, je leur peignis sous de si vives couleurs les charmes d'une existence honnête et les remords qui poursuivent le crime, que j'eus le bonheur de les faire renoncer à leur horrible projet.

» Nous partageâmes l'argent que j'avais reçu de vous; chacun eut un des louis de votre belle ange, et après avoir juré sur la médaille qu'elle m'avait remise de mourir plutôt que de cesser d'être honnêtes, nous partîmes peu de jours après pour l'Amérique.

» Le ciel nous a entendus. Mes deux compagnons font un petit commerce qui prospère de plus en plus, et j'ai repris mon ancien état, qui me procure désormais une existence à l'abri du besoin.

» Veuillez, je vous en prie, faire accepter à mademoiselle Hermance le faible présent que nous lui envoyons, et dites-lui qu'à la fête des Rois, que nous observons religieusement, nous n'oublions pas la *part du pauvre !*

» Si plus tard je reviens en France, ce sera principalement pour vous revoir encore une fois avant de mourir; jusque-là, nous ne cesserons de vous bénir et de prier pour vous, comme nous le faisons tous les jours.

JACQUES. »

— Buvons à la santé de ce brave homme, s'écria l'un des convives ; son repentir et sa reconnaissance me touchent jusqu'aux larmes.

— Oui, fit une jeune fille ; mais que ce soit en même temps à la santé de ce bon M. de Latour et de notre chère Hermance, que nous ne rougissons pas d'avouer pour notre modèle.

— De grand cœur, fit toute la compagnie d'une seule voix.

Et les verres se choquèrent au milieu des cris d'allégresse.

— Mais, messieurs et mesdames, fit Charles, ou mieux, mes chers et bien-aimés sujets, il est déjà tard, et personne n'est venu réclamer la part du pauvre !

— C'est que, grâce à M. de Latour et à mademoiselle Hermance, repartit un des jeunes gens, il n'y a peut-être plus de pauvres dans la commune.

— Quoi qu'on fasse, reprit Charles, il y a toujours des malheureux ; mais ils ne se montrent pas, la nuit surtout, et dans ce cas c'est nous qui devons aller les chercher.

— Très-bien ! très-bien ! répéta tout le monde en chœur.

— Voici donc ce que je propose, poursuivit Charles : pour que la part du pauvre ne soit pas perdue, je vais la vendre, et pour mon compte je rachète cinquante francs la moitié de mon morceau de gâteau.

— Moi, j'en donne vingt-cinq pour le plus petit fragment de la part du pauvre, cria l'un des assistants.

— Moi aussi ! — Moi aussi ! — Moi de même ! s'écrièrent ensemble les autres. Allons, mademoiselle Hermance, distribuez-nous la part du pauvre, et recevez notre argent.

— Combien as-tu, mon enfant? fit M. de Latour quand la distribution fut faite.

— Deux cents francs, bon père.

— Eh bien, j'en donne autant, si l'on veut me le permettre ; ce n'est pas la vingtième partie de ce que je devrais, mes bons amis, pour payer le bonheur que j'éprouve.

— Et nous? firent les jeunes filles, comment acquitterons-nous notre part?

— Très-aisément, mes chéries, repartit Hermance : avec cet argent, sauf l'avis de ces messieurs, nous achèterons de chaudes étoffes, et nous habillerons les petits malheureux.

Cet avis n'ayant trouvé, comme on le pense bien, que des approbateurs, on convint de se mettre dès le lendemain matin à l'ouvrage, et l'on se sépara joyeux et convaincus que les jouissances de ceux qui participent au *gâteau des Rois* seraient bien plus vives s'ils se souvenaient toujours de la *part du pauvre*.

CHARADE.

Mon premier n'est ni liquide
Ni solide;
Mon second à vingt états,
Et plus, fournit des matières;
On n'aurait point de meunières
Si mon tout n'existait pas.

RÉBUS.

  est la 

tus

FÉVRIER.

Lorsque Numa Pompilius ajouta ce mois au calendrier romain, il le consacra aux sacrifices et aux lustrations expiatoires que l'on faisait à Rome à la fin de l'année ; et comme ces sacrifices se nommaient en latin *Februa*, ce mois fut appelé *Februarius* et en français *Février*.

. . . .
C'est de là que ce mois s'appelle *Février* ;
Soit qu'en ce temps qu'il croit propre à tout expier,
Le Luperque en courant s'arme de sa courroie ;
Soit qu'après les tributs qu'aux mânes on envoie,
Et le culte annuel que l'on rend aux tombeaux,
Les airs soient plus sereins et les jours soient plus beaux.

(*Fastes*.)

Aujourd'hui le mois de février est loin de justifier sa dénomination, et si l'on en excepte les derniers jours où commence le temps d'expiation qui précède la *Pâque*, les fêtes carnavalesques dont il est témoin mériteraient bien plutôt le nom de *Saturnales* que celui de *Fébruales*, qui servait à désigner les cérémonies religieuses que l'on pratiquait autrefois durant son cours.

Il est curieux de remarquer que le mois consacré primitivement à la pénitence et à la commémoration des morts soit devenu le mois le plus joyeux et le plus extravagant. Mais ce qui n'est pas moins digne de réflexions, c'est que le mois de février, malgré son changement de place et la différence de ses attributs, soit resté composé de vingt-huit jours, comme il l'était jadis. Je dis que cela est curieux, parce que le motif que l'on pourrait supposer astronomique est purement et simplement religieux. Il y avait à Rome des fêtes funéraires que l'on célébrait à certains jours du mois de février. Or, comme un changement dans la durée de ce mois eût interverti l'époque de ces fêtes, Jules César, par respect pour les croyances et les préjugés du peuple, le laissa tel que l'avait composé Numa Pompilius, bien que les décemvirs, moins scrupuleux que Jules César et son *collaborateur* Sosigène, eussent déjà depuis longtemps déplacé le mois de février, qui, du dernier, était devenu le troisième mois de l'année, quand eut lieu la *réforme Césarienne*.

C'est par suite de la vénération de Jules César pour les croyances populaires qu'il existe dans l'année des mois consécutifs de trente-et-un jours; ainsi juillet et août, décembre et janvier.

Nos pères disaient, en parlant du mois de février, qu'il était *le plus court et le pire de tous*. Les modernes, moins philosophiques, ont fait des jeux de mots et des plaisanteries sur la brièveté de ce mois, et tout le monde connaît cette énigme peu galante qui renferme la satire d'un petit défaut que les hommes ont l'extrême générosité d'attribuer exclusivement au sexe féminin. Si, par hasard, on ne connaissait pas cette énigme et qu'il me fallût la rappeler, j'emploierais une paraphrase qui, du moins, aurait le mérite de la politesse, et je dirais : *Quel est le mois où les jeunes filles font le moins de prières et d'aumônes?*

La réponse serait exactement la même :

C'est le mois de février, parce qu'il n'a que vingt-huit jours.

PLANTES QUI FLEURISSENT AU MOIS DE FÉVRIER.

EN SERRE CHAUDE :

Le *cymbidium sinensis*, qui nous vient de la Chine.

Les *dendrobium* et les *phagus*, originaires des Indes.

Les *epidendrum*, natifs du Brésil.

Le *gesneria* (Brésil).

Le *justicia* (Indes et Brésil).

La *poinsettia pulcherrima* (Mexico).

Le *bugainvillea spectabilis* (Pérou).

Les quatre premières de ces plantes, qui appartiennent à une famille que j'ai décrite dans *l'Herbier des Demoiselles*, sous le nom de *Labellées*, affectent, ainsi que leurs congénères, les formes les plus bizarres que l'on puisse imaginer, et répandent des parfums enivrants, que l'art n'imitera probablement jamais.

Ces plantes demandent une température d'au moins 10 degrés centigrades au-dessus de zéro, et elles peuvent en supporter une de 28 ou 30. On les cultive à peu près comme le *cypripedrium insigne*, qui appartient à la même famille, et dont j'ai parlé dans le mois précédent.

Les autres plantes qui suivent exigent la même température que les premières; mais la terre dans laquelle elles croissent ne doit pas être en mottes aussi grosses.

EN SERRE FROIDE :

Les *erica*.

Les *epacris* (Nouvelle-Hollande).

Les *camelia* (Japon).

Les *daphné* (Inde, Europe, Japon).

Les *rhododendrum* (Inde).

Le *cineraria* (Cap de Bonne-Espérance).

Les *azaléa* (Inde).

Les *acacia* (Inde, Nouvelle-Hollande).

J'ai parlé des *erica* dans le mois précédent; les *epacris* se cultivent de la même façon, mais elles exigent une plus grande masse de lumière.

Les *camelia*, les *daphné*, les *rhododendrum* et les *azalea* ne résistent pas à un froid trop rude; aussi doit-on les en garantir en chauffant légèrement la serre quand la température est trop froide, ou en les approchant de la cheminée si on les cultive dans un appartement. Ces plantes se réempotent depuis le mois de février, aussitôt après leur floraison, jusqu'aux mois d'avril et d'août; il est même préférable d'attendre ce dernier mois, car la nourriture qu'on leur donne alors vient en aide aux boutons, tandis qu'au printemps c'est le bois seul qui en profite.

Les *cineraria*, ces jolies plantes qui, à part le coloris, ressemblent aux marguerites, demandent une terre composée de moitié terre de bruyère, un quart de terreau et un quart de terre franche et de sable. Elles craignent beaucoup les premiers rayons du soleil; aussi vers le milieu du mois doit-on les en préserver au moyen de paillassons ou de toiles.

Les *acacia*, dès qu'ils sont d'une certaine force, exigent un quart de terre franche et un quart de sable et terreau. Comme ils absorbent beaucoup de matières nutritives, on les réempote deux fois par an.

UN TRAVESTISSEMENT.

I.

LA SOEUR DE LAIT D'EMMA.

En 1831, quelque temps après la guerre de la Vendée, M. et Madame Chatenay étaient venus, avec leur fille Emma, passer la belle saison dans une petite terre qu'ils possédaient auprès de la ville de Niort.

Les paysans des environs qui, presque tous, étaient redevables de quelque service à M. Chatenay, avaient salué son arrivée de leurs plus joyeuses acclamations; mais la personne qui s'en trouvait la plus heureuse était, sans contredit, Jeannette, fille de l'un de ces honnêtes cultivateurs, et sœur de lait d'Emma.

Jeannette avait bien pleuré quand, deux années auparavant, sa bonne maîtresse l'avait quittée pour aller à Bordeaux, où M. Chatenay venait de fixer son domicile; souvent elle avait poussé de gros soupirs en traversant les prairies qu'elle avait jadis parcourues avec Emma; la pauvre enfant avait surtout craint d'être oubliée, quoique Emma lui donnât de temps en temps de ses nouvelles, en l'assurant que jamais elle ne perdrait la mémoire de leur ancienne amitié.

Emma, de son côté, n'avait pas éprouvé moins de plaisir à revoir Jeannette. La ville et ses distractions n'avaient pas altéré sa tendresse pour sa sœur de lait, et dès leur première entrevue elle lui avait dit qu'elle désirait, comme par le passé, qu'il n'y eût pas entre elles cette gêne froide qui provient de l'inégalité des positions ou de la fortune.

Les deux jeunes filles avaient donc bien vite retrouvé leur ancien abandon, et de même qu'autrefois, elles se communiquaient leurs plus intimes pensées.

Jeannette avait cependant un secret qu'elle n'avait pas encore dit à sa sœur; c'est qu'à la vérité ce secret n'était pas tout à fait le sien; on lui avait même bien recommandé de le garder religieusement, et, vingt fois prête à le laisser échapper, la pauvre enfant avait rassemblé tout son courage pour ne pas trahir sa parole; mais un secret!.... c'est si lourd!

Enfin, un soir que toutes deux, assises au pied d'un chêne, s'amusaient à tresser des couronnes de marguerites:

— Ma chère petite sœur, dit Jeannette, il y a longtemps que j'ai bonne envie de vous raconter quelque chose... mais....

— Mais quoi? répondit Emma.

— Je n'ose pas.

— Tu n'oses pas! Pourquoi donc?

— C'est qu'on me l'a défendu.

— C'est donc mal?

— Vraiment non, ce n'est pas mal.

— Eh bien?

— Eh bien! oui, mais... ah dam! tant pis!... D'abord, il m'est impossible de vous le cacher plus longtemps; et puis, comme vous êtes si bonne, que vous m'aiderez peut-être.....

— De quoi s'agit-il?

— Voyez-vous, reprit Jeannette après une pause et en indiquant du doigt, cette vieille carrière au delà des peupliers, tout là-bas, là-bas?

— Où sont de grosses pierres?

— C'est cela.

— Oui, très-bien.

— Je parie que vous ne savez pas ce qu'il y a dans cette carrière?

— Vraiment non, je n'y suis jamais allée.

— Devinez?

— Comment veux-tu que je devine?

— Alors je vais vous le dire.... Il y a... un monsieur.

— Un monsieur!

— Oui, un monsieur qui est bien malheureux, allez!

— Est-il jeune?

— Non, sa barbe est toute blanche.

— Et que fait-il dans cette carrière?

— Il se cache parce qu'on veut le mettre en prison.

— En prison! C'est donc un voleur?

— Oh! non, Emma, ce n'est point un voleur; il a, au contraire, la figure d'un bien brave homme; mais il paraît qu'il s'est battu contre les troupes du roi.

— Et comment as-tu fait cette découverte? repartit Emma.

— Vous allez le savoir. Mais, je vous en supplie, n'en parlez à personne.

— Sois tranquille, je te le promets.

— Deux ou trois jours avant votre arrivée, reprit Jeannette, j'étais allée voir une de nos amies qui demeure au village de Saint-Georges. Il faisait déjà nuit, et je me hâtais de revenir, quand je fus accostée par ce pauvre vieux monsieur. J'eus grand'peur, je vous l'avoue; mais comme je vis qu'il joignait les mains et qu'il n'osait pas avancer, cela me donna du courage, et j'eus la force de lui demander ce qu'il voulait.

— Mille pardons, ma belle petite enfant, me répondit-il; excusez-moi si je me permets de vous arrêter ainsi; mais voici trente heures que je n'ai rien mangé, et je me meurs de faim. Si dans votre panier vous aviez la moindre des choses, soyez assez charitable pour me la donner en échange de cette pièce d'or; c'est tout ce que je possède dans ce moment.

Je m'étais approché de lui, poursuivit Jeannette; il pleurait! pauvre monsieur! Il peut se vanter de m'avoir fait de la peine, celui-là, par exemple! Il était très-bien mis, et il mourait de faim! Il avait une longue barbe, et il pleurait!

— Que lui as-tu donné? interrompit Emma.

— J'avais dans mon panier, poursuivit Jeannette, un morceau de brioche que j'apportais à ma mère; ça m'ennuyait bien un peu de m'en défaire; cependant je ne balançai point, et je le donnai tout de suite au pauvre monsieur. Ah! si vous aviez vu comme il le dévorait! Ça me causait du plaisir et du chagrin tout à la fois.

Quand il eut fini, ce pauvre monsieur voulut me forcer de prendre sa pièce d'or: comme de juste, je n'en voulais pas; alors il me dit: — Tenez, ma chère enfant, vous êtes très-jeune et je ne vous connais pas; néanmoins, je vais me confier à vous, et vous réclamer un immense service:

Après m'être battu dans la Vendée, je m'étais réfugié chez un de mes amis pour me soustraire aux poursuites qu'on dirigeait contre moi; mais cet ami étant venu à mourir et ma retraite ayant été découverte, je me sauvai précipitamment avec un serviteur dévoué.

Je voulais aller prendre à Mauzé la diligence pour le Havre, où j'ai des affaires pressantes. Afin d'éviter de fâcheuses rencontres, nous ne marchions que la nuit, et le jour nous nous cachions dans les bois.

Hier matin, en arrivant ici, je m'aperçois que je n'avais plus ma bourse! Pensant l'avoir égarée dans un bois où nous nous étions endormis la veille, je dis à mon domestique de retourner sur ses pas, car il ne me restait plus que la pièce d'or que je vous offre; nous convînmes de nous retrouver dans une carrière où nous avions déjeuné; mais depuis je ne l'ai pas revu; peut-être a-t-il été pris!

S'il en est ainsi, continua le vieux monsieur, l'on doit être sur mes traces; et comme mon signalement est probablement donné partout, je crois prudent de me tenir quelques jours caché dans cette vieille carrière. Tant que j'y serai, ma belle enfant, ce qui ne sera pas long, je l'espère, vous sera-t-il possible de me procurer, au moyen de cette pièce d'or, un peu de pain pour ma nourriture? du pain seulement, c'est tout ce qu'il me faut.

Je vous en conjure. Oh! rendez-moi ce service, que peut-être bientôt je pourrai reconnaître largement. Ce n'est pas précisément pour moi que je veux être libre; depuis longtemps j'ai fait bon marché de ma propre existence; mais si j'étais mis en prison ou déporté, je ne pourrais pas tenir un engagement sacré que j'ai juré de remplir, et pour l'accomplissement duquel je donnerais volontiers le peu d'années qui me restent à vivre!

Surtout, mon bel ange, ajouta-t-il en finissant, ne dites à personne, à personne, entendez-vous bien, la rencontre que vous avez faite; la plus légère indiscrétion peut me perdre, et vous auriez à vous reprocher d'avoir abrégé mes jours.

— Pauvre homme! fit Emma. Je comprends à cette heure, Jeannette, pourquoi tu ne m'en avais pas parlé.

— Depuis ce temps, reprit Jeannette, c'est-à-dire depuis huit jours, je n'ai pas une seule fois manqué d'aller chaque matin lui porter quelque chose.

Pour éloigner les soupçons, je dis à ma mère que je vais chercher des plantes pour votre *herbier*, et en effet, je vous en rapporte toujours quelques-unes; mais le véritable motif, je viens de vous le raconter.

— C'est très-bien, Jeannette, repartit Emma, c'est très-bien, et je te remercie d'avoir eu confiance en moi. Quel qu'il soit, ton malheureux protégé m'intéresse, et je t'offre de participer à ta bonne œuvre. Je mets d'abord ma bourse à ta disposition, car il ne reste sans doute plus beaucoup de la pièce d'or qu'il t'a donnée.

— La voilà, dit Jeannette en tirant de son sein un petit objet enveloppé de papier.

— Comment, tu n'y a pas touché?

— Dieu merci, j'ai pu m'en passer. J'avais quelques épargnes, et je m'en suis servie de préférence; car si le domestique de ce pauvre monsieur ne revient pas, il lui faudra bien un peu d'argent pour continuer sa route.

— Excellente Jeannette! fit Emma en embrassant sa sœur de lait; le ciel te récompensera, sois-en sûre.

— Oh! je suis toute récompensée, répliqua Jeannette, par les bénédictions de ce pauvre monsieur. Si vous voyiez, Emma, comme il a l'air heureux quand j'arrive, et les larmes de reconnaissance qui roulent alors dans ses yeux! ça me fait un bien! un bien que je ne puis exprimer!

Après un moment de silence :

— Jeannette, fit Emma, veux-tu me procurer un grand plaisir?

— Lequel? répliqua vivement Jeannette.

— Laisse-moi demain matin aller à ta place.

— Porter à manger au vieux monsieur?

— Oui.

— Je ne demanderais pas mieux, certainement, mais... que dira-t-il en apprenant que je n'ai pas été discrète?

— Sois tranquille, je me charge d'arranger cela.

— Je n'en doute pas; mais j'y vais de grand matin.

— Eh bien! je serai matinale.

— Bon; mais cela va vous fatiguer?

— Allons donc! tu plaisantes? Est-ce qu'on se fatigue quand on va faire une bonne action?

— Vous avez raison, je ne me sens en effet jamais mieux disposée que lorsque je reviens de la carrière.

— Alors, c'est convenu?

— Oui... mais...

— Encore des *mais?*

— C'est ce que je réfléchis.

— A quoi donc?

— Si, par hasard, quelqu'un vous rencontrait si matin dans les champs, ça ne lui donnerait-il pas des soupçons?

— C'est juste, Jeannette, c'est juste, répondit Emma; je ne songeais plus que nous autres *demoiselles*, nous n'avons pas, comme toi, la liberté de nous promener seules! Oh! mon Dieu, comment faire?... Ah! j'y suis!

— Voyons!

— Oui, c'est cela. Nous sommes de la même taille : tu me prêteras tes habits.

— Vous voudriez vous déguiser en paysanne? fit Jeannette en éclatant de rire.

— N'est-ce pas préférable à risquer de compromettre ce pauvre vieillard ?

— Sans aucun doute.

— Tu seras donc assez aimable pour me prêter un vêtement ?

— Je ferai tout ce que vous désirerez.

— Merci, Jeannette. Eh bien, attends-moi demain matin ici vers les cinq heures avec un jupon, une camisole et une coiffe.

— J'y serai avec tout cela, et je me fais d'avance une fête de vous voir en villageoise ; je suis persuadée que cela vous ira très-bien.

— Tu crois ? fit Emma en souriant.

— Sans flatterie, le vieux monsieur ne perdra rien au change.

— Tu es trop modeste, Jeannette.

— Non, Emma, mais je vous aime, et je vous trouve... comme tout ce que l'on aime !

Le lendemain matin, à l'heure dite, les deux jeunes filles étaient au rendez-vous.

Emma, avec l'aide de sa sœur de lait, échangea son peignoir et son chapeau de paille contre le court jupon bleu, la camisole de velours noir et la coiffe blanche, et elle se dirigea vers la vieille carrière, tandis que Jeannette, après lui avoir indiqué l'endroit où il fallait qu'elle descendît, et recommandé surtout de bien l'excuser auprès du vieux monsieur, l'attendait, assise auprès du gros chêne.

Quand Emma fut descendue dans la carrière, elle chercha des yeux une petite voûte dont l'ouverture était cachée par des branches d'arbre, et, l'ayant découverte, elle s'en approcha, et selon ce que lui avait dit Jeannette, elle toussa légèrement trois fois en guise de signal.

A cet appel, l'inconnu parut aussitôt.

Trompé d'abord par le costume d'Emma, il courut à elle ; mais, ne reconnaissant pas Jeannette, il s'arrêta stupéfait.

— Ne craignez rien, mon bon monsieur, lui dit Emma. Vous êtes étonné de voir une autre à la place de Jeannette, mais je vous le répète, ne craignez rien, je suis sa sœur ; et comme j'ai surpris hier son secret et le vôtre, elle m'a tout dit, et je l'ai suppliée de me laisser venir aujourd'hui prendre un peu du plaisir que l'on éprouve à soulager l'infortune.

Délicieusement ému par ces douces paroles, et pleinement rassuré sur les suites de l'indiscrétion de Jeannette, le vieillard s'approcha d'Emma, et l'examinant avec plus d'attention, il tressaillit légèrement, comme si les traits de la jeune fille eussent éveillé chez lui quelque vague et lointain souvenir.

— Ne croyez pas, monsieur, reprit Emma sans remarquer le mouvement de l'inconnu, que ce soit simplement la curiosité qui m'ait attirée près de vous ; non, s'il n'y eût eu que cela, je me serais dispensée de venir ; mais ayant sur ma sœur l'avantage de pouvoir être plus facilement généreuse, attendu que je suis à la ville près d'excellentes personnes qui m'aiment beaucoup et qui me comblent de bienfaits, j'ai cru devoir profiter de ma position pour augmenter, à l'insu de Jeannette, les petites provisions qu'elle vous apporte chaque jour.

Prenez tout cela, monsieur, poursuivit Emma en tirant de son panier une boîte de confiture, du beurre, un pâté froid, du pain et une bouteille de vin. Je ne me prive pas du tout, je vous assure, car, Dieu merci, la digne femme que j'appelle ma mère en laisse bien de trop à ma disposition.

— Mais ce sont donc des anges, s'écria l'inconnu, que les villageoises de ces environs !... Villageoises, reprit-il, je me trompe, car vous et votre sœur, vous n'en avez que le costume ; et la grâce de vos manières, la pureté de votre langage...

— Que cela ne vous étonne pas, monsieur, repartit vivement Emma : les personnes dont je vous parle m'ont fait donner un peu d'éducation, et j'ai appris à Jeannette tout ce que je savais.

— Adorables enfants ! murmura le vieillard.

— A présent, monsieur, reprit Emma, je vais m'en retourner à la ferme ; mais avant, permettez-nous de venir ensemble, nous deux Jeannette ; ça me contrarierait de ne plus vous revoir, et je ne voudrais pas non plus en priver ma sœur.

— Si je vous le permets ? s'écria le vieux monsieur ; chères enfants ! oui, revenez, revenez toutes deux ! ma satisfaction sera double, et je vous confondrai dans mon éternelle reconnaissance.

Emma tendit la main au vieillard, qui la pressa sur son cœur, et elle alla rejoindre Jeannette, à qui elle raconta comment le vieux monsieur l'avait accueillie.

Pendant quatre jours, Emma et Jeannette se rendirent fidèlement à la carrière.

Le matin du cinquième :

— Mes belles petites, leur dit le vieillard, il ne m'est plus permis de temporiser davantage, et je suis décidé à partir la nuit prochaine.

— Déjà, monsieur? firent ensemble les deux jeunes filles. Et si l'on vous poursuit encore?

— Les recherches dont je suis l'objet, reprit l'étranger, ne sont sans doute pas suspendues; mais je crois que la justice est maintenant en défaut. D'ailleurs, je serai prudent; et le ciel me venant en aide, j'espère échapper à ses atteintes.

Je ne sais que vous dire, mes enfants, pour vous exprimer ma gratitude; elle est au delà de toutes les bornes; et malheureusement, aujourd'hui, je n'aurais que des paroles pour vous la témoigner; mais un temps viendra peut-être où je pourrai...

— Oh! ne songez pas à cela, monsieur, fit Emma; nous avons cru faire une bonne action, et nous n'attendons pas de récompense.

— Je le sais, mes enfants; vous avez au cœur trop de délicatesse. Cependant, ce n'est point une raison pour que je sois ingrat; ne m'ôtez donc pas l'espérance de vous faire accepter plus tard une petite preuve de l'affection que je vous garderai toute ma vie.

— Eh bien! oui, plus tard, repartit Jeannette en brusquant l'entretien; mais à cette heure il faut songer au présent, et nous avons, ajouta-t-elle en regardant sa sœur de lait, une grâce à vous demander.

— Une grâce! répliqua l'inconnu; parlez vite; que puis-je faire pour vous?

— C'est que ce n'est pas commode à dire... Voyons, Emma, tu t'expliques mieux que moi; parle.

— Voici ce que c'est, monsieur, reprit Emma : Jeannette a conservé la pièce d'or que vous lui aviez remise, et vous la rendriez bien heureuse si vous vouliez la reprendre, car vous aurez sûrement besoin d'un peu d'argent pour votre route.

— Comment, Jeannette! fit le vieillard, tout ce que vous m'avez apporté...

— Je ne l'achetais pas, monsieur; c'était inutile, puisque nous en avons de trop à la ferme.

— C'est égal, je refuse.

Puis, voyant que Jeannette était devenue triste :

— Mais vous voulez donc, mes enfants, reprit-il, que je ne puisse plus m'arracher d'auprès de vous? Allons, Jeannette, consolez-vous... j'accepte; à condition pourtant que ce n'est qu'un prêt.

— Et moi, monsieur, repartit Emma, serais-je moins heureuse que ma sœur?

— Quoi! vous voulez aussi...

— Dam! je serais jalouse; et du moment que vous avez accepté de ma sœur...

— Il faut également que j'accepte de vous; c'est juste. Mais, mon enfant, ce serait du superflu.

— Ça ne me regarde pas; du reste, puisque vous comptez nous le rendre.

Et tout en parlant ainsi, Emma glissait dans la poche du vieillard un petit morceau de papier qui renfermait deux pièces d'or.

Après cela, les deux jeunes filles reçurent les adieux du vieillard, qui, les larmes aux yeux, leur fit répéter deux ou trois fois qu'une lettre ne manquerait pas de leur parvenir, si on l'adressait à leur père, Mathurin, à la ferme du *Veau Blanc*.

Le lendemain de cette scène, M. Chatenay, qui lisait, après son déjeuner, le journal de Niort, s'interrompit tout à coup, et frappant la table du poing :

— C'est lui! s'écria-t-il; l'infâme! il n'y a de bonheur que pour ces gens-là!

— Qu'as-tu, mon bon ami? fit madame Chatenay.

— Écoute, Clémence!

Et M. Chatenay lut ce qui suit :

« Un des principaux chefs de l'insurrection de la Vendée, M. le
» baron Achille de Saint-Béralle, nouvellement arrivé d'Amérique
» pour soutenir la cause d'Henri V, était, depuis quelques jours, l'ob-
» jet des poursuites les plus actives. Son domestique ayant été arrêté,
» l'on espérait avoir par lui quelques indices; mais jusqu'à présent ce
» serviteur trop fidèle s'est renfermé dans le plus strict silence; et
» malgré toutes les perquisitions faites aux alentours, la justice a perdu
» complétement les traces d'un homme dont l'arrestation eût été de la
» plus haute importance. »

Emma, qui était présente, et qui ne pouvait douter que le vieillard de la carrière ne fût le baron de Saint-Béralle, resta muette et atterrée :

— Tu connaissais donc le baron de Saint-Béralle? dit madame Chatenay.

— Oui, Clémence! oui, par malheur, je le connaissais; et ce que je t'ai caché jusqu'à ce jour, je vais te le dire. Cet homme, ma bonne Clémence, a enlevé la moitié de la dot de notre chère Emma.

— Oh! mon Dieu! s'écrièrent les deux femmes en même temps, mais avec des sentiments divers.

— Quelque temps après notre mariage, reprit M. Chatenay, j'avais confié, sans t'en rien dire, à ce vil intrigant, que j'étais loin de soupçonner, une somme de cent mille francs, que nous devions employer à des achats de terrains en Amérique.

Ce fut le motif de ce voyage que je fis à Nantes, et dont je t'avais caché le véritable prétexte.

Les bénéfices de cette opération, accumulés depuis sept ans bientôt, eussent fait d'Emma la plus riche héritière de toute la Vendée. Mais j'avais eu affaire à un fripon.

Tant qu'il fut en France, je reçus régulièrement de ses nouvelles; mais une fois parti, sa correspondance cessa tout à coup; et je le croirais encore mort, si cet article de journal ne me prouvait évidemment le contraire.

— Est-ce bien le même? fit Emma.

— Je n'en puis douter, répondit M. Chatenay: « Le baron Achille de Saint-Béralle, nouvellement arrivé d'Amérique: » c'est lui. Puisse-t-il payer cher l'infamie dont il s'est rendu coupable envers moi!

Du reste, mes chéries, poursuivit M. Chatenay, ne soyez pas affligées de la perte que je viens de vous apprendre. Depuis dix ans je travaille à la réparer; et d'après une lettre que j'ai reçue ce matin même, j'aurai bientôt comblé largement ce déficit.

Craignant de laisser voir ce qui se passait en elle, Emma se retira dans sa chambre; et quand elle fut seule:

— Oh! mon Dieu! s'écria-t-elle en cachant son visage dans ses mains; est-il possible que vous vous soyez servi de moi pour assurer en partie l'évasion d'un homme qui a si indignement trompé la confiance de mon père!!!

(La suite au mois suivant.)

RÉBUS.

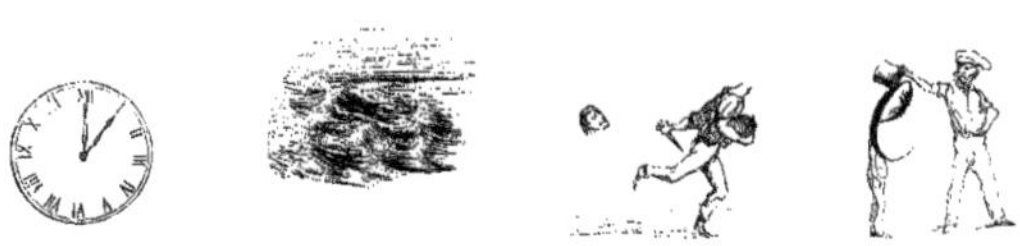

MARS.

Le mois de mars était autrefois chez différents peuples une époque de cérémonies et de plaisirs institués en l'honneur de la venue du printemps.

En Chine, l'empereur, accompagné de trois princes et de neuf présidents de cours souveraines, offrait un sacrifice au milieu de la campagne, et traçait lui-même quelques sillons qu'il ensemençait de cinq sortes de grains; les trois princes faisaient de même, et le lendemain la tâche était continuée par des laboureurs.

« Les Persans solennisaient pendant huit jours l'équinoxe vernal ou printanier. Le premier jour, le roi recevait les vœux du peuple : il consacrait le second aux savants, et particulièrement aux astronomes; le troisième aux prêtres, le quatrième aux magistrats, le cinquième aux grands du royaume, le sixième à ses parents, et les deux autres à ses enfants et à ses femmes. » (*Éphém. univ.*)

A Rome, les cérémonies qui s'accomplissaient durant le mois de mars étaient tout à la fois religieuses, politiques, civiles et militaires. C'était dans ce mois que les Vestales renouvelaient le feu sacré; que les jeunes hommes prenaient la robe virile; que l'on ouvrait les assemblées populaires connues sous le nom de *Comices;* enfin que les *Saliens* ou prêtres de Mars célébraient la fête de ces petits boucliers appelés *anciles*, que les Romains croyaient être tombés du ciel, et dans lesquels ils voyaient un gage de la puissance et de la durée de leur empire.

Avant la fondation de Rome, le mois de mars occupait des places différentes dans le calendrier des peuples du Latium. Il était le troisième chez les Albains, le cinquième chez les Falisques, le sixième chez les Toscans; enfin, il n'est peut-être pas de rang qu'il n'ait occupé dans la subdivision de l'année.

Romulus l'avait mis à la tête des autres mois pour rendre hommage au dieu Mars; mais le pieux Numa, moins belliqueux que son prédécesseur, fit précéder le mois de mars du mois de janvier, placé sous l'invocation du dieu Janus, dieu qui présidait à la paix ou à la guerre, suivant que les portes de son temple étaient ouvertes ou fermées. Enfin, les décemvirs rendirent au mois de mars le rang qu'il occupait chez les Albains et celui qu'il occupe également chez nous, c'est-à-dire le troisième.

PLANTES QUI FLEURISSENT DANS LE MOIS DE MARS.

EN SERRE CHAUDE.

Le *lantanier à feuilles de houx* (*lantania aquifolia*) (Amérique).
Quelques *ficoïdes* (Cap de Bonne-Espérance).
Le *jasmin d'Espagne* (*jasminum grandiflorum*).
L'*arctotide tricolore* (*arctotis tricolor*) (Cap de Bonne-Espérance).
Le *turnera ulmifolia* (Amérique méridionale).
L'*euphorbe à feuilles traînantes*.
Le *cierge rampant* (*cereus flagelliformis*).

Ces plantes n'exigent qu'une chaleur modérée, et l'on peut même ouvrir de temps en temps la serre où elles se trouvent, lorsque l'atmosphère est douce.

Les *ficoïdes* se placent dans l'endroit le moins chauffé de la serre, car elles sont peu susceptibles à un abaissement de température. Elles se multiplient de boutures que l'on fait durant l'été.

Le *jasmin* et l'*arctotide* exigent une situation plus chaude; cependant on peut les exposer à l'air quand le soleil est vif.

Le *turnera* ne demande pas une chaleur trop forte, mais il aime beaucoup l'air et l'humidité; aussi doit-on le mettre au soleil quand le temps le permet, et l'arroser fréquemment.

L'*euphorbe* et le *cierge rampant* se contentent, comme le précédent, d'une température moyenne; mais, contrairement au *turnera*, ils préfèrent un air sec; il faut donc les arroser avec modération.

Les personnes qui cultivent des *euphorbes* feront bien d'éviter le contact du suc de ces plantes, car toutes les espèces contiennent un principe âcre ou vénéneux qui peut causer, étant mis sur la peau, des altérations au moins désagréables.

EN SERRE FROIDE.

Les *perce-neige* (Europe).
Les *geranium*.
Les *crocus*.
Les *tulipes*.
Les *narcisses*.
Le *cyclamen*.
Les *hyacinthes*.
Les *œillets d'Inde*.
Quelques *anémones*.
La *fumeterre vivace*.
Les *primevères auricules*.

Toutes ces plantes n'exigent que de petits soins, mais ces petits soins doivent être continuels; ainsi l'on évitera de les soumettre à une température trop basse; on les couvrira le soir avec des paillassons ou des toiles, quand on supposera que la nuit doit être froide; on donnera des tuteurs aux hyacinthes, quand leurs fleurs deviendront trop pesantes; etc.

Presque toutes aiment la chaleur du soleil; cependant il faut en garantir les auricules quand elles sont jeunes, car alors un soleil trop intense les ferait immédiatement périr si elles y restaient longtemps exposées.

UN TRAVESTISSEMENT.

(SUITE.)

II.

LA SŒUR DE LAIT DE JEANNETTE.

Les quelques mois qui suivirent l'épisode que nous avons précédemment rapporté furent, pour M. Chatenay, marqués au coin du malheur.

La spéculation sur laquelle il comptait pour réparer sa fortune, si fortement ébranlée par le baron de Saint-Béralle, échoua complétement. Deux faillites achevèrent de dissiper presque entièrement sa fortune. Enfin, il avait été contraint de mettre en vente son petit château des environs de Niort, ainsi que sa ferme du *Veau Blanc*, déjà grevés l'un et l'autre d'un très-grand nombre d'hypothèques; et il était à Paris à solliciter une modique place de juge de paix dans une petite ville de province.

Sa femme et sa fille, n'ayant pas voulu le laisser seul dans un moment où il avait besoin de tant de soins pour supporter les coups du sort, l'avaient accompagné, et Jeannette, voyant sa bonne sœur de lait dans une position aussi précaire, avait obtenu de la suivre à titre de femme de chambre.

Ces quatre personnages habitaient un modeste logement situé dans le faubourg du Temple.

Madame Chatenay, qui bravait l'infortune avec une rare fermeté, s'occupait des détails du ménage. Emma, prenant exemple sur sa mère, travaillait son piano du matin au soir, dans la prévision de s'en faire bientôt une ressource; et Jeannette cumulait avec les fonctions de femme de chambre celles de cuisinière, dont elle s'acquittait à merveille.

M. Chatenay passait tout son temps dans les antichambres des ministres.

Le baron de Saint-Béralle n'avait pas été pris, et les journaux ne s'en occupaient plus. M. Chatenay, après s'être livré lui-même aux plus actives recherches, espérant obtenir une restitution quelconque, avait fini par y renoncer, et cette pauvre famille, ne comptant plus que sur la Providence, attendait avec une noble résignation ce qu'il lui plairait de faire à son égard.

On était alors en plein carnaval.

Les amusements de toutes sortes se croisaient en foule dans cette bonne ville de Paris, pour laquelle le plaisir est une indispensable nécessité. La cour étalait une pompeuse magnificence; la ville, comme de juste, imitait la cour; les salons regorgeaient de convives, les masques inondaient les rues, les billets de concert pleuvaient de tous côtés; mais les zones joyeuses qui s'échappaient chaque soir de dix mille points différents n'arrivaient pas jusqu'à la petite maison du faubourg du Temple, dont les habitants restaient étrangers à l'enivrement général.

M. et madame Chatenay, qui avaient retrouvé à Paris plusieurs de leurs connaissances, recevaient de temps en temps quelques invitations de bal; mais la crainte d'augmenter leurs dépenses les empêchait d'accepter; et Emma était la première à rejeter toutes les occasions qui pouvaient accroître la gêne de ses parents.

Un jour pourtant que madame Chatenay venait de recevoir un engagement à un bal travesti, la jeune fille, en apprenant cette nouvelle, n'avait pu maîtriser un léger mouvement d'envie, mêlée d'une expression de regret.

— Tu serais bien contente, n'est-ce pas, d'aller à ce bal, ma chère enfant? lui dit madame Chatenay.

— Dam!... oui... bonne mère, répondit Emma. Cependant je n'y songe déjà plus, car il faudrait un costume, et... ça coûte cher.

— Voyons, reprit madame Chatenay, n'y aurait-il pas moyen de t'arranger quelque chose avec une de mes anciennes robes?

— Je ne sais pas, maman, mais ça ferait toujours de la dépense, et j'aime mieux m'en passer.

— C'est que tu te passes déjà de tant de choses!

— Oh! pour une de plus ou de moins!... Plus tard nous rattraperons cela.

— Dieu le veuille, ma chérie! repartit madame Chatenay; mais, pour le moment, je souffre de te voir perdre toutes les occasions de t'amuser; et puisque ce sera la seule fois de cet hiver où tu prendrais un peu de distraction, nous pouvons faire un petit sacrifice.

— Non, maman, non, reprit Emma: dans l'état où nous sommes, ce serait toujours trop. Un bal, c'est fort amusant sans doute, mais ça passe si vite, que le lendemain je regretterais l'argent que nous aurions mis à me faire préparer un costume qui ne servirait plus à rien.

Jeannette, qui, tout en essuyant les meubles, avait entendu cet entretien, fit signe à sa jeune maîtresse qu'elle avait à lui parler, et les deux jeunes filles passèrent dans la chambre voisine.

— Vous rappelez-vous, Emma, dit tout bas Jeannette après avoir doucement fermé la porte, comme vous étiez jolie l'année dernière avec mon jupon, ma camisole et ma coiffe?

— Tiens! c'est une idée, fit Emma toute ravie.

— De cette façon, vous ne dépenserez rien du tout, et je vous assure que vous ne serez pas la plus mal.

— Bonne Jeannette, il n'y a que toi pour songer à tout.

Mais, reprit Emma, devenue tout à coup un peu sombre... réflexion faite...

— Quoi donc?

— Je pense que je ne pourrais pas m'amuser sous ce costume.

— Pourquoi cela?

— Il me rappelle...

— Bah! bah! interrompit Jeannette, est-ce notre faute à nous si ce monsieur... D'ailleurs, nous croyions faire une bonne œuvre... nous nous sommes trompées, voilà tout.

— Au fait, repartit Emma, qui n'était pas fâchée de trouver une excuse, dans les mêmes circonstances nous recommencerions encore, n'est-ce pas, Jeannette?

— Évidemment.

— Dites donc, petites, fit la voix de madame Chatenay.

— Maman nous appelle, Jeannette.

— Je parie qu'elle a la même idée que moi.

— C'est bien possible.

— Que disiez-vous, mes enfants? fit madame Chatenay quand les jeunes filles furent près d'elle.

— Jeannette m'offrait son costume, en m'assurant qu'il m'irait dans la perfection.

— C'est précisément à quoi je songeais, reprit madame Chatenay. Va donc le chercher, Jeannette, pour qu'Emma l'essaye, car je ne sais pas si vous avez exactement la même taille.

Les deux sœurs de lait échangèrent un coup d'œil qui signifiait qu'elles savaient parfaitement à quoi s'en tenir à cet égard; Jeannette courut à son armoire, dont elle rapporta son beau vêtement des dimanches, et Emma se mit aussitôt en devoir de l'essayer.

Elle achevait à peine, quand M. Chatenay rentra.

— Que faites-vous là? s'écria-t-il en voyant Emma vêtue de la sorte.

Madame Chatenay le mit au courant de ce qui se préparait, et ce bon père, qui, n'ayant pas encore obtenu de réponse avantageuse, revenait à la maison le cœur plein de soucis, oublia pour un instant ses préoccupations sérieuses en voyant son Emma, que cet élégant costume rendait plus charmante encore, se promettre un plaisir qu'elle goûtait si rarement.

La semaine d'ensuite, au jour fixé pour le bal, de nombreux équipages encombraient la rue de Lille, où demeurait la dame qui donnait cette fête.

Il était onze heures à peine quand arrivèrent madame Chatenay et sa fille; M. Chatenay, dont les espérances diminuaient de plus en plus, n'avait pu se décider à les suivre.

Avant de pénétrer dans les salons, Emma et sa mère se tinrent un moment dans l'antichambre pour attendre la fin d'une valse qui venait de commencer, et aussi pour jouir du ravissant coup d'œil qu'offrait cette réunion pittoresque et gracieuse.

Après la valse, deux cavaliers qui les avaient aperçues vinrent leur offrir leur bras, et lorsque Emma parut dans la salle, la simplicité de son costume, l'aisance avec laquelle elle le portait, et sa figure angélique, excitèrent un murmure d'approbation qui colora ses joues du plus frais incarnat.

En traversant la double haie qui s'était formée sur son passage, Emma ne cessa d'être accueillie par des expressions flatteuses, qui, quoique dites à mi-voix, n'arrivaient pas moins à ses oreilles. Les danseurs l'arrêtaient à chaque pas pour lui demander un quadrille. Enfin, elle eut toutes les peines du monde pour arriver jusqu'à la maîtresse de la maison, qui la reçut avec le plus aimable sourire, et qui complimenta sa mère de posséder une aussi ravissante enfant.

Loin de s'enorgueillir des éloges qu'elle recevait, et de les solliciter, en quelque sorte, en restant au milieu du cercle qui se formait autour d'elle, Emma, peu sensible à ces hommages, qui ne s'adressent qu'aux avantages extérieurs, alla se placer dans un petit coin, à côté de sa mère.

Au bout de quelques minutes, l'orchestre ayant donné le signal, un jeune danseur s'avança vers elle; mais au moment où elle se levait pour suivre son cavalier, sa vue s'éblouit, un cri léger partit de ses lèvres, et elle retomba sur son siége.

— Qu'as-tu, mon enfant? s'écria madame Chatenay.

— Oh! mon Dieu, mademoiselle, fit en même temps le jeune homme, aurais-je eu la maladresse de vous faire mal?

— Ce n'est rien, bonne mère. Non, monsieur, non, repartit Emma, se remettant un peu; mais la chaleur sans doute...

— Veux-tu que nous sortions une minute? reprit madame Chatenay.

— C'est inutile, maman, répondit Emma, je me sens mieux.

Et toute tremblante encore, elle prit le bras de son cavalier en baissant les yeux, et en se disant à part elle : Si ce n'est qu'une ressemblance, elle est extraordinaire... Nous verrons tout à l'heure.

A l'exception de quelques dames qui n'y avaient pas attaché beaucoup d'importance, personne ne s'était aperçu de ce petit événement, et le quadrille commença comme si rien ne fût arrivé.

Pendant la danse, un monsieur d'un certain âge, et placé dans un des angles du salon, se tenait immobile, le regard fixé sur le quadrille où figurait Emma. De temps en temps il se frottait les yeux, essayant de la sorte à doubler ses facultés visuelles; et quand on eut terminé la dernière figure, il suivit machinalement la jeune fille et se trouva tout à côté des dames Chatenay.

Emma, qui presque au même moment détournait la tête, eut toutes les peines du monde, en apercevant son voisin, à contenir l'émotion qu'elle éprouvait pour la seconde fois. Cependant elle eut la force de dissimuler son trouble, et regarda l'inconnu comme s'il lui eût été complétement indifférent.

Il n'en fut pas de même du monsieur. Dominé par les pensées qui l'agitaient, il se précipita vers la jeune fille, et sans réfléchir à sa démarche :

— Mademoiselle, lui dit-il, je vais vous paraître sans doute un peu ridicule; mais si la vieillesse ne vous épouvante pas, accordez-moi la grâce de danser un quadrille avec vous.

Ce son de voix et l'air égaré du monsieur achevèrent de convaincre Emma.

— Je ne me suis pas trompée, pensa-t-elle, c'est bien ce misérable. Par quelle fatalité le retrouvé-je ici? Puis, tout haut : Monsieur, reprit-elle en altérant un peu son organe afin de n'être pas trop tôt reconnue, la vieillesse ne me fait jamais peur, surtout lorsque je peux lui être agréable.

— Vous acceptez donc, mademoiselle?

— Oui. Seulement vous aurez à prendre patience, car je n'ai de libre que le troisième quadrille.

— J'attendrai, mademoiselle; merci de votre bonté.

Et l'étranger se perdit dans la foule.

Cet étranger, mes lecteurs l'auront probablement reconnu, n'était autre que le monsieur de la carrière, le baron de Saint-Béralle.

Quand vint ce quadrille si impatiemment attendu de part et d'autre, et que le baron se fut mis en place au milieu des acclamations des jeunes gens qui le félicitaient de se joindre à eux :

— Mademoiselle, fit-il en se penchant à l'oreille d'Emma, permettez-moi de vous adresser une question fort indiscrète.

— Parlez, monsieur, je vous écoute.

— Y a-t-il longtemps que vous habitez Paris?

— Non, monsieur; je n'y suis que de cet hiver.

— Oserai-je encore, mademoiselle, vous demander autre chose?

— Osez, monsieur; vos questions n'ont rien d'inconvenant.

— Avant de venir à Paris, mademoiselle.....

Ici le baron fut interrompu par son tour de danse. Il fit, tant bien que mal, la chaîne anglaise, et, de retour à sa place, reprenant sa phrase :

— Avant de venir à Paris, mademoiselle, quel endroit, s'il vous plaît, habitiez-vous?

— J'habitais..... la Vendée, monsieur.

— La Vendée!!! N'aviez-vous pas une sœur?.....

— Non, monsieur, je n'ai point de sœur, répondit gravement Emma, qui prenait plaisir à prolonger l'incertitude du baron.

— Vous n'avez pas de sœur! Mais alors.....

— Monsieur, interrompit la jeune fille, c'est à vous à danser.

— Maudite danse! murmura le baron de Saint-Béralle; on ne peut pas causer deux minutes.

Après avoir exécuté son *avant deux*, le baron allait reprendre l'entretien; mais, voyant derrière lui des personnes qui pouvaient l'entendre, ce dont il ne se souciait nullement, quelle qu'en fût la suite, il aima mieux attendre la fin du quadrille.

Au dernier coup d'archet :

— Mademoiselle, dit-il à sa danseuse, voudriez-vous faire avec moi le tour des salons?

— Volontiers, monsieur, repartit Emma, qui craignait de son côté que le baron ne se tînt pour désabusé.

— La conversation que nous avions tout à l'heure, mademoiselle, reprit aussitôt le baron de Saint-Béralle, aura dû vous faire supposer que vos traits ne m'étaient point tout à fait inconnus.

— En effet, monsieur, j'ai pensé que ma figure avait un peu d'analogie.....

— Un peu d'analogie, dites-vous? mais plus je vous regarde, et plus..... Tenez, je vous demandais si vous aviez une sœur..... eh bien! deux sœurs n'ont pas autant de ressemblance; la nature ne se répète jamais d'une façon aussi exacte..... Et puis..... ce costume..... cette démarche..... cet ensemble..... le bien-être que je me ressens à l'âme..... tout enfin me persuade sans que je le comprenne.....

— Que c'est bien moi, n'est-ce pas, monsieur le baron, que vous avez déjà vue dans une petite carrière aux environs de Niort?

— Je ne me trompais donc point!..... s'écria le baron de Saint-Béralle au comble de la joie. Mais vous m'aviez certainement reconnu, ma chère enfant : comment alors êtes-vous demeurée impassible? Était-ce dans la crainte de me compromettre? Oh! ne craignez rien! depuis hier je suis libre; depuis hier j'ai ma grâce, et je puis maintenant avouer tout haut que je suis le baron de Saint-Béralle!

— S'il vous est maintenant permis d'avouer, monsieur, repartit Emma, que vous êtes le baron de Saint-Béralle, je puis et je dois vous dire à mon tour que je suis la fille de M. Chatenay!

— Chatenay! répliqua le baron en faisant un violent soubresaut. Vous êtes la fille de Chatenay? d'Édouard Chatenay?

— Oui, monsieur.

— Et votre père, mon enfant, où est-il?

— A Paris, monsieur.

— A Paris! Et moi, qui demain allais partir le chercher à Bordeaux, et de là me rendre à la ferme du Veau Blanc!

— Vous alliez chercher mon père, monsieur le baron?

— Oui, mon enfant; vous en saurez bientôt le motif. Mais que fait-il à Paris, ce bon Édouard?

— Il sollicite une modeste place, monsieur, car mon père a..... perdu toute sa fortune!

— Pauvre! votre père est pauvre! Oh! dites-moi quelle est sa demeure, pour que j'aille à l'instant le détromper; il est riche, très-riche, au contraire, plus riche qu'il ne le fut jamais! Où demeure-t-il, mon enfant? où demeure-t-il? Je veux, sans perdre une seconde.....

— Nous habitons dans le faubourg du Temple, au n° 76, monsieur le baron, interrompit la jeune fille; mais il est à présent bien tard, mon père dort sans doute, et je craindrais qu'une visite aussi brusque ne lui causât trop de saisissement.

— Au fait, repartit le baron de Saint-Béralle, vous avez raison, il vaut mieux attendre à demain, d'autant que votre père a, je crois, besoin d'être un peu préparé à me voir. Dites-lui donc comment nous nous sommes rencontrés aux environs de Niort, s'il ne le sait déjà.

— Non, monsieur le baron, il n'en sait rien encore; j'ai fidèlement tenu ma parole.

— Merci, mon enfant; à cette heure je vous en dégage; dites-lui tout, et ajoutez que demain j'irai me jeter dans ses bras et lui restituer le dépôt que j'ai reçu de lui. Mais, reprit le baron, qu'était et qu'est devenue celle que vous appeliez là-bas votre sœur?

— C'était ma sœur de lait, répliqua joyeusement Emma, si pleinement heureuse depuis les dernières paroles du baron.

— Où est-elle à présent? repartit M. de Saint-Béralle; car vous savez que je suis également son débiteur, et que mon affection se partage entre vous et elle.

— Vous la verrez demain, monsieur le baron; quand nous sommes devenus malheureux, cette chère petite, que je considère comme ma meilleure amie, n'a pas voulu se séparer de moi.

— Créature angélique! fit le baron, que je vais être heureux de la revoir! Mais, mon enfant, poursuivit-il en s'adressant à Emma, vous n'êtes probablement pas seule à ce bal?

— Non, monsieur, je suis avec ma mère.

— Cette dame que j'ai vue tout à l'heure à votre gauche?

— Précisément!

— Retournons près d'elle, je désire la saluer; mais ne lui dites pas encore qui je suis, vous le lui apprendrez en rentrant.

Le baron et Emma se rendirent près de madame Chatenay :

— Madame, lui dit le baron, je vous ramène votre fille, et je vous demande la faveur de présenter mes félicitations et mes hommages à la mère d'une aussi gracieuse enfant.

— Je les reçois avec beaucoup de plaisir, monsieur, répondit madame Chatenay; vous paraissez avoir trop d'indulgence pour que l'on se fasse un scrupule d'en profiter.

— Du tout, madame, du tout; ceci n'est point de l'indulgence, et je bénirais... le... hasard qui me procurerait encore l'avantage de vous rencontrer.

— L'occasion, monsieur, se représentera peut-être.

— Je l'espère, madame.

Et le baron se retira en saluant la mère et la fille d'un air tout à la fois respectueux et bienveillant.

— Vraiment, Emma, fit madame Chatenay quand le baron de Saint-Béralle se fut éloigné, je crois que tu as fait la conquête de ce digne monsieur.

— Je le crois aussi, bonne mère, et si tu veux, je m'en tiendrai là pour ce soir.

— Tu veux déjà partir?

— Ma foi, oui.

— Tu ne t'amuses donc pas?

— Si, mais j'en ai assez.

— Allons, comme tu voudras.

En traversant les salons, les dames Chatenay passèrent devant le baron de Saint-Béralle, qui leur offrit de les accompagner à leur voiture; et en les aidant à y monter:

— Dans quelques heures, mon enfant, dit-il tout bas à la jeune fille.

— A l'honneur de vous revoir, madame, dit-il à madame Chatenay.

(La fin au mois suivant.)

LOGOGRYPHE.

Sur mes huit pieds je suis, mon aimable lectrice,
Un meuble fort commode où, sans nul artifice,
Vous vous endormirez peut-être dès ce soir
En me lisant. Mais si vous tenez à savoir
Ce que dans ces huit pieds je renferme de choses,
Ouvrez pour un instant vos paupières mi-closes,
Et veuillez de mes vers débrouiller l'écheveau
Me décapitez-vous? je deviens un hameau
Sis auprès de Paris, à cent pas de la Seine,
A trois cents de Passy, sur la route qui mène
A Sèvres et Saint-Cloud. En me décomposant
Vous trouverez en moi ce nectar bienfaisant
Que tout être nouveau goûte en venant au monde;
La femelle au corps lourd d'un animal immonde;
Un pronom possessif qui, selon qu'il est pris,
Indique l'amitié, la haine ou le mépris;
Ce que prend un poltron quand le danger s'avance;
La verge de métal qui, dans une balance,
Donne attache aux chaînons qui portent les plateaux;
Ce que tend l'oiseleur pour saisir les oiseaux;
L'organe dont ceux-ci font vainement usage
Lorsque l'on a fermé les portes de leur cage;
Une interjection qui marque le dédain;
Trois notes de musique; un condiment très-sain,
Mais qui donne à l'haleine une odeur détestable;
Un instrument en bois d'un son fort agréable;
Ce que l'on fait parfois lorsque, étant trop pressé,
L'on écrit *cent* par *s* et *savon* par un *c*;
Deux éléments divers; le haut d'un édifice;
L'endroit où s'accomplit l'auguste sacrifice
Qui rappelle un sang pur versé pour les pécheurs;
L'arbre que l'on joignait aux funèbres honneurs
Chez les peuples anciens; un bois de haute taille;
Un outil qui tient lieu de pince ou de tenaille;
Le nom que l'on applique aux Narcisses nouveaux;
La substance qui va dans le fond des tonneaux;
Enfin, pour vous fixer tout à fait, jeunes filles,
Le petit nécessaire où l'on met des aiguilles.

PRINTEMPS.

La brise glaciale enfin s'est apaisée;
Des plus joyeux accents l'écho va retentir;
La nature s'éveille, et sa bouche rosée
Laisse échapper dans l'air le souffle du plaisir!

Sous sa douce haleine,
Qui tout rassérène,
Les bois et la plaine
Oublient les autans.
Va, ma bachelette,
Suivre l'alouette
Qui court dans l'herbette
Sourire au printemps.

Dans le val émaillé, sous l'arbre qui s'incline,
Les fleurs vont confier leurs charmes aux ruisseaux;
Et les petits oiseaux becquetant l'aubépine,
Joignent leurs chants d'amour au murmure des eaux.

Va rire et folâtrer, bachelette mignonne,
Sur le gazon des prés et la mousse des bois,
Ou tresser sous le hêtre une fraîche couronne
Pour en parer ton front; mais aussi que parfois

Ton âme naïve
Traversant pensive
Et contemplative
Tes deux jolis yeux,
O ma bachelette!
Suive l'alouette
Qui laisse l'herbette
Pour voler aux cieux!

AVRIL.

Le mot *avril*, par lequel on désigne le quatrième mois de l'année, vient du mot latin *aperire*, qui veut dire *ouvrir*, et qui est un emblème de ce qui se passe durant ce mois dans la terre, dont les pores se dilatent pour laisser passer la tige des végétaux dont on lui a confié les graines.

On ne peut pas parler du mois d'avril sans dire un mot de ces mauvaises plaisanteries qui s'élaborent le premier jour de ce mois, et que l'on nomme *poissons d'avril*.

Leur origine est fort ancienne, et peut-être ne la connaît-on pas encore ; mais les commentateurs, qui ne sont jamais embarrassés, ont émis à ce sujet plusieurs opinions, dont voici les principales :

Les uns pensent que cette coutume bizarre vient de ce qu'un prince de Lorraine, que Louis XIII faisait garder à vue dans le château de Nancy, parvint à s'échapper le 1er avril, en traversant la Meurthe à la nage ; ce qui fit dire aux Lorrains : « On a donné aux Français un singulier poisson à garder. »

Fleury de Bellingen dit que c'est en mémoire des courses que par dérision les juifs firent faire à Jésus-Christ, de chez Anne chez Caïphe, de chez Caïphe chez Pilate, de chez Pilate chez Hérode, et de chez Hérode chez Pilate.

D'autres y voient une allusion à la pêche, qui d'ordinaire commence dans le mois d'avril, et prétendent que par cette allusion l'on veut enseigner… à qui ? aux poissons ? non, aux hommes, à se méfier des appâts qui leur sont tendus.

D'autres, enfin, présument que c'est une suite des mystifications que l'on faisait subir, au seizième siècle, à ceux qui blâmaient Charles IX d'avoir remis le commencement de l'année au premier janvier. Alors, en effet, l'on envoyait à ces… *réactionnaires*, comme on dirait aujourd'hui, des messages dérisoires en guise d'étrennes, et ces messages auraient été nommés *poissons*, parce que le mois de FÉVRIER a des *poissons* pour signe zodiacal.

L'auteur de cette dernière explication peut se flatter de ne point être en deçà de ses collègues.

De nos jours la coutume du *poisson d'avril* a perdu un peu de son succès, mais, comme en revanche elle conserve tout son *gros sel*, il est probable qu'elle ne s'éteindra pas encore; le Français est né si malin!

PLANTES QUI FLEURISSENT DANS LE MOIS D'AVRIL.

EN SERRE CHAUDE :

Plusieurs plantes du mois précédent.
Quelques *aloès*.
La *sauge d'Afrique* (*salvia Africana*) (Cap de Bonne-Espérance).
Quelques *sensitives* (*mimoso*).
Le *crinum à larges feuilles* (*crinum latifolium*).
La *clusia à grandes fleurs* (*clusia grandiflora*).
Le *rosier de la Chine* (*hibiscus*).

Les *aloès* sont des plantes dont plusieurs exigent constamment la serre chaude, comme, par exemple, l'aloès vivivape; les autres sont moins susceptibles au froid; cependant, il est prudent de ne pas les exposer à une température trop basse. Les aloès se multiplient par œilletons ou drageons, que l'on détache du pied en juin ou juillet, et que l'on plante dans une terre sablonneuse, après les avoir fait sécher pendant sept ou huit jours à l'ombre.

La *sauge d'Afrique* se contente d'une chaleur modérée, et l'on peut, pendant l'hiver, la conserver dans un appartement où l'on fait journellement du feu. Elle se multiplie par boutures, que l'on fait au printemps et en été.

Les *sensitives* sont des plantes excessivement délicates, qui demandent constamment une chaleur à peu près égale, attendu que leur extrême irritabilité les rend susceptibles aux moindres variations de température. On les multiplie par graines, que l'on sème sur couche au printemps.

Le *crinum* est une plante bulbeuse, dont la tige et les fleurs sont rouge pourpre, et dont la fleur ressemble à celle de la tubéreuse quant à sa composition. Elle se multiplie par drageons, que l'on met en terre au printemps.

EN SERRE FROIDE :

Beaucoup de plantes du mois précédent.
Plusieurs *iris*.
La *perce-neige*.
Les *giroflées*.
L'*héliotrope du Pérou*.
La *tanaisie*.
Les *fritillaires*.
Le *souci d'Afrique*.
Le *bouton d'argent*.
Le *thlapsi jaune*.
Le *convolvulus de Crète*.
L'*arum d'Égypte*.
La *diosma*.

UN TRAVESTISSEMENT.

(SUITE ET FIN.)

III.

LE BARON DE SAINT-BÉRALLE.

Rendues à la maison, les dames Chatenay trouvèrent Jeannette qui cousait en les attendant.

— Comment! tu ne t'es pas couchée, vilaine? lui dit Emma.

— Non, j'étais trop impatiente de savoir si vous vous étiez amusée.

— Admirablement, Jeannette.

— C'était donc bien joli?

— Superbe. Mais va te coucher, et surtout dors bien, car j'ai des choses charmantes à te raconter.

Les deux jeunes filles s'embrassèrent, et Jeannette monta dans sa chambre.

— A présent, maman, fit Emma, il faut aller réveiller mon père.

— Es-tu folle?

— Non pas, Dieu merci; mais je suis certaine qu'il sera content de savoir combien j'ai pris de plaisir au bal.

— Tu lui diras cela demain, Emma.

— Non, non, sous l'impression du moment, ça vaut bien mieux.

— Emma, je t'en prie, ne trouble pas son repos.

— Peut-être ne dort-il pas; allons voir.

Les deux femmes entrèrent dans la chambre à coucher de M. Chatenay, et Emma s'approcha du lit de son père.

M. Chatenay dormait; cependant les muscles de son visage étaient agités, et ses lèvres remuaient par intervalles.

— Pauvre père! que rêve-t-il? fit Emma.

— Ne le dérange pas, ma chérie, répliqua tout bas madame Chatenay.

Avant quelle eût achevé, Emma déposait un gros baiser sur le front de son père, et M. Chatenay ouvrait les yeux.

— Ah! vous voilà de retour! s'écria-t-il en étendant la main vers sa femme et sa fille. Je ne suis pas fâché que vous ayez interrompu mon sommeil, mais, sans reproches, vous venez de déranger un bien beau rêve.

— C'est Emma que tu dois gronder, répondit madame Chatenay; je n'ai pas pu l'empêcher de te réveiller.

— Quel songe faisais-tu donc, cher père?

— Hélas! je me voyais encore à ce temps qui n'est plus, j'étais encore riche, je donnais des fêtes, je te voyais entourée d'hommages... Oh! que j'étais heureux!

— Eh bien, bon père, ce n'est point un rêve, ou plutôt tu peux l'achever sans dormir: nous sommes toujours riches, et tu ne seras plus contraint d'aller mendier les faveur des grands!

— Que dis-tu là? s'écrièrent M. et madame Chatenay.

— L'exacte vérité, mes chers parents!

Et elle raconta aussi brièvement que possible ses visites avec Jeannette à la vieille carrière des environs de Niort, et la rencontre qu'elle avait faite au bal.

En finissant elle se jeta à genoux pour rendre grâce au ciel, et sa mère fit de même, tandis que M. Chatenay ne cessait de passer les mains sur son visage pour s'assurer qu'il ne dormait pas encore.

Ainsi qu'on peut le supposer, chacun sommeilla fort peu dans la petite maison du faubourg du Temple.

Dès la pointe du jour tout le monde était sur pied. Jeannette, qui venait d'être instruite par Emma de l'épisode du bal, voltigeait comme un oiseau qui depuis longtemps aurait été privé de ses ailes, et se sauvait en chantant, quand on voulait lui prouver qu'elle était la principale cause du bonheur dont tous allaient jouir.

A neuf heures la sonnette de l'appartement retentit; les deux sœurs de lait coururent ouvrir, et le baron de Saint-Béralle, les tenant par la main, entra dans la pièce où l'attendaient M. et madame Chatenay.

Il y eut quelques secondes de ce silence éloquent qu'aucun des acteurs d'une semblable scène ne sait comment rompre. Enfin, le baron de Saint-Béralle surmontant son émotion et s'avançant vers M. Chatenay :

— Veux-tu m'ouvrir tes bras, Edouard? lui dit-il.

— Oh! de grand cœur! et que tout soit oublié! s'écria M. Chatenay.

— Tu m'as accusé, n'est-ce pas, mon pauvre ami?

— Je ne te le cache point, Achille, c'est vrai; les apparences étaient si trompeuses! Pardonne-moi!

— Te pardonner! mais, c'est moi qui demanderai ton absolution, quand j'aurai justifié ma conduite.

— Je ne veux rien savoir, Achille!

— Oui; mais, moi, je veux tout te dire; seulement, permets-moi d'abord d'embrasser ta femme, ta fille et...

— Et mon autre fille, interrompit M. Chatenay; car depuis ce matin surtout je n'établis plus entre elles la moindre différence.

— A présent, reprit le baron de Saint-Béralle en s'asseyant sur un canapé entre M. et madame Chatenay, deux mots du passé, mes chers amis, pour n'y jamais revenir. Vous savez sûrement tous comment et pourquoi j'avais quitté la France?

— Je l'avais dit seulement à ma femme et à Emma, fit M. Chatenay.

— Oui, reprit en souriant le baron de Saint-Béralle; mais ce que l'une de ces charmantes enfants sait n'est pas longtemps un secret pour l'autre; je m'en suis jadis aperçu, fit-il en regardant les deux sœurs de lait qui se tenaient debout les bras enlacés.

Emma et Fanchette se regardèrent en ayant l'air de se dire qu'elles n'avaient point à regretter leur mutuelle confiance, ce que comprit et approuva le baron.

— Arrivé, poursuivit-il, à *Rio-Janeiro*, qui devait être le théâtre de nos spéculations, je me mis tout de suite à chercher des terrains; il n'y avait qu'à choisir et à vil prix; je m'arrêtai à quelques-uns placés dans les meilleures conditions; mais la veille du jour fixé pour le payement de mes achats, un homme, dont j'avais fait connaissance durant la traversée, et qui s'était engagé près de moi comme secrétaire, disparut en emportant jusqu'à la dernière pièce de nos cent mille francs.

— L'infâme! s'écria M. Chatenay.

— Ce me fut, vous le pensez bien, un coup terrible!

— Pourquoi ne m'as-tu pas écrit immédiatement? reprit M. Chatenay; je t'aurais envoyé tout ce que j'aurais pu.

— Songe, mon cher Edouard, que j'étais à plus de deux mille lieues, et que ma lettre eût été près de trois mois à te parvenir. D'ailleurs, je ne savais comment t'annoncer cette catastrophe; et puisqu'il ne faut rien cacher, je t'avouerai que je craignais que tu ne doutasses de ma probité. Je n'avais promis de t'écrire qu'après avoir fait quelques opérations, et j'étais sûr du moins que tu ne serais pas inquiet d'un silence de quatre ou cinq mois.

Il serait trop long de raconter tout ce que je fis durant ces cinq mois pour subvenir à mon existence et me créer avec rien un élément de fortune.

Ayant enfin eu le bonheur d'inspirer de l'intérêt à un brave planteur dont je tenais les livres, il m'avança quelques fonds, et j'achetai sept arpents de forêts incultes.

A cette époque, Édouard, je t'écrivis une longue lettre, où je t'apprenais notre désastre; mais je sus, six mois plus tard, que le navire qui l'emportait s'était perdu.

Cela faisait presque une année depuis notre séparation. Je t'écrivis de nouveau; mais ma lettre s'égara sans doute, car je ne reçus point de réponse.

Sur ces entrefaites, je tombai fort dangereusement malade d'un coup de soleil qui faillit me tuer, et qui pendant dix-huit mois m'enleva littéralement toutes mes facultés intellectuelles. Quand je revins à la raison, j'avais oublié jusqu'aux principales circonstances de ma vie; je ne me rappelai plus ton nom; j'eus beaucoup de peine à me souvenir du but de mon voyage; et si l'on ne m'eût pas montré les actes qui me rendaient propriétaire des terrains qui nous appartenaient, je n'aurais songé nullement à les réclamer.

Néanmoins, la mémoire me revint peu à peu, je retrouvai ton nom et ton adresse, et je t'écrivis à Nantes.

— Je l'avais alors quitté depuis deux ans, interrompit M. Chatenay.

— Cette lettre ayant eu le sort de l'autre, reprit le baron, je te crus mort, et je me remis à l'œuvre, espérant au moins partager un jour avec tes héritiers.

Me trouvant assez riche, et tu sauras bientôt ce que nous possédons...

— C'est-à-dire ce que vous possédez, monsieur, fit madame Chatenay; car, d'après votre récit, je crois...

— Oh! madame, je vous en supplie, répliqua vivement le baron, ne me faites pas d'objections semblables; j'avais, par ma faute, perdu le dépôt d'Édouard : ne devais-je pas réparer mon imprudence?

— Mais, cependant... repartit M. Chatenay.

— Voyons, Édouard, veux-tu me faire l'amitié de te taire? Égoïste! qui ne voudrais pas me laisser la satisfaction d'être un peu généreux!

Me trouvant assez riche, reprit le baron, je réalisai ma fortune, et je retournai l'année dernière en France. En débarquant au Havre, j'appris que l'on se battait en Vendée!

Tu connais mes opinions, Édouard, et tu n'es pas étonné que j'aie pris part à l'insurrection.

Après son dénoûment, qui ne m'a pas été si fatal que je pensais, puisqu'il me vaut en grande partie d'être aujourd'hui près de vous, et quand j'eus quitté la petite carrière des environs de Niort, je courus au Havre chercher une cassette que j'avais laissée chez un de mes amis. Cette cassette contenait toute notre fortune. Je la repris, et je vins à Paris solliciter ma grâce, car j'étais toujours sous le coup d'une arrestation.

Comme je l'ai dit cette nuit à mademoiselle Emma, je suis libre depuis quelques jours, et j'allais partir pour Bordeaux, ayant su par hasard qu'un M. du nom de Chatenay l'avait habité; je ne pensais pas précisément que ce fût toi, mon cher Édouard, mais ce pouvait être quelqu'un de ta famille.

— C'était bien nous! interrompit M. Chatenay; nous y sommes restés cinq ou six mois; mais, hélas! il fallut en partir!

— Le quadrille que j'ai dansé ce matin, reprit le baron, m'épargne les frais du voyage; il est vrai que j'exécutais là un véritable tour de force.

— Dont vous vous êtes admirablement acquitté, monsieur le baron, repartit Emma.

— Vraiment! Ah! vous vous moquez de moi, mademoiselle la villageoise!

— Mais, non, non, je vous assure.

— Tu vois, Chatenay, ta fille se moque de moi; quelle punition pourrions-nous bien lui infliger?

— Celle de recommencer, monsieur le baron, reprit la jeune fille, dès que l'occasion s'en présentera!

— Oui-da! mademoiselle, vous ne vous croyez pas si près de votre supplice!

— Ce sera bientôt? fit Emma.

— Demain, pas plus tard, repartit M. de Saint-Béralle; et l'exécution aura lieu dans mon hôtel. Oh! je suis un juge impitoyable, et je vous condamne sans appel à ouvrir avec moi la fête que je veux donner.

— Comme tu vas être malheureuse! fit Jeannette en s'adressant à sa sœur de lait.

— Aussi, reprit le baron, n'aurez-vous pas le cœur assez dur pour la laisser aller seule, et vous déciderez-vous à l'accompagner.

— Qui? moi, dans un bal! s'écria Jeannette en riant aux éclats.

— Eh! mais, sans doute! et je compte bien vous faire subir le même châtiment qu'à votre sœur. Oh! je ne vous tiens pas sitôt quitte de votre indiscrétion de l'année dernière!

— Je vois, monsieur le baron, fit en souriant madame Chatenay, que votre coup de soleil est tout à fait guéri.

— Oui, madame, j'ai maintenant une excellente mémoire, et ce ne sera pas de trop pour me rappeler toutes les délicieuses sensations que j'éprouve aujourd'hui.

— As-tu terminé ta confession? reprit M. Chatenay.

— Oui, sauf les détails que je vous raconterai, mes bons amis, durant nos soirées d'hiver.

— Eh bien, allons déjeuner.

— Dans une minute, repartit le baron. Peut-on se mettre à l'aise, chez toi?

— Parfaitement! N'es-tu pas en famille?

— C'est que j'ai là, reprit M. de Saint-Béralle en mettant la main dans la poche de côté de son habit, quelque chose qui me pèse horriblement.

— Voulez-vous nous le confier? firent en même temps Emma et Jeannette.

— En aurez-vous bien soin, mes enfants?

— Oh! soyez tranquille!

— Prenez donc, et gardez cela jusqu'à ce que je vous prie de me le rendre; et si je ne vous le redemande pas d'ici à... ce soir, conservez-le comme un souvenir de moi.

En parlant ainsi, le baron remit à chacune des deux sœurs un petit portefeuille en maroquin vert.

— Oh! que c'est gentil! s'écria Jeannette. Je vais aller tout de suite le serrer dans mon armoire!

— Sans même regarder ce qu'il y a dedans?

— Bien sûr, monsieur le baron; car ça n'est pas encore à moi!

— Regardez, regardez, mes enfants, ces objets vous appartiennent!

— Merci, monsieur le baron.

Et les deux jeunes fille de satisfaire aussitôt leur petite curiosité.

— Tiens! une lettre! firent-elles ensemble en ouvrant le portefeuille.

— Une lettre! dit Emma, que vous avez peut-être oubliée, monsieur le baron?

— Non pas, reprit ce dernier; ce n'est point tout à fait un oubli.

— Mais... repartit Emma en regardant l'adresse, ce n'est pas pour nous : *A monsieur Rotschild, banquier, rue Laffitte.*

— Que leur donnes-tu donc là? dit M. Chatenay.

— Presque rien, mon ami; deux petits bons de cent cinquante mille francs, payables à vue!

A ces mots, Jeannette laissa tomber le portefeuille, comme s'il eût acquis tout d'un coup une pesanteur en rapport avec la valeur qu'il contenait.

Emma, moins stupéfaite, hésitait néanmoins à conserver la lettre.

Le baron ramassa le portefeuille et le remit à Jeannette.

Puis, s'adressant aux deux sœurs de lait, qu'il attira sur sa poitrine :

— Combien, mes enfants, leur dit-il, aviez-vous de pièces d'or semblables aux deux que vous me donnâtes dans la vieille carrière?... C'étaient peut-être les seules que vous possédiez... Surtout vous, Jeannette? Et cependant j'ai bien accepté, moi! Or, ce que je vous offre aujourd'hui n'est pas le demi-quart de ma fortune.

— Mais tu es donc... fit M. Chatenay tout interdit lui-même.

— Oui, mon cher Édouard, interrompit le baron, nous sommes deux fois millionnaires! Voici nos titres, ajouta-t-il en montrant plusieurs actes notariés; tantôt nous les partagerons, ou, si tu l'aimes mieux, nous mettrons tout en commun et nous vivrons désormais ensemble, ce que je n'ose te demander, mais ce qui serait pour moi le plus grand bonheur!

— Tu n'oses pas! s'écria M. Chatenay en se jetant au cou de son ami, tu n'oses pas! mais ne te devons-nous pas tout? le bien-être, la joie?... Peut-être aussi mon existence! Oh! oui, Achille, ne nous séparons plus!

— Tu acceptes la communauté de biens? reprit M. de Saint-Béralle.

— Vous raillez, monsieur le baron! fit madame Chatenay.

— Je m'en garderais assurément, madame, repartit gaiement le baron; mais je désire savoir si vous comprenez bien l'un et l'autre tous les termes de notre engagement, et si j'aurai le droit de me regarder comme un peu le père de ces deux belles jeunes filles, qui valent certainement mieux que tout ce que j'apporte?

— Quant à la nôtre, répondit madame Chatenay, nous vous en abandonnons la moitié de tout cœur; mais pour Jeannette, nous ne sommes pas entièrement maîtres d'en disposer.

— Eh bien, ma foi, tant pis! moi, j'en dispose, repartit aussitôt Jeannette, car je suis sûre que papa Mathurin va bénir monsieur le baron quand il connaîtra toute l'histoire.

— Très-bien, Jeannette! fit le baron; ce naïf élan me comble de joie, et j'espère que papa Mathurin n'aura pas moins de confiance que mes amis Chatenay. C'est que, voyez-vous, ajouta-t-il, je mitonne encore quelque chose: il y a de par le monde deux charmants garçons... deux frères très-dignes, je le garantis... Mais nous en reparlerons un autre jour... L'essentiel pour le moment est de déjeuner, car je vous avoue que je commence à me sentir un appétit d'ogre.

— Tout est-il prêt, mes petites? fit madame Chatenay.

— Oui, maman, répondit Emma; le menu service est sur la table, et le traiteur va bientôt apporter le reste.

— Ah! vous me traitez! fit plaisamment le baron de Saint-Béralle.

— Nos moyens nous le permettent, répondit madame Chatenay d'un air tout à la fois rempli de reconnaissance, de béatitude et de mélancolie; ce matin il nous restait environ trente francs pour vivre durant quinze jours!

Et prenant le bras du baron, elle précéda le petit groupe dans la salle à manger.

L'été suivant une double noce avait lieu dans la propriété de M. Chatenay, aux environs de Niort.

Emma et Jeannette épousaient: la première le marquis et la seconde le comte de Mérillac.

Papa Mathurin, à qui l'on avait fait cadeau de la ferme du *Veau Blanc*, avait invité tous les paysans, ses voisins, et recruté tout ce qu'il existait de ménétriers dans les alentours.

Sa fille comtesse! et lui propriétaire! il n'en revenait pas, et dans l'ivresse de son bonheur il embrassait tout le monde.

Vers neuf heures du soir, pendant que les nombreux convives, composés de personnages de conditions très-diverses, dansaient au château et, à la ferme, le baron de Saint-Béralle, M. et madame Chatenay et les nouveaux époux s'esquivèrent sans rien dire. Ils montèrent en calèche, et faisant arrêter à mi-chemin à peu près du village de Saint-Georges, ils mirent pied à terre, et se rendirent à la vieille carrière, que depuis son séjour au château le baron de Saint-Béralle visitait chaque matin, tantôt seul, mais le plus souvent avec Emma et Jeannette.

— Je vous remercie, mes chers amis, dit-il en s'adressant à sa suite, de l'attention délicate que vous avez eue en me proposant de venir ensemble à cet endroit, où j'ai, pour ainsi dire, retrouvé le fil de mon existence.

Quand j'y étais caché, je passais mon temps à me demander quelle était celle dont l'âme était la meilleure, d'Emma ou de Jeannette. C'est un problème que je n'ai pas encore pu résoudre.

Aujourd'hui je m'en pose un autre, et c'est à vous, messieurs de Mérillac, à me laisser dans la même incertitude à son sujet.

Devant ces lieux qui me sont si chers, je vous en supplie, messieurs, jurez-moi de faire en sorte que je puisse mourir en me demandant quelle est la plus heureuse, de la sœur de lait de Jeannette ou de la sœur de lait d'Emma!

CHARADE.

Mon premier se voit fréquemment
Sur le visage des coquettes :
Mon second est un élément
Fort peu choyé dans les guinguettes.
Réel ou figuré, mon tout est inhérent
A notre chétive existence,
Et dans plus d'une circonstance
Il est d'autant plus lourd qu'il est moins apparent.

RÉBUS.

affaires.

MAI.

On est à peu près d'accord sur l'etymologie du nom de ce mois. Il vient de Maia, nom de la mère de Mercure, à laquelle ce mois était consacré.

Le mois de mai fut dans tous les temps, chez beaucoup de peuples, un mois de fêtes et de réjouissances, provoquées par les gracieux phénomènes qui s'accomplissent dans la nature.

En France principalement, où l'on est si prompt à saisir toutes les occasions de s'amuser, on conserva longtemps les traditions anciennes.

« A Paris, les clercs de la basoche plantaient dans la cour du palais un arbre qui prenait le nom du mois, et qu'ils avaient le privilége d'aller couper dans le bois de Vincennes. A Lyon, les imprimeurs élevaient un *mai* devant la porte du gouverneur, et le chargeaient de tributs poétiques. Quelquefois l'usage admettait d'autres offrandes : par exemple, les orfévres de Paris présentaient à la Vierge un grand tableau, qu'on appelait *tableau de mai*, et que pendant cette journée l'on attachait au portail de l'église. » (*Ephém.*)

Les habitants des campagnes, encore plus respectueux que nous pour les usages antiques, n'ont point abandonné la plantation de l'*arbre de mai*, et tous les ans, dans les villages, cette cérémonie se pratique avec accompagnement de chants, de danses et surtout de libations.

Le mois de mai n'était pas pour les Romains une époque de plaisir ; mais, en revanche, il comptait beaucoup de cérémonies religieuses ; aussi, c'était durant son cours que l'on célébrait les fêtes Lémurales, celles de Flore, celles de Mars vengeur, etc., etc.

Depuis une cinquantaine d'années, le mois de mai a reçu une consécration nouvelle ; c'est à la Vierge Marie qu'il est dédié, et chaque soir les temples retentissent de chants d'amour et de reconnaissance en l'honneur de celle qui concourut si puissamment à la rédemption du monde.

Cette pratique, qui prit naissance en Italie vers la fin du siècle dernier, fut instituée par le père Lalomia, pour obvier aux inconvénients des fêtes profanes qui avaient lieu durant le mois de mai ; nous en reparlerons tout à l'heure.

PLANTES QUI FLEURISSENT DANS LE MOIS DE MAI.

EN SERRE CHAUDE :

Amaryllis diverses (presque toutes originaires du Brésil).

La *begonia manicata* (Brésil). (Fleurs roses.)

Divers *crinum* (Inde). (Fleurs pourpre et blanches.)

Divers *ixora* (Indes Orientales). (Fleurs rouge-cramoisi et blanches.)

Le *nicterium amazonicum* (Brésil).

La plupart de ces plantes ne demandent qu'une température de 18 à 20 degrés, soit en châssis, soit en serre ; au-dessus de cette température il est indispensable de leur donner de l'air. L'atmosphère dans laquelle vivent ces plantes doit être constamment humide, tant pour favoriser leur végétation que pour empêcher le développement des nombreux insectes qui s'attachent à elles. Cette humidité se produit au moyen du seringage dans l'air.

Divers *bletia* (Pérou, Guinée, Havane). (Fleurs roses, rouges et violacées.)

Idem *dendrobium* (Inde, Chine). (Fleurs jaunes, roses, etc.)

Idem *maxillaria* (Mexico, Pérou). (Fleurs jaunes et blanc rosé.)

Idem *gongora* (Demerara, Brésil). (Fleurs jaunes et brunes.)

Idem *oncidium* (Brésil, Guatimala). (Fleurs de colorations diverses.)

Ces plantes, qui appartiennent à cette curieuse famille des *labellées* dont j'ai dit un mot au mois de *février*, sont la plupart très-odorantes et ont toutes des formes extraordinaires.

Elles exigent les mêmes soins que leurs congénères les *cymbidium* et les *epidendrum ;* il faut également les préserver des coups de soleil, en abritant les serres et châssis avec des toiles ou des paillassons.

Cette dernière recommandation, ainsi que celle d'aérer et de faire de l'humidité dans l'atmosphère, s'applique durant l'été à presque toutes les plantes de serres chaudes.

EN SERRE FROIDE :

L'*anagallis monellii* (Europe et Japon). (Fleurs bleues.)

L'*aphelexis sesamoïdes* (Cap de Bonne-Espérance). (Fleurs roses et rouges.)

Diverses *boronia* (Nouvelle-Hollande). (Fleurs rosées, rouges, etc.)

Les *orangers* (Europe australe et Japon).

Plusieurs *erica* (Cap de Bonne-Espérance). (Fleurs de toutes couleurs.)

Idem *azalea indica* (Indes et Amérique). Idem.

Idem *rhododendrum* (Indes et Europe). Idem.

Idem *pimelea* (Nouvelle-Hollande). Idem.

Toutes ces plantes demandent beaucoup d'air, un peu d'ombre, une atmosphère humide et de la terre de bruyère pure, à l'exception des orangers, qui exigent une terre composée d'un tiers de terre de bruyère, un tiers de terre arable, un sixième de terreau riche, et un sixième de sable et de substances calcaires.

L'AVE MARIA.

J'ai dit que vers la fin du siècle dernier, le mois de mai avait été consacré à Marie par le père Lalomia, dans le but de faire diversion aux fêtes profanes par lesquelles on célébrait, en Italie, le retour de ce mois charmant où la nature achève de revêtir sa plus fraîche toilette.

Or, il y a dans cette consécration non-seulement une pensée chrétienne, morale et profonde, mais encore une idée gracieuse, délicate et poétique.

Parmi les sensations diverses que nous fait éprouver l'époque où la campagne reprend sa belle robe de verdure, où les prairies s'émaillent de mille fleurs, où la blanche aubépine jette au vent du matin ses émanations si suaves, où les petits oiseaux recommencent à faire retentir l'air de leurs chants mélodieux, parmi, dis-je, les émotions que nous ressentons alors, on s'abandonnait sans réflexion à cette joie folle que cause la vue d'un beau spectacle, et, l'esprit absorbé par des réjouissances auxquelles ne présidaient pas toujours la convenance et la réserve, on oubliait de saisir ces douces inspirations que suscitent en nous les œuvres de Dieu!

Pour ramener à des sentiments plus nobles, plus purs et surtout plus conformes à l'occasion qui les faisait naître, il fallait qu'une sainte image vînt se joindre à l'idée de la résurrection de la terre; il fallait que cette résurrection fût placée sous le patronage d'un ange de pureté, de grâces, de candeur et d'amour, et naturellement le nom de Marie dut s'offrir de lui-même à la pensée du révérend père Lalomia.

Aussitôt l'institution du *Mois de Marie*, les jeunes filles renoncèrent promptement à ces fêtes qui mettaient souvent leur candeur en péril; car, à quelque religion qu'elles appartiennent, le culte de Marie a pour les jeunes filles quelque chose d'attrayant et d'ineffable.

Marie! n'est-ce pas l'incarnation de toutes les vertus que peut posséder la femme? n'est-ce pas l'idéal de la beauté morale et physique? n'est-ce pas le modèle offert à l'enfant, à la jeune fille, à l'épouse, à la mère?... Oh! si Marie n'était qu'une créature imaginaire, il serait encore bon de méditer sur ce type enchanteur de la perfection absolue! Nous aimerions à nous représenter la femme sous ce divin aspect; nous aimerions à lui comparer les êtres qui nous sont chers; et comme Voltaire l'a dit de Dieu, si Marie n'était pas, il faudrait l'inventer!

De toutes les prières composées en l'honneur de Marie, la plus simple, la plus douce, mais en même temps la plus expressive et la plus éloquente, est l'*Ave Maria*.

Que de choses dans cette petite invocation!

Je n'ai ni l'intention ni le droit de faire ici de la théologie; je ne veux point commenter cette prière ni les traditions qu'elle rappelle; c'est une simple méditation que j'offre à mes lectrices; puisse-t-elle leur inspirer, même en dehors de toute idée de dévotion, le désir d'imiter celle qui contribua si puissamment à changer la face du monde par la pratique de vertus qui, dans un cercle plus restreint, assurent le bonheur de la famille et sont la base de la société !

L'AVE MARIA se compose de trois parties :

La première est formée des paroles de l'ange Gabriel lorsqu'il vint annoncer à Marie sa mission céleste.

La seconde contient les paroles qu'Élisabeth, cousine de Marie, lui adressa lorsque celle-ci fut la visiter.

La troisième est une addition de l'Église catholique.

PREMIÈRE PARTIE.

Je vous salue, Marie, pleine de grâce; le Seigneur est avec vous; vous êtes bénie entre toutes les femmes.

JE VOUS SALUE, MARIE.

Pour bien comprendre tout ce qu'il y a dans ces quatre mots, il faut songer à ce que la femme était alors.

Victime expiatoire de la faute qu'elle avait commise en désobéissant à Dieu, la femme, si belle et si pure dans le paradis terrestre, était tombée dans l'esclavage le plus honteux et dans la dégradation la plus vile.

Considérée comme source de tout mal, on lui faisait subir toutes sortes d'humiliations et d'outrages; on la vendait comme une bête de somme, on lui imposait les travaux les plus rudes, on exigeait d'elle les plus pénibles sacrifices; on l'avilissait, enfin, de mille façons différentes; et elle n'avait pas toujours la religion pour se consoler, car parfois on lui interdisait l'entrée des temples.

Du reste, cette consolation, elle ne la recherchait pas, et c'était à la débauche qu'elle allait demander l'oubli de ses tortures.

Le tableau que les écrivains nous ont laissé de l'état de la femme à cette époque est pénible à considérer. Les jeunes filles n'avaient plus l'instinct de ce sentiment de pudeur qui est le principal et le plus bel attribut de leur sexe; les épouses se riaient des serments qu'elles avaient prononcés; les mères, chose plus poignante et plus horrible! les mères avaient perdu cet amour maternel si difficile pourtant à s'éteindre chez la femme; elles exposaient leurs enfants sur la place publique pour n'avoir pas la peine de les nourrir; il en est qui les tuaient de leur propre main !!!

Était-ce seulement chez les peuples sauvages que ces désordres hideux et que ces actes inqualifiables s'accomplissaient? — Non, c'était aussi dans la capitale du monde civilisé : c'était à Rome, la patrie des héros, la reine, la maîtresse et le flambeau de l'univers!

Mais les temps étaient accomplis; la colère de Dieu n'est pas éternelle.

Après avoir maudit la femme, il avait promis qu'un jour elle écraserait la tête du serpent qui l'avait trompée, et qu'il naîtrait d'elle un Rédempteur ! Selon les prédictions des prophètes, le moment était proche; mais, où trouver une femme digne de donner le jour à ce Rédempteur?

Sera-ce parmi les femmes et les filles des souverains d'alors? — Oh! non; car elles étaient les premières à donner l'exemple des scandales qui affligeaient le monde; et dans le ruisseau fangeux de l'infamie l'on pouvait voir à côté des dernières plébéiennes les femmes et les filles des empereurs!

Où donc ira-t-on la chercher, cette femme qui doit réhabiliter son sexe et donner à la terre l'exemple de toutes les vertus angéliques? Où trouvera-t-on celle dont le nom doit se perpétuer jusqu'à la fin des siècles? — Vit-elle? — Où est-elle? — Que fait-elle?

Tournez les yeux du côté de l'Orient, et dirigez-vous vers l'humble village de Nazareth; c'est là que les prophéties vont s'accomplir! C'est là, pauvres femmes déchues, que votre rédemption va se préparer! C'est là que Dieu vous enverra tout à l'heure son messager de paix et de réconciliation!

Le jour est à son déclin, et dans une petite maison de modeste apparence une vierge est à genoux, recueillie devant Dieu. Aucun bruit ne trouble sa méditation, aucun objet ne la distrait de sa prière; le silence et le recueillement planent autour de cette créature aimée du Seigneur!

Cette créature, c'est Marie, dont le nom, dit saint Antoine de Pa-

donc, est du miel pour les lèvres, une mélodie pour l'oreille, une joie pour le cœur.

Tout à coup, un ange, invisible pour tous, apparaît devant elle... Il s'incline avec respect...... Femmes, relevez la tête, votre expiation va finir, vos chaînes vont se briser; vous allez devenir ce que vous deviez être dès l'origine du monde, les gardiennes de la famille, les consolatrices du malheur, des apôtres de charité, des modèles de douceur et des sources inépuisables de tendresse. Une de vos semblables, une fille d'Ève, a, par ses vertus, désarmé la colère divine. Un ange s'est incliné devant la jeune fille de Nazareth, il lui a dit : *Je vous salue, Marie!*

PLEINE DE GRACES.

« *Elle était belle à éblouir, et je l'eusse adorée comme une déesse, si je n'avais pas su qu'il n'y a qu'un Dieu.* »

Ces paroles de saint Denis l'Aréopagite donnent une idée de ce qu'était Marie; et « ce qu'en dit saint Epiphane, d'après la tradition et des manuscrits que nous n'avons plus, nous permet de tracer à peu près son portrait. »

« Sa stature était au-dessus de la moyenne; ses cheveux étaient blonds; son visage était ovale, ses yeux vifs, sa prunelle légèrement olivâtre, ses sourcils parfaitement arqués; son nez était aquilin et d'une perfection irréprochable, ses lèvres roses. Les ardeurs du soleil de sa patrie avaient légèrement bronzé son teint. Ses mains étaient longues et ses doigts effilés. » (*Belouino.*)

En réfléchissant à ce portrait, un physionomiste y trouvera tout ce qui dénote extérieurement les qualités les plus nobles et les sentiments les plus purs; et cela seul nous ferait supposer qu'il est exact.

Marie, en effet, devait être belle; non pas que la beauté physique soit inséparable de la vertu, ou *vice versa*, mais la femme qui avait été choisie pour contribuer à la rédemption du monde ne devait le céder en rien à celle qui l'avait mis à deux doigts de sa perte; et la reine du Paradis terrestre était si belle!

On a tellement dénaturé, je dirai plus, on souille tellement aujourd'hui le culte de la beauté physique, que l'on pourrait peut-être trouver quelque chose de mondain dans ces mots *pleine de grâces* adressés par Gabriel à la Vierge. Mais disons d'abord que ces mots étaient surtout une allusion aux grâces spirituelles répandues dans Marie. *Pleine de grâces*, c'est-à-dire remplie de tous les dons que Dieu peut accorder à sa créature; et la beauté du corps n'est pas exclue de ces dons.

Gabriel l'avouait à Marie parce qu'il ne craignait pas d'altérer cette modestie sans tache et cette humilité profonde qui la rendaient si digne d'admiration.

Il l'avouait parce que la beauté de la Vierge était de celles qui n'inspirent qu'un sentiment d'adoration chaste.

Il l'avouait parce que la beauté de Marie venait surtout de ce que son âme immaculée se reflétait dans son doux visage.

Eût-elle été belle, en effet, aux yeux de Gabriel, si ses vertus n'eussent pas été en harmonie parfaite avec la régularité de ses traits?

Oh! non, loin de là, Marie n'eût été pour lui qu'une créature comme il y en avait tant alors. Il eût vu dans Marie ce que tout homme délicat et sensé voit dans une belle jeune fille dont l'âme est impure, une monstruosité repoussante, une anomalie pénible. C'est une jolie rose, dont le cœur est rongé par un ver; c'est un beau buste terminé par une queue de reptile!!!

Si la beauté de Marie venait principalement de ce que son visage reflétait son âme tout entière, c'est donc une beauté que tout le monde peut acquérir? Oui, sans doute, et il n'y a rien de figuré dans ces paroles.

Les traits du visage peignent à notre insu les différents états de notre âme, et prennent une expression en rapport avec les sentiments qui nous animent. Si ces sentiments sont généreux et bons, notre figure acquiert une physionomie douce et bienveillante qui prévient en notre faveur; s'ils sont d'un ordre opposé, c'est le contraire qui se manifeste, et plus les traits sont réguliers, plus l'impression est choquante. En travaillant à être bonne, on travaille donc à être belle; mais belle ainsi que l'était Marie, de cette beauté qui est la seule véritable, parce qu'elle est plutôt morale que matérielle; de cette beauté qui ne s'évanouit pas avec la jeunesse; de cette beauté qui doit inspirer à celle qui la possède une noble satisfaction plutôt qu'une vanité ridicule; de cette beauté qui mérite seule nos hommages, parce que c'est dans la vertu qu'elle va puiser son fard; enfin, de cette beauté qui permettait à Gabriel de dire à Marie sans aucune restriction : Vous êtes PLEINE DE GRACES!!!

LE SEIGNEUR EST AVEC VOUS; VOUS ÊTES BÉNIE ENTRE TOUTES LES FEMMES.

Quelle fut la pensée de Marie lorsqu'elle entendit ces paroles? LE SEIGNEUR EST AVEC VOUS; VOUS ÊTES BÉNIE ENTRE TOUTES LES FEMMES.

Il fallait qu'elle fût bien humble et bien modeste pour ne pas en ressentir un mouvement d'orgueil; car voici ce qu'elles voulaient dire: Le Seigneur avait donné jadis à l'homme, pour lui servir de compagne, une créature douée de toutes les perfections imaginables. Cette créature, la femme, dernier mot de la création, avait été faite pour embellir encore aux yeux d'Adam le séjour déjà si délicieux du Paradis terrestre, attendu que, seule capable, entre tous les autres êtres, de comprendre celui dont elle devait partager les jouissances, Ève allait satisfaire à ce besoin d'épanchement que le premier homme éprouvait en présence des merveilles dont il était entouré.

Mais, hélas! cette compagne, créée pour compléter le bonheur d'Adam, attira bientôt sur lui la colère de Dieu. Trompée par les avis perfides de l'ange déchu, la femme voulut connaître la science du bien et du mal, ne se doutant pas que l'ignorance où elle était de ces deux principes était la cause de son innocence et de sa candeur. Elle désobéit à Dieu, fit partager sa faute à l'homme, et depuis quatre mille ans les filles d'Ève, enveloppées dans la malédiction de leur mère et privées de l'appui du Seigneur, donnent au monde le hideux spectacle d'une décadence qui a atteint ses dernières limites, et qui menace d'anéantir la race humaine.

Quelques femmes, échappées par hasard à la dépravation universelle, suivent encore la loi de Dieu; mais vous seule, Marie, vous seule êtes complétement digne d'écraser la tête du démon qui a perdu votre mère et toute sa race, vous seule êtes entièrement digne de régénérer votre sexe, car LE SEIGNEUR EST AVEC VOUS, ET IL VOUS BÉNIT ENTRE TOUTES LES FEMMES!

Jeunes filles que le ciel à douées de quelques avantages, ne vous arrive-t-il jamais d'éprouver un petit sentiment d'orgueil en vous apercevant qu'aux yeux du monde ces avantages vous placent au-dessus de vos compagnes? Oh! si cela est, si la vanité fait une tache à votre âme que nous imaginons si pure, écoutez la réponse de Marie quand elle apprend que son nom va remplir l'univers: *Je suis la servante du Seigneur, qu'il soit fait selon votre parole!*

Quel sublime exemple d'humilité chrétienne! Le titre de *servante du Seigneur* est le seul que Marie veuille prendre; elle sait que ses vertus lui viennent de Dieu, et c'est pour Dieu qu'elle les met en pratique, afin de mériter d'être sa *servante;* et lorsque l'ange lui dit: « Vous concevrez un fils à qui vous donnerez le nom de Jésus. Il sera grand et on l'appellera le fils du Très-Haut. Dieu notre Seigneur lui donnera le trône de David son père. Il régnera éternellement sur la maison de Jacob; et son règne n'aura point de fin; » Marie, qui doit être la mère de ce roi prédit par tous les prophètes, Marie, qui va dominer toutes les autres femmes et contribuer à la réparation d'une faute qui a coûté quarante siècles d'expiation, Marie répond avec une simplicité céleste: *Je suis la servante du Seigneur, qu'il soit fait selon votre parole.*

O vous qui ne voulez pas croire à cet assemblage de toutes les vertus chez une même femme, et à l'influence de Marie sur la régénération sociale, gardez-vous bien de faire partager votre scepticisme à vos sœurs ou à vos filles, ou si vous êtes assez aveugles pour le faire, craignez de leur mettre entre les mains les tables de l'histoire. Car, en y voyant que les Athéniens élevaient des autels à une danseuse qu'ils adoraient comme une déesse, et que les hommes les plus remarquables, chez les Grecs et les Romains, étaient assez insensés pour s'atteler au char de ces femmes tristement célèbres qui enchaînaient à leurs pieds la gloire et le génie, peut-être se laisseraient-elles éblouir, vos sœurs ou vos filles, par les honneurs rendus à ces créatures, dont la beauté funeste hâtait la décadence du monde. Peut-être, ne croyant plus à l'action manifeste que la vertu peut exercer, seraient-elles assez malheureuses pour supposer qu'une femme n'a d'empire que par l'éclat de ses charmes: et comme l'erreur est excessivement contagieuse, surtout quand elle flatte les passions, l'on verrait recommencer pour la fille d'Ève une nouvelle période d'asservissement et de honte, qui, cette fois, se perpétuerait jusqu'à la fin des siècles, car Dieu n'a pas promis deux rédempteurs, et l'on ne trouverait plus une autre vierge de Nazareth, à laquelle un envoyé du Très-Haut pourrait dire: JE VOUS SALUE, MARIE, PLEINE DE GRACES, LE SEIGNEUR EST AVEC VOUS; VOUS ÊTES BÉNIE ENTRE TOUTES LES FEMMES!

DEUXIÈME PARTIE.

Jésus, le fruit de votre sein, est béni.

Heureuse de la grâce dont le Seigneur l'avait comblée, Marie voulut aller faire part de son bonheur à sa cousine Élisabeth, qui bientôt devait mettre au monde celui qui fut appelé le précurseur de Jésus-Christ.

Elle part de Nazareth, et par des chemins difficiles et des montagnes escarpées, elle arrive à la ville d'Hébron, qu'habitait sa cousine, épouse de Zacharie.

Dès qu'Élisabeth entend la voix de Marie qui la saluait, une inspiration divine s'empare de son âme, et répétant les paroles de Gabriel, elle s'écrie :

« *Vous êtes bénie entre toutes les femmes.* »

Puis elle ajoute :

« ET LE FRUIT DE VOTRE SEIN EST BÉNI. »

« *Mais d'où me vient ce bonheur, que la mère de mon Dieu vienne vers moi?* »

C'est alors que Marie, selon les Écritures, improvisa ce pieux cantique :

« Mon âme glorifie le Seigneur; et mon esprit est ravi de joie en Dieu mon Sauveur, parce qu'il a regardé l'humilité de sa servante, etc. » (*Saint Luc, chap. I, verset 42.*)

Dans cette exclamation d'Élisabeth : *Vous êtes bénie entre toutes les femmes, et Jésus, le fruit de votre sein, est béni,* il y a sans doute matière à controverses pour ceux qui ne veulent pas admettre que Dieu peut inspirer sa créature, et qui, tout en rejetant l'intuition divine en fait de choses religieuses, n'en disent pas moins quelquefois : Je m'applaudis d'avoir écouté *mon inspiration* en telle circonstance; ou bien : Pourquoi n'ai-je pas suivi *mon inspiration?* ce qu'elle me conseillait paraissait déraisonnable, et néanmoins l'expérience me prouve que j'eusse agi sagement; ou bien encore, en s'adressant à quelqu'un : Vous étiez à tel endroit? je l'avais deviné, j'aurais dû m'y rendre. Vous avez dit telle chose? c'est extraordinaire, moi je l'avais pensé, etc., etc.

Il serait peut-être facile de prouver par des raisonnements psychologiques, ou, ce qui vaudrait mieux, par des faits multipliés, qu'Élisabeth a pu *deviner*, elle aussi, la grâce qui s'était opérée dans sa cousine; mais un dogme ne doit pas s'expliquer; j'ai prévenu, d'ailleurs, que je ne discuterais point les questions théologiques, et dans le séjour de Marie chez Élisabeth je ne veux considérer la Vierge que comme donnant encore l'exemple des vertus qui la font admirer.

Elle sait qu'elle doit être la mère de ce Rédempteur annoncé par les prophètes; elle sait que toutes les générations l'appelleront bienheureuse; elle sait que son nom sera désormais environné d'une céleste gloire; elle sait que les femmes à venir se prosterneront devant elle, et pourtant elle conserve son humilité. Sa cousine est déjà vieille, et, de plus, elle va donner le jour à un fils. Marie prévoit qu'elle peut avoir besoin de ses services : elle part, et dans la maison d'Élisabeth elle exécute ou surveille tous les travaux du ménage, comme une simple domestique; elle avait dit qu'elle était la servante du Seigneur, elle veut être aussi celle des vieux parents qui ont protégé son enfance!

Quel sentiment de vénération n'eût pas éprouvé celui auquel on aurait pu dire : Voyez-vous cette jeune femme qui descend à pied la montagne et qui se dirige vers la ville d'Hébron? Elle arrive de Nazareth pour accomplir un pieux devoir, et tout à l'heure elle entrera dans la maison du grand-prêtre, où durant trois mois elle remplira près de ses parents l'office de gouvernante. Eh bien, cette femme est une descendante des rois de Juda; c'est Marie de Nazareth, l'élue du Seigneur, c'est celle qui doit donner le jour au futur roi d'Israël.

Oui, certes, il aurait été saisi d'un saint respect celui qui eût entendu ces paroles; car les actes de dévouement, d'abnégation ou d'humilité nous frappent et nous émeuvent d'autant plus vivement, qu'ils sont accomplis par une personne d'une condition plus élevée. Ceci me rappelle un petit épisode.

Il y a dix-huit mois, j'étais allé passer quelques jours en Bretagne, et dans une de mes promenades du matin, je m'étais approché d'un homme qui cassait des pierres sur la route, pour lui demander certains renseignements de localité. Comme il était en train de satisfaire à mes questions, il s'interrompit tout à coup, et me montrant du doigt une forme blanche qui se dessinait dans le lointain :

— R'gardez, m'sieu, me dit-il; r'gardez là-bas!

—N'est-ce pas une femme? repartis-je.

—Oui, m'sieu, c'est la vicomtesse de L*** ; mais j'ferais quasi mieux de dire qu' c'est un ange. Depuis cinq mois tout à l'heure qu'elle a épousé le vicomte, elle habite ce château qu'est à gauche de ces grands peupliers, et chaque matin, accompagnée d'un domestique qui porte des provisions, elle va visiter les pauvres et les malades des environs. Son nom de baptême est Marie; mais dans tout le village on ne l'appelle que la bonne sainte Vierge!

J'avons point pu aller à sa noce, ajouta-t-il, parce qu'elle s'est mariée à la ville; mais, m'sieu l'vicomte nous a ben promis que s'il y avait z'un baptême y s'ferait au village, et ben sûr que pas une âme ne manquera d'aller voir le p'tit nouveau-né, pour lui souhaiter toutes sortes de bénédictions.

En parlant ainsi, ce brave homme avait ôté son chapeau, quoique la vicomtesse ne pût pas le voir, et j'en avais fait autant, ce dont il parut me savoir beaucoup de gré.

Pendant quelques minutes nous suivîmes des yeux la jeune vicomtesse sans échanger une parole; mais nos pensées devaient avoir quelque ressemblance; seulement, à la physionomie de mon interlocuteur, je crus m'apercevoir que la sienne contenait une action de grâces, tandis que la mienne fut un vœu.

—O vous, me dis-je, que je ne reverrai peut-être plus jamais, et qui justifiez si bien le doux nom que vous portez, puisse le ciel vous accorder le bonheur d'être mère, et je ne doute pas que votre enfant ne soit heureux, car il reçoit dans votre sein les bénédictions du pauvre, comme celui de Marie de Nazareth, votre patronne : LE FRUIT DE VOTRE SEIN EST BÉNI !

TROISIÈME PARTIE.

Sainte Marie, mère de Dieu, priez pour nous pauvres pécheurs, maintenant et à l'heure de la mort.

Cette courte invocation, ajoutée par l'Église catholique aux paroles de Gabriel et d'Élisabeth, est assurément pleine des sentiments les plus chrétiens et les plus doux, et je crois bon de connaître l'esprit qui l'a dictée.

PRIEZ POUR NOUS PAUVRES PÉCHEURS.

Il est un dicton populaire formulé de la sorte : IL VAUT MIEUX S'ADRESSER AU BON DIEU QU'À SES SAINTS. Ce dicton, ainsi que beaucoup d'autres, a le droit incontestable d'être classé parmi cette innombrable série d'axiomes et de proverbes qui se contredisent les uns les autres, et qui, justes dans quelques circonstances, deviennent faux et absurdes quand on veut les rendre applicables à tous les cas.

Non, il ne vaut pas toujours mieux s'adresser au bon Dieu qu'à ses saints, et il faut avoir généralement beaucoup de confiance dans son mérite, dans son influence ou dans la bonté de sa cause, pour aller directement implorer l'assistance de ceux qui peuvent disposer de notre sort.

Voyez la mère de ce criminel que l'on va tout à l'heure conduire à l'échafaud ; une seule ressource lui reste, c'est la clémence du souverain; mais cette clémence osera-t-elle aller l'implorer? Elle l'osera sans doute, que ne ferait-elle pas? Mais ses larmes peuvent ne pas toucher l'arbitre suprême, et si elle échoue, son enfant est perdu! Que fait-elle alors? C'est à la mère du monarque qu'elle va confier sa torture, et elle y va l'âme pleine d'espérance, car elle sait qu'une mère comprendra les larmes d'une autre mère, et son fils obtiendra sa grâce, ou tout au moins un adoucissement de peine, car les souverains eux-mêmes refusent rarement d'accéder aux prières de celle qui leur a donné le jour.

Les faits de pardons accordés par les tout-puissants d'ici-bas aux sollicitations de leur mère sont communs dans l'histoire. Que l'on se souvienne, entre autres, de celui de Coriolan allant, à la tête des Volsques, mettre le siége devant Rome, sa patrie, qui l'avait exilé. Rome est plongée dans la stupeur, car l'armée des Volsques est formidable et son chef intrépide. Dans l'impossibilité de soutenir la lutte, les Romains envoient à Coriolan des députés, des pontifes et des vestales. Coriolan rejette leurs prières, et son armée va commencer l'attaque. Mais une femme a paru ; cette femme, c'est Véturie, la mère du chef des Volsques. A son aspect le ressentiment de l'exilé s'évanouit, et se jetant dans les bras de sa mère : *Rome est sauvée*, lui dit, *mais votre fils est perdu !* Coriolan savait que les Volsques le mettraient à mort s'il n'assiégeait pas Rome ; mais il préféra s'y exposer plutôt que de refuser quelque chose à sa mère.

L'invocation de l'Église catholique est donc fondée sur ce qui se passe sur la terre ; son but est de conserver un reste d'espoir à ceux que de grandes fautes ont éloignés de Dieu.

« Il est ici-bas des yeux timides qui n'osent, hélas ! regarder en face le soleil de la divinité, et qui jettent un regard suppliant sur la douce étoile des cieux ; le pécheur, abîmé dans sa douleur, n'ose plus dire : Mon Dieu, qu'il dit encore : Je vous salue, Marie ; et nous avons entendu souvent de pauvres désespérés murmurer cette prière, et de grands criminels espérer encore en Dieu parce qu'ils avaient toujours aimé sa mère. »

« Oh ! ne jetons pas sur les choses saintes l'aridité de nos cœurs ; laissons à la religion ses suavités ; respectons la pauvre femme qui récite son rosaire ; inclinons-nous en voyant nos jeunes filles vêtues de blanc célébrer la Vierge sainte. Ces fêtes valent bien les fêtes cyniques de la Grèce et de Rome, et nos orgies révolutionnaires. »

(*Belouino*, 1845.)

MAINTENANT.

Quel est celui qui à chaque instant du jour n'a pas besoin d'une pensée qui le soutienne, l'élève ou le console ?

Renfermant en elle une sainte trinité, Marie, vierge, épouse et mère, offre à la femme cette pensée douce, sublime ou consolante que les circonstances de la vie nous rendent si nécessaire.

Jeunes filles qui faites votre premier pas dans le monde, songez souvent à ce qu'était Marie dans sa jeunesse. « Elle mettait tout son zèle, dit saint Jérôme, à être la plus exacte dans l'observation de la loi, la plus humble, la plus parfaite en vertu d'entre toutes ses compagnes ; et les paroles sortaient de sa bouche si pleines de douceur, qu'il était facile d'y reconnaître l'esprit de Dieu. »

Épouses, rappelez-vous quelquefois Marie dans l'humble demeure du charpentier de Nazareth, et songez aux soins qu'elle rendait à ce vieillard, qui la considérait comme sa fille et qu'elle regardait comme un père.

Mères, enfin, qui avez si souvent besoin de prier pour les êtres qui vous sont chers, adressez-vous à Marie ; elle a connu toutes les tortures dont le cœur d'une mère peut être déchiré, et vos accents seront écoutés avec faveur lorsque vous lui direz : Marie, prenez pitié de moi ; les tourments que vous avez endurés je les endure, et vous savez combien ils sont cruels ; ce que votre divin Fils a souffert, mon fils bien-aimé le souffre à cette heure. Oh ! priez pour lui, MAINTENANT.

ET A L'HEURE DE LA MORT!!!

Je ne veux point vous effrayer, mes jeunes lectrices, par des pensées lugubres. L'heure de la mort est sans doute encore bien éloignée pour vous, car l'Éternel hésite à trancher les fleurs à peine écloses.

Mais un jour vous quitterez ce monde et vous monterez au ciel, si vous avez imité les vertus de Marie.

Oh ! ne rejetez pas alors cette douce image, que la piété met sous nos yeux.

Croyez, croyez fermement que lorsque vous serez sur votre lit de douleur, la Vierge, assise aux pieds de Dieu, jettera sur vous un regard de bienveillance, et demandera pour vous au Seigneur la rémission des fautes que vous n'aurez pas eu le temps d'expier sur la terre.

Croyez que son intercession est puissante, et prenez courage.

Croyez que lorsque vous aurez fermé vos yeux à la lumière, une femme céleste viendra vous attendre à la porte des cieux, et que la reconnaissant tout de suite à son visage candide environné d'une brillante auréole, votre âme s'écriera : **JE VOUS SALUE, MARIE!!!**

Je crois être agréable à mes lectrices et ne pas sortir de mon sujet en joignant à la petite méditation qu'elles viennent de lire une pièce de vers composée dans un de ces moments où l'on a besoin de tourner la tête en arrière et de jeter un regard sur l'horizon qui s'éloigne.

Souvenirs d'Enfance.

Depuis que je n'ai vu ton ciel, ô mon village!
Ainsi qu'un vif éclair le temps rapide a fui.
Dix ans se sont passés! Mais du moins ton image
A souvent de mes jours distrait le long ennui.
Quand un furtif espoir tient mon âme indécise,
Quand le néant répond à des soins superflus,
Il me souvient alors de la petite église
Où nous allions prier le soir à l'*Angelus!*

A l'ombre des ormeaux, sous les yeux de nos mères,
Les heures s'écoulaient en innocents plaisirs;
Nous ne nous formions point de trompeuses chimères,
Car nous savions, enfants, limiter nos désirs.
Loin du rivage heureux où la vague se brise,
Nous n'allions pas chercher des mondes inconnus...
Le nôtre finissait à la petite église
Où nous allions prier le soir à l'*Angelus!*

La gloire!... Oh! que ce mot a d'éclat et de charmes!
Comme il est séduisant! Mais que souvent, hélas
Il cause de tourments, de peines et de larmes
A l'imprudent qui veut en goûter les appas!!!
Au banquet somptueux où la gloire est assise,
Pour autant d'appelés combien peu sont élus!!!...
Chacun avait sa place à la petite église
Où nous allions prier le soir à l'*Angelus!*

Sous de vastes lambris où la sotte richesse
Etale son orgueil au milieu des flatteurs,
J'ai vu des courtisans, pour la moindre largesse,
Se faire du veau d'or les vils adorateurs.
J'ai vu dans ces palais où règne la feintise,
Encenser tour à tour ce qui brillait le plus!...
Le Christ était en bois dans la petite église
Où nous allions prier le soir à l'*Angelus!*

Dix ans! déjà dix ans! Durant ce long voyage,
Entraîné malgré moi par un monde insensé,
Je me suis laissé prendre à son ardent mirage,
Et je vous ai, mon Dieu! bien des fois offensé!
Pardonnez, et qu'un jour votre main me conduise
A ce pauvre village où l'on croit aux vertus.
Pour que je puisse encore à la petite église
Aller prier en paix le soir à l'*Angelus!!!*

JUIN.

Le poète latin Ausone personnifie le mois de juin en ces termes : Juin, dit-il, va tout nu, montrant du doigt une horloge solaire, pour indiquer que le soleil commence à descendre. Il porte une torche ardente et flamboyante, pour marquer la chaleur de la saison qui donne la maturité aux fruits de la terre. Derrière lui est une faucille, ce qui rappelle qu'on commence dans ce mois à se préparer à la moisson. Enfin, on voit à ses pieds une corbeille remplie des plus beaux fruits qui viennent au printemps dans les pays chauds.

Les savants ont discuté quelque temps pour savoir si le nom donné à ce sixième mois de l'année venait du mot latin *junior*, qui signifie *jeune :* ou du nom de Junius Brutus, fondateur de la liberté romaine, et à qui le mois de juin avait été consacré. Pour juger de l'invraisemblance de cette dernière hypothèse, il suffit de se rappeler que le mois de juin était ainsi désigné depuis des siècles lorsque Junius Brutus chassa le dernier roi de Rome.

Le premier jour du mois de juin l'on célébrait à Rome quatre fêtes, dont l'une était celle de la déesse du *Bon Sens*, instituée par le préteur Octacilius, en commémoration de la bataille de Trasimène que le consul Flaminius avait perdue par défaut de jugement, et qui fit dire à *Lactance*, que le sénat n'aurait jamais institué pareil culte, s'il eût eu la qualité qu'il déifiait.

Plusieurs grandes fêtes avaient lieu durant le mois de juin, en Italie et en Grèce ; mais les plus remarquables étaient celles que l'on nommait les *Grandes Panathénées*, et que les Athéniens célébraient tous les cinq ans. Ces fêtes, instituées en l'honneur de Minerve, déesse tutélaire d'Athènes, étaient composées de jeux et d'assauts de toutes sortes; les poètes se faisaient la plus grande gloire d'obtenir le prix dans ces fêtes; et suivant la tradition, la mort d'Eschyle devait être attribuée au regret qu'il éprouva d'y avoir été vaincu par Sophocle. Les luttes et les

réjouissances se terminaient par l'exhibition d'une pièce mécanique fort curieuse. C'était un vaisseau complétement équipé, et qui, par le moyen de machines cachées dans ses flancs, glissait tout seul en faisant remuer ses rames, depuis le *Céramique* jusqu'au temple d'*Eleusis*. A l'un des mâts de ce vaisseau flottait un voile d'or, sur lequel étaient tracés les hauts faits de Minerve dans la guerre contre les Titans, et tous les habitants d'Athènes, les yeux attachés sur ce voile, suivaient le vaisseau magique en faisant retentir l'air de chants harmonieux en l'honneur de la déesse.

PLANTES QUI FLEURISSENT DANS LE MOIS DE JUIN.

EN SERRE CHAUDE :

La *begonia coccinea* (Brésil). (Fleurs rouges.)
Plusieurs *tillandsia* (Brésil). (Fleurs bleues, rouges et jaunes.)
Idem *clerodendrum* (Chine). (Fleurs blanches, rouges et roses, très-odorantes.)
Idem *euphorbia* (Mexique et Madagascar). (Fleurs diversement colorées.)
Idem *justicia* (Indes et Antilles). (Fleurs rouges, bleues et roses.)

Ces plantes veulent une terre mélangée d'une faible partie d'engrais et de loam (terre arable neuve); il faut les arroser très-fréquemment, car durant l'été leur absorption est très-active.

L'état atmosphérique qui convient à ces plantes est celui que j'ai indiqué dans le mois précédent; il faut surtout ombrager la serre aux heures où le soleil darde sur elle.

La *sobralia macrantha* (Mexico). (Fleurs rose violacé.)
La *warea cyanea* (Colombie). (Fleurs bleues.)
Plusieurs *epidendrum*.
Idem *brassia*.

Ces quatre dernières espèces de plantes, qui appartiennent encore à la famille des labellées, exigent les mêmes soins que j'ai indiqués dans le mois précédent pour les plantes de cette famille.

EN SERRE FROIDE :

Le *plumbago capensis* (Cap de Bonne-Espérance). (Fleurs bleues.)
Plusieurs *bossiæa* (Nouvelle-Hollande). (Fleurs roses, jaunes et rouges.)
Idem *aristea* (Cap de Bonne-Espérance). (Fleurs bleues.)
Idem *eutaxia* idem. (Fleurs jaunes.)
Idem *fuchsia* (Chili, Mexique et Nouvelle-Hollande). (Fleurs de différentes couleurs.)
Idem *mesembryanthemum* (Cap de Bonne-Espérance). (Fleurs de colorations diverses.)
Idem *pelargonium* (les types sont du Cap de Bonne-Espérance et de la Trinité; mais ceux que nous cultivons sont obtenus en Europe). (Fleurs de toutes couleurs.)
Idem *sarracenia* (Amérique septentrionale). (Fleurs vert jaunâtre.)
Idem *statice* (Amérique australe). (Fleurs bleues et violettes.)
Idem *kennedya*, plantes grimpantes (Nouvelle-Hollande).

Toutes ces plantes, excepté les *sarracenia*, aiment à être quelquefois exposées à l'air libre. Il en est même quelques-unes, comme les *fuchsia*, les *mesembryanthemum* et les *pelargonium*, qui viennent très-bien dehors; mais leurs fleurs sont plus belles lorsqu'on les cultive dans la serre, jusqu'à ce que la floraison soit achevée.

Les *plumbago*, *bossiæa*, *aristea*, *eutaxia* et *kennedya* se cultivent dans la terre de bruyère; mais les *statice*, *pelargonium*, *mesembryanthemum* et *fuchsia*, préfèrent une terre riche en humus, et composée de moitié terre de bruyère, un quart terreau et un quart terre normale, y compris un peu de sable.

L'HERBE DE LA MARRAINE.

Au mois de juin de l'année 1846, j'étais allé passer une quinzaine de jours au château qu'un de mes amis de collége habite en Touraine, et, le moment venu de retourner à Paris, je franchissais à pied les deux lieues qui séparent le château de la grand'route sur laquelle se trouve un relais, où la veille j'avais fait porter ma malle.

Mon ami et sa jeune femme m'avaient accompagné durant une demi-lieue ; mais comme la chaleur était déjà très-forte, quoiqu'il ne fût que neuf heures du matin, j'avais insisté pour qu'ils me laissassent achever seul ma route, et je cheminais par un sentier bordé d'un millier de fleurs, dont quelques-unes jetaient dans l'air des parfums exquis.

Avant d'arriver au relais que je voyais déjà poindre dans le lointain, je tirai ma montre, il était dix heures à peine, et la diligence ne devant passer qu'à midi, je fus m'asseoir auprès d'une vieille masure dont les ruines, couvertes de lierre et de mousse et ombragées par un bouquet d'arbres, offraient un lieu de repos fort pittoresque et un délicieux abri contre le soleil.

Inspiré par le silence du lieu, la vue du beau site qui se déroulait à mes regards, et par la tristesse que j'éprouvais en quittant mes aimables hôtes, je tirai mon portefeuille et je me mis à crayonner quelques vers en leur honneur.

Quand ils furent achevés, je me levai pour me remettre en marche ; mais voulant emporter un souvenir de ce lieu solitaire, j'arrachai quelques petites plantes avec l'intention de leur donner, quoiqu'elles ne fussent ni curieuses ni jolies, une des meilleures places de mon *herbier*. Ces plantes étaient des *doradilles*, espèce de fougères qui croissent sur les décombres.

Comme je les arrangeais avec beaucoup de soin dans mon mouchoir :

—Elles n'sont pas bien belles ici, m'sieu, fit une voix argentine.

Je me retournai vivement, et j'aperçus un jeune pâtre de huit ou neuf ans qui se dandinait en torturant sa casquette.

—Voulez-vous, m'sieu, continua-t-il, que j'vous indique un autre endroit où vous trouverez d'plus belles *herbes d'la marraine* que ça?

—Comment appelles-tu ces plantes? lui dis-je.

—Des *herbes d'la marraine.*

—Pourquoi les nommes-tu des *herbes de la marraine?*

—Parce que tout l'monde les appelle comme ça.

—Et pourquoi les appelle-t-on comme ça?

—Dam! m'sieu, apparemment parce que c'est leur nom.

Nous aurions pu continuer longtemps de la sorte sans que j'en apprisse davantage. Aussi quittai-je mon jeune interlocuteur, en le remerciant beaucoup de sa complaisance, dont je ne profitai point, car il m'était indifférent que mes *doradilles* fussent remarquables par leur beauté ; mais en regagnant la grand'route, je résolus de m'adresser à la première personne que je rencontrerais pour obtenir quelques renseignements sur un nom que je n'avais vu nulle part, quoique, d'après le jeune pâtre, *tout le monde* le connût.

Par malheur, je ne rencontrai personne qui pût me satisfaire, et je montai en diligence fort désappointé, attendu que, revenant à Paris pour achever de mettre en ordre le manuscrit de mon *Herbier des Demoiselles*, j'aurais été fort aise d'apprendre sur les lieux mêmes l'origine d'une dénomination que ne justifiaient à mon sens ni l'aspect ni les propriétés de la *doradille*.

Avant de livrer mon manuscrit à l'imprimeur, je feuilletai tous les ouvrages où il est parlé de cette plante; mais je ne découvris dans aucun l'appellation dont s'était servi le petit pâtre de la Touraine, et je finis par ne plus m'inquiéter d'une désignation qui pouvait avoir pour origine une de ces absurdités qui ont tellement surchargé la nomenclature végétale.

A cinq ou six mois de là, une circonstance heureuse me procura l'avantage de connaître une de ces femmes privilégiées qui semblent tous les ans gagner en amabilité ce qu'elles perdent en jeunesse.

Madame de M***, qui ne m'a pas permis de la nommer entièrement, mais que beaucoup de malheureux reconnaîtraient sans doute s'ils lisaient cette petite histoire, eut la bonté de m'admettre chez elle; et comme elle aime passionnément la botanique, l'ouvrage que je venais de publier m'obtint tout à fait sa bienveillance et une petite place au nombre de ses amis.

Un soir que nous causions au coin du feu (notre connaissance datait de deux mois à peine):

—Avez-vous votre soirée libre? me dit-elle.

—Oui, madame.

—Vous n'êtes donc pas pressé de partir?

—L'est-on jamais, madame, quand on est auprès de vous?

—Eh bien, poursuivit madame de M*** en souriant de ma galanterie, je vais vous montrer quelque chose qui vous intéressera peut-être.

—Quoi que ce soit, madame, je n'en doute pas.

—C'est mon *herbier*.

—Ah! vous avez un *herbier!* Vous ne m'en aviez encore rien dit.

—Non, parce que d'habitude je ne le montre qu'à mes vieux amis.

—Je suis très-flatté, madame, que vous vouliez bien aujourd'hui me considérer comme tel; mais votre *herbier* vous est donc bien précieux?

—Vous allez voir s'il me doit l'être, et pourquoi je le prodigue si rarement.

Pendant que nous échangions ces quelques mots, madame de M*** avait sonné son domestique, et celui-ci déposait sur la table un *in-folio* magnifiquement relié, que j'ouvris avec les plus grandes précautions et sur lequel je jetai des yeux avides.

Dès les premières pages, je compris pourquoi madame de M*** était si avare de son *herbier*. A chaque fleur, en effet, contenue dans ce volumineux recueil, était jointe une notice indiquant l'époque, le lieu, l'heure et quelquefois les impressions sous lesquelles se trouvait madame de M*** quand elle avait cueilli cette fleur. Les indications scientifiques n'étaient pas oubliées, mais l'on voyait tout de suite qu'en faisant cette collection, elle avait eu pour but principal de marquer toutes les circonstances de sa vie avec ces êtres gracieux, qui durent tour à tour la consoler ou l'embellir.

—Mon existence entière est dans ce livre, me disait-elle, et si je racontais toutes les historiettes que me rappelle chacune de ces fleurs, je ferais l'histoire de tout mon passé. Je vous en dirai quelques-unes, poursuivit-elle, quand vous aurez du temps à perdre.

Comme elle achevait ces paroles, tandis que je feuilletais l'*in-folio*, je tombai sur une page où s'étalait majestueusement une petite *doradille*, entourée, de même que ses compagnes, d'un superbe filet d'or; la notice portait en grosses lettres : HERBE DE LA MARRAINE.

—Ah! madame! m'écriai-je, j'attendrai votre bon plaisir pour les anecdotes que vous voudrez bien me raconter; mais dites-moi, je vous prie, si celle qui se rattache à cette petite plante a quelques rapports avec la dénomination que vous lui avez donnée?

—Sans aucun doute.

—Vous savez pourquoi elle s'appelle *herbe de la marraine?*

—Mais, oui.

—Que vous seriez aimable de me le dire ce soir!

—Sans trop de curiosité, quel intérêt y avez-vous donc?

—Voici : j'ai entendu l'année dernière dans la Touraine un jeune pâtre appeler ainsi cette plante; je lui en ai demandé le motif, mais il l'ignorait, et malgré toutes les recherches que j'ai faites dans les ouvrages spéciaux, je n'ai pu le découvrir.

— C'est en Touraine, dites-vous?

— Oui; je venais de cueillir quelques pieds de *doradilles* sur de vieilles ruines, près desquelles je m'étais un instant reposé.

— Était-ce loin du village de *****? reprit madame de M*** avec une certaine émotion.

— A une lieue, je crois, répondis-je.

— Pas très-loin, répliqua-t-elle, d'un petit sentier qui mène du château de..... à la route de Paris.

— A cinquante pas environ.

— Ces pauvres ruines existent donc encore?

— Est-ce que vous les connaissez?

— Oui; je m'y suis assise comme vous; mais seulement il y a une différence dans les dates; vous, c'était l'année dernière, et moi, c'était sous l'Empire.

— Cette coïncidence, repartis-je, me rend, madame, plus curieux, et si ce n'est pas une indiscrétion, je vous renouvelle ma prière.

— Je vais y répondre, repartit madame de M***, et même avec beaucoup de plaisir, car je vous avoue que c'est un de mes souvenirs favoris.

J'étais bien jeune, continua-t-elle; je venais de me marier avec M. de M***, et nous habitions le château de*****, qui m'appartenait à cette époque.

Ayant conservé de mes études un goût très-prononcé pour la botanique, je ressentais un charme indéfinissable à aller chercher dans les bois et dans les prairies les plantes que je n'avais vues jusque-là qu'en peinture, et quand j'en rencontrais quelques-unes, j'étais aussi joyeuse que si j'eusse découvert un nouveau monde.

M. de M*** m'accompagnait presque toujours dans mes *herborisations;* mais un matin qu'il était retenu par un travail important que l'empereur lui avait demandé, je pris ma boite et mon portefeuille, et je partis seule pour de nouvelles conquêtes.

Je voulais ne pas trop m'éloigner du château; mais, emportée par les riants attraits de ma promenade, j'arrivai jusqu'à ces ruines où vous et moi nous nous sommes assis à quarante ans d'intervalle.

Avant de les quitter, et comme je jetais un regard mélancolique sur ces pauvres murailles, récemment alors écroulées, j'aperçus au sommet de l'une d'elles de petites plantes brunâtres que je ne connaissais pas encore. C'était donc une trouvaille; mais en mesurant la hauteur qui me séparait d'elles, je fus aussitôt amèrement déçue, car je désespérais d'y pouvoir atteindre.

Néanmoins, ne voulant pas y renoncer avant d'avoir fait quelques efforts, j'entassai cinq ou six grosses pierres les unes sur les autres, et je m'élançai bravement sur ce monticule. Mais, hélas! je suis si petite, qu'il s'en fallait de toute une longueur de bras que je ne touchasse aux petites plantes.

Stimulée par la difficulté de l'entreprise, je surélevai mon édifice et je recommençai l'escalade; mais cette fois encore ce fut peine inutile, et n'osant plus augmenter mon bastion, je m'éloignai furieuse, en me promettant de revenir le lendemain avec mon mari, faire le siége en règle de la muraille.

En longeant un petit bois situé sur le bord du chemin qui conduit au château, mon oreille fut frappée par des soupirs plaintifs qui partaient d'un fourré. J'eus peur tout d'abord; mais, ne voyant rien là qui pût m'effrayer, je m'avançai dans la direction de la voix, et j'aperçus au pied d'un arbre un pauvre bûcheron qui venait de se blesser à la main droite. Il étanchait avec son mouchoir le sang qui sortait de sa blessure, et des plaintes continuaient à s'échapper de sa poitrine.

— Vous vous êtes blessé, mon ami! lui dis-je en courant à lui.

— Oui, ma bonne dame, répondit-il d'un air navré; en coupant une maudite branche ma serpe a glissé, j'ai voulu la retenir, et je me suis fait une *entaille*.

— Voulez-vous que je vous aide à vous panser? répliquai-je.

— Ce n'est pas de refus, ma bonne dame, car on n'est guère adroit de sa main gauche.

Sitôt que j'eus vu sa plaie, je ne jugeai pas qu'elle fût dangereuse, attendu qu'il remuait les doigts avec assez de facilité; mais comme elle comprenait presque toute la largeur de la main, et que ce pauvre homme était plus pâle qu'un linge:

— Vous devez sans doute beaucoup souffrir, mon brave homme, lui dis-je; pourtant, consolez-vous, je ne crois pas que vous soyez estropié, et dans quelques instants vos douleurs seront beaucoup moindres.

—Oh! ma chère dame, répliqua-t-il avec un accent indéfinissable, ce n'est pas la souffrance qui m'occupe, car, Dieu merci, l'on est dur au mal; mais je songe que pendant huit jours au moins je ne pourrai pas travailler, et il faudra bien manger tout de même.

A ce moment mes petites plantes me revinrent à la mémoire, et tout en finissant de le panser:

—Mon ami, lui dis-je, ne soyez plus inquiet; j'ai justement besoin d'un service que vous pourrez me rendre malgré votre blessure, et si vous le voulez, vous gagnerez dans un quart d'heure autant que vous auriez pu gagner durant huit jours.

Il me regarda d'un air stupéfait; mais l'ayant assuré que je parlais sérieusement:

—Que faut-il faire, ma bonne dame? s'écria-t-il en se levant; parlez, je suis tout prêt.

—Venez avec moi, je vous le dirai tout à l'heure.

En sortant du fourré je pris la direction des ruines, suivie du pauvre bûcheron, qui, me voyant au bout de quelques minutes m'arrêter au pied de la muraille, ne se doutait guère assurément de ce que j'attendais de lui.

—Voyez-vous, lui dis-je, ces petites plantes au sommet du mur?

—Oui, ma bonne dame; ce sont de vilaines herbes qui croissent sur tous les décombres.

—Savez-vous comment elles se nomment?

—Ma foi, non.

—C'est égal, si vous pouvez m'atteindre ces vilaines herbes, vous me rendrez fort heureuse.

A ces mots il sourit, ayant probablement entendu dire que les dames des villes avaient parfois de singuliers caprices; puis, grimpant sur le monticule que j'avais eu tant de mal à construire, il atteignit un grand nombre d'échantillons, que je reçus en sautant de joie.

—A présent, mon brave homme, lui dis-je, il ne reste plus qu'à m'acquitter envers vous; mais comme je n'ai pas d'argent sur moi, venez demain au château de****, et je vous remettrai le prix de votre peine.

—Comment, madame! répliqua-t-il, c'est là tout ce que vous aviez à me faire faire?

—Oui.

—Alors, madame, je vous remercie; mais le peu que vous me donneriez serait une charité, et jusqu'à ce jour, ajouta-t-il en baissant ses yeux, dans lesquels je voyais se former une larme, j'ai ignoré comment on recevait une aumône.

—Non, non, brave homme repartis-je toute émue du chagrin que causait à ce malheureux ce qu'il prenait pour une déception, non, ce ne sera point une aumône, et je pense qu'après m'avoir rendu service, vous ne me désobligerez point en m'empêchant de le reconnaître. Du reste, j'ai pour principe de mesurer la récompense au plaisir que l'on m'a causé, plutôt qu'à la peine que l'on a prise pour moi, et je pense que là-dessus vous me permettrez d'agir à ma guise.

—En ce cas, ma bonne dame, reprit-il, ce sera comme vous voudrez, d'autant mieux que les pauvres n'ont guère le droit d'être fiers.

—Vous êtes donc bien malheureux? répliquai-je.

—Hélas! avec une femme et des enfants et rien que ses bras pour les nourrir, on est bien vite dans la misère quand un accident vous arrive.

—Vous avez beaucoup d'enfants?

—J'en ai quatre, madame.

—Quatre?

—Hélas! oui, madame, et peut-être que le bon Dieu vient de m'en envoyer un autre.

—Ah! je comprends maintenant votre chagrin. Mais pourquoi n'êtes-vous pas aujourd'hui resté près de votre femme?

—C'est que ça aurait été autant de perdu, et il faut de l'argent pour le baptême et la layette.

—Mais la marraine se chargera sans doute bien de quelques petites choses.

—Oh! madame, les voisins ne sont pas riches; et puis, je ne sais pas encore qui ce sera.

—Comment! vous n'avez pas de marraine?

—Non, madame.

—Et de parrain non plus?

—Non plus; mais comme c'est demain dimanche et qu'on ne travaille pas, j'espère trouver des amis.

— N'en cherchez pas, repartis-je, frappée d'une idée subite qui par son originalité me plut singulièrement.

— Que je n'en cherche pas, ma bonne dame!

— Non; je connais des personnes qui vous rendront ce petit office.

— Ah! que de bontés, ma chère dame!

— Et ce sont ces personnes qui demain vous porteront ce que je vous destine.

— Mais, grand Jésus! reprit le pauvre bûcheron, vous êtes donc une sainte, mon excellente dame?

— Non, mon ami, je ne suis point une sainte, et je vous assure même que parmi mes connaissances il en est fort peu qui soient disposés à me canoniser; seulement je puis sans me gêner vous être utile, et je le fais de grand cœur. Où demeurez-vous?

— Là-bas, au petit village de****.

— Et vous vous nommez?

— Bernard.

— Eh bien, Bernard, comptez sur ma promesse.

— Ah! madame, si j'osais...

— Quoi?

— Pendant que vous êtes en train...

— Parlez, mon ami.

— Vous demander la permission d'aller vous montrer le petit? je me doute que ça lui porterait bonheur.

— Je ferai mieux, j'irai peut-être le voir demain.

— Comment! vous viendriez chez nous?

— Oui; si je le puis, j'accompagnerai les personnes que j'ai l'intention de vous envoyer.

Là-dessus je lui enjoignis de se rendre bien vite auprès de sa femme, ce qu'il fit après m'avoir comblée d'actions de grâces.

Le lendemain, accompagnée de mon mari, que j'avais décidé facilement à partager mon projet, je me rendis en voiture au village de ****, à peu de distance duquel nous rencontrâmes mon pauvre bûcheron, qui nous attendait sur la route.

Après avoir fait arrêter, et lorsqu'il m'eut reconnue:

— Eh bien, lui dis-je, et le nouveau-né?

— Depuis hier au soir, madame, il est de ce monde, répondit-il en nous faisant un profond salut; c'est un garçon.

— Très-bien; nous arrivons donc fort à propos.

— Oui, ma bonne dame; mais... reprit-il avec timidité, la cérémonie doit se faire dans deux heures, et nous avons compté...

— Sur ce que je vous ai promis, fis-je en l'interrompant, et vous avez eu raison, car je viens tenir ma parole; voici mon mari qui sera le parrain de votre enfant, et si cela vous va, c'est moi qui serai sa marraine.

Le pauvre homme était abasourdi.

Une belle dame en robe de velours, qui arrivait en calèche pour tenir son enfant sur les fonts baptismaux, c'était pour lui un événement féerique.

Avant qu'il ne fût revenu de sa stupéfaction, mon cocher lui faisait prendre place à ses côtés, et deux minutes plus tard nous étions au lit de la commère, qui nous reçut les larmes aux yeux.

Bientôt le village entier fut sur pied.

Sous prétexte de s'informer de la malade, toutes les femmes arrivaient à la file pour voir de plus près la riche marraine de l'enfant du pauvre bûcheron: les hommes sortaient du cabaret pour venir admirer ma voiture; et le vieux curé lui-même ne dédaigna pas de venir nous présenter ses hommages.

Enfin, malgré cette réunion bruyante et nombreuse, les préparatifs s'étaient achevés.

Mais au moment de partir pour l'église on s'aperçut que le bûcheron avait disparu.

Ne le voyant pas revenir et personne ne sachant où il était allé, je commençais à craindre que la joie n'eût troublé sa raison, lorsque nous le vîmes arriver tout couvert de sueur et m'apportant un énorme bouquet de *doradilles* qu'il me remit, en s'excusant d'avoir souri la veille quand je l'avais prié de m'atteindre ces petites vilaines herbes, qu'il lui paraissait que j'aimais tant.

Croyant m'être plus agréable, il me supplia de n'avoir pas d'autre bouquet de baptême, et voici pourquoi, me dit en finissant madame de M***, j'ai joint ce nom à la *doradille*, qui depuis, comme vous en avez eu la preuve, n'est plus connue dans le village que sous celui d'*herbe de la marraine*.

— Et qu'est devenu votre filleul? dis-je à madame de M***. Le ciel, sans doute, n'aura pas dû l'abandonner après avoir si bien protégé sa naissance.

— Vous le verrez dans quelques mois, répliqua-t-elle.

— Il est à Paris?

— Non, mais en Afrique, pour y conquérir ses épaulettes de capitaine; et dès qu'il les aura, je sais qu'il ne manquera pas, s'il le peut, de venir les montrer à sa marraine.

Cette petite histoire n'est point la seule que m'ait racontée madame de M***. Son premier récit m'avait trop plu pour que je ne la priasse pas de le faire suivre de quelques autres; et si mes lectrices partagent mon opinion, je leur réserve pour l'année prochaine deux ou trois historiettes puisées dans cet *Herbier* délicieux, qui devrait avoir pour frontispice : la Science, l'Esprit et la Charité se tenant par la main.

L'ÉTÉ.

Le soleil brûlant sur nos champs, ma fille,
Darde les rayons de son disque en feu ;
La moisson t'attend, saisis la faucille
Et dis sans regret au printemps adieu !

Oui, dis adieu sans pleurs à la verte prairie
Qui résonnait hier de tes plus joyeux chants ;
Tu n'iras plus cueillir l'aubépine fleurie,
Ni demander un mot à l'oracle des champs.
Mais si tes yeux pensifs cherchent en vain dans l'herbe
La fraîche marguerite et l'odorant muguet,
Tu peux, si tu le veux, en composant ta gerbe,
Unir à l'épi d'or l'hysope et le bluet.

Le soleil brûlant, sur nos champs, ma fille,
Darde les rayons de son disque en feu ;
La moisson t'attend, saisis la faucille,
Et dis sans regret au printemps adieu !

Chaque saison, enfant, nous fournit sa carrière
De joie et de plaisir, de rires et de pleurs;
Et puis l'espoir s'éteint!... mais demande à ta mère
Si c'est lorsque les fruits ont remplacé les fleurs;
Son cœur te répondra. Mais pour que la nature
Te conserve en tous temps ses dons les plus exquis,
Souviens-toi, quand le ciel te donne avec usure,
Que la pauvre glaneuse attend quelques épis.

Et quand le soleil sur nos champs, ma fille,
Ne dardera plus son disque de feu,
Sans aucun regret laissant la faucille,
Aux beaux jours, Edma, tu diras adieu!

JUILLET.

Ausone représente ce mois sous la forme d'un homme dont le soleil a hâlé les membres, et dont les cheveux roux sont entrelacés de tiges et d'épis; à son bras est un panier rempli de mûres, fruit qui prend ses couleurs et son goût sous le signe du lion. (*Éphém.*)

Le mois de juillet était autrefois nommé *quintilis*, du mot latin *quintus*, qui veut dire cinquième, parce qu'alors il occupait le cinquième rang du calendrier; ce fut sur la proposition du consul Marc-Antoine qu'il changea de dénomination : on le nomma *Julius*, pour honorer la mémoire de Jules-César, réformateur du calendrier, et c'est de ce nom latin *Julius* que l'on a fait le nom français *juillet*.

Plusieurs fêtes étaient célébrées à Rome durant le mois de juillet; parmi les principales, je citerai :

La *Poplifugia*, fête instituée en commémoration de la retraite du peuple sur le mont Aventin, d'où Ménénius Agrippa le fit revenir par l'ingénieux apologue des *membres et de l'estomac*.

La fête de la *Fortune féminine*, qui se célébrait dans le temple de même nom, et qui, la fête et le temple, avaient été fondés en l'honneur de la mère et de la femme de Coriolan.

Les jeux de Neptune, de Minerve, d'Apollon, du cirque, etc.

C'est également durant ce mois que l'on renouvelait les baux des maisons.

Le mois de juillet est fécond en souvenirs de révolutions et de batailles, et parmi les phénomènes physiques qui se sont accomplis durant son cours, on cite, comme le plus extraordinaire et comme le plus terrible, l'élévation de température qui eut lieu dans l'année 1740, et qui fit fondre tous les glaciers de la Suisse, ainsi que les neiges soi-disant éternelles qui couronnent les plus hautes montagnes de ce pays.

C'est vers le milieu du mois de juillet que commence en Égypte le débordement du Nil.

PLANTES QUI FLEURISSENT DANS LE MOIS DE JUILLET.

EN SERRE CHAUDE :

Plusieurs plantes du mois précédent.
La *manettia bicolor* (Brésil). (Fleurs blanc orangé.)
La *manettia cordifolia*. (Brésil) (Fleurs rouge orangé.)
Divers *malpighia*.
Idem *mimosa* (Brésil). (Fleurs rose-violet.)
La *poivrea coccinea* (Brésil). (Fleurs rouge vif.)
Le *plumeria rubra*, ou jasmin rouge des Indes.
Diverses *ruellia* (Indes). (Fleurs bleu d'azur et rouge écarlate.)
Idem *turnera*.
La *passiflora loudonii* (Brésil). (Fleurs rouge violacé.)
L'*ipomea learii* (Amérique méridionale.)
Diverses *gloxinia*. (Fleurs de colorations diverses.)
Idem *justicia* (Brésil). (Fleurs roses et rouges.)
Idem *asclepias*.
La *kæmpferia rotunda*.
Diverses *gongora*. (Fleurs très-odorantes et de colorations variées.)
Idem *acropera*. Idem.
Idem *stanhopea*. Idem.

Toutes ces plantes, dont les trois dernières appartiennent à la famille des labellées, exigent les mêmes soins que j'ai indiqués pour les plantes qui fleurissent dans le mois précédent, sous le rapport de la terre, des arrosements et de l'état atmosphérique.

EN SERRE FROIDE :

La *phænocoma prolifera*. (Fleurs rouges.)
Diverses *yucca*.
Idem *crassula*.
Idem *diosma* (Cap de Bonne-Espérance). (Fleurs blanches et rosées.)
Idem *erica*.
Le *passerina grandiflora*.
La *crotalaria*.

Toutes ces plantes n'exigent pas d'autres soins généraux que ceux que j'ai signalés précédemment pour les plantes de serre froide; cependant la dernière, la *crotalaria*, étant assez susceptible au froid, doit être mise en serre chaude durant l'hiver; elle se multiplie par grains que l'on sème au printemps.

Durant le mois de juillet, les parterres sont émaillés d'une très-grande quantité de fleurs, parmi lesquelles je citerai :

Les *phlox*.
Les *asters*.
Les *clarkia*.
Les *spigelia*.
Les *penstemon*.
Les *lychnis*.
Les *lysimachia*.
Les *sida*.
Les *eupatorium*, etc., etc.

CÉLINE.

I.

UNE SORTIE DE PENSION.

En 1839, quelques semaines avant l'ouverture des vacances, tout le pensionnat de madame Duval était mis en émoi par un événement inattendu.

Cet événement, qui donnait lieu à mille commentaires, était la brusque sortie de la meilleure élève, la jeune Céline de Mont-Fermeil, orpheline depuis son bas âge, et que son tuteur allait emmener sans vouloir attendre que la distribution des prix fût faite.

Madame Duval surtout était dans l'affliction la plus profonde; elle avait compté sur Céline pour montrer aux grands examens de fin d'année tout ce qu'une jeune fille laborieuse pouvait acquérir dans son établissement; elle craignait, en outre, que ce départ avant l'heure ne fût l'objet de suppositions fâcheuses; mais hâtons-nous de dire que ce n'étaient point encore là les principaux motifs de son chagrin. Elle avait élevé Céline, qui ne l'avait pas quittée depuis bientôt treize ans; elle l'aimait comme elle eût aimé sa fille, et son affection maternelle lui faisait pressentir, à cet enlèvement prématuré, une cause occulte qu'elle cherchait en vain à découvrir.

M. Beauregard, le tuteur de Céline, alléguait un conseil de famille auquel il était indispensable que sa pupille assistât; mais madame Duval ne se payait pas d'une semblable raison. Elle n'avait jamais eu d'ailleurs beaucoup de sympathie pour M. Beauregard, dont les formes communes, la corpulence épaisse, l'œil fauve et l'air suffisant étaient peu propres à inspirer une idée favorable; et bien souvent elle s'était demandé comment M. de Mont-Fermeil avait pu désirer en mourant que sa fille eût pour tuteur cet homme qui n'était alors que son intendant; car telles étaient les fonctions que M. Beauregard remplissait jadis auprès du père de Céline.

Mais signalons tout de suite une circonstance que madame Duval ignorait : M. de Mont-Fermeil, qui était mort d'une chute de cheval à son château de la Bourgogne, n'avait eu que le temps de désigner à M. Beauregard la personne à laquelle il voulait confier sa fille, qu'il allait laisser seule au monde.

Cette personne était un de ses amis d'enfance, M. de Verteuil, alors avocat à Poitiers.

M. Beauregard avait promis d'exécuter fidèlement les dernières volontés de M. de Mont-Fermeil; mais en homme parjure, il avait dit, au contraire, que son maître l'avait supplié de se charger de sa fille, qui était âgée de cinq ans à cette époque; et il s'était fait nommer tuteur de Céline, prévoyant tout le bénéfice qu'il pourrait retirer de cette charge, et formant déjà peut-être des projets pour M. Polydor Beauregard, son illustre rejeton.

Madame Duval n'avait vu qu'une seule fois M. Polydor, qui peu de temps auparavant accompagnait son père dans une visite que celui-ci était venu faire à Céline; mais cette entrevue, quoique rapide, avait suffi pour que madame Duval eût du fils une aussi pauvre opinion que du père.

M. Polydor Beauregard, qui comptait vingt-quatre ans à peine, avait ce ton tranchant et superbe qui est ordinairement l'indice de l'orgueil et de la sottise. Ses cheveux étaient ras et d'un rouge ardent; ses moustaches, d'un rouge plus vif encore, se terminaient en deux pointes dressées de chaque côté de son nez comme deux paratonnerres destinés à protéger cet organe, qui chez M. Beauregard fils était, par sa dimension, capable en effet d'attirer la foudre. Ses yeux étaient ronds, bruns et petits; ses lèvres minces, son cou gros et court, sa carrure herculéenne, et ses mains magnifiques sous le rapport de l'ampleur. Et cependant, malgré tous ces désavantages, M. Polydor n'aurait pas été d'une laideur repoussante, si sa démarche et son maintien eussent été plus convenables; mais l'exagéré de sa désinvolture et de sa pose, ainsi que le profond attachement qu'il semblait avoir pour lui-même, achevait d'en faire un monsieur fort déplaisant aux yeux des personnes de bon goût.

Madame Duval n'avait jamais pensé que M. Polydor pût aspirer à la main de Céline; elle connaissait assez son élève pour être sûre que son cœur choisirait un être plus digne de l'occuper; et elle estimait encore assez M. Beauregard père pour supposer qu'il ne chercherait point à combler toute la distance qui séparait son fils et sa pupille. L'idée ne lui venait donc point que le départ de Céline fût provoqué par un motif de ce genre. Eh bien, madame Duval se trompait. Et que serait devenue la pauvre femme si elle avait pu entendre ce que M. Beauregard avait dit trois jours auparavant à son fils, dans la chambre même où M. de Mont-Fermeil était mort?

Un fragment de l'entretien de ces messieurs fera juger du reste.

— Oui, toutes réflexions faites, avait dit M. Beauregard père, je partirai demain pour Paris. Céline aura dix-huit ans le mois prochain, et j'ai peur que sa maîtresse lui donne des conseils qui contrarieraient mes plans. Prépare-toi donc, Polydor, à mettre en jeu tous tes avantages, et je ne doute pas que nous ne réussissions. Tu continueras, par convenance, d'habiter Dijon; mais tu viendras au château trois fois d'abord, puis quatre, puis cinq fois la semaine, puis enfin tous les jours, et comme Céline n'en verra pas d'autre, et qu'elle s'ennuiera ici à mourir, elle consentira facilement, pour mieux jouir de l'existence, à partager avec toi ses quatre-vingt mille livres de revenu.

M. Polydor, tout en fumant son cigare, avait répondu par ces mots pleins de sentiment:

— Ça me ganterait à merveille.

Et M. Beauregard avait continué, en indiquant à son fils tous les moyens qu'il croyait le plus propres à captiver l'innocente pensionnaire.

Relativement à cette grave question de mariage, Céline était assez riche pour ne pas souhaiter que sa position changeât, et son âme était complétement neuve. Quant à M. Polydor, elle ne l'avait vu que la seule fois qu'il était venu à la pension, et l'air infatué du jeune homme l'avait beaucoup amusée; mais n'était-il pas à craindre que, se rencontrant souvent avec M. Beauregard fils, elle ne s'habituât à ses manières et à sa figure, et que, lasse enfin d'être enfermée dans un château, elle n'acceptât la première occasion de recouvrer la liberté?

Voilà ce qu'espérait, ai-je dit, le tuteur de Céline; voilà ce qui eût terrifié cette bonne dame Duval.

Quand la chaise de poste fut prête, Cécile, se tenant à peine, embrassa toutes ses compagnes et tomba dans les bras de madame Duval, qui lui dit d'une voix entrecoupée de sanglots:

— Nous allons nous quitter, mon enfant!... Quand nous reverrons-nous?... Dieu seul le sait!... Dans un instant, Céline, tu ne m'auras plus... Tu n'auras plus personne peut-être pour te garantir des écueils de la vie; mais si les appuis te manquent ici-bas, fais en sorte d'en avoir un là-haut; et pour cela, ma fille, deux choses sont surtout indispensables: la prière et la charité! Je t'ai appris à connaître Dieu, ne cesse pas de l'aimer; tu es riche, fais le plus d'aumônes que tu pourras; nous sommes souvent récompensés sur la terre des bienfaits que nous avons rendus!

Pour toute réponse, Céline etreignit davantage sa bonne maîtresse, et leurs pleurs se confondirent.

— Allons, mademoiselle! les chevaux s'impatientent, fit la voix de M. Beauregard.

Madame Duval, suivie de toutes ses élèves, porta plutôt qu'elle ne conduisit Céline à la voiture; M. Beauregard aida sa pupille à y monter, salua très-cérémonieusement la maîtresse de pension, prit place à côté de la jeune fille, et les chevaux partirent au galop.

A ce moment douloureux où les affections de son enfance et de sa première jeunesse achevaient de se briser, Céline, réveillée de son accablement par les secousses de la voiture, se précipita vers la portière, et jeta un dernier regard sur cette maison paisible où les heures s'étaient écoulées si douces. Ses larmes redoublèrent en voyant peu à peu se confondre en une masse indistincte le groupe affligé où elle laissait une mère et tant d'amies, et tout avait disparu depuis longtemps, qu'elle murmurait encore :

— Adieu, bonne mère!... adieu, Marie!... adieu, Clarisse!... adieu, Adèle!... adieu, Valérie!... adieu!... adieu!...

Enfin elle se rassit au fond de la voiture en essuyant ses larmes ; et ce fut alors seulement qu'elle aperçut à côté d'elle une femme d'une trentaine d'années, que M. Beauregard la pria d'accepter pour femme de chambre. Céline, sans même examiner l'inconnue, fit un signe de remercîment et d'affirmation, et les trois personnages de cette scène se renfermèrent dans un silence que M. Beauregard essayait de rompre de temps en temps, en montrant à sa pupille les divers accidents de la route.

II.

UN JEUNE HOMME CHARMANT.

Il s'était écoulé quinze jours depuis que Céline avait quitté le pensionnat de madame Duval.

M. Beauregard, pour donner une apparence plausible à sa détermination, avait réuni deux fois au château quelques-uns de ses amis, qui devant Céline avaient discuté certaines questions d'intérêt, auxquelles la jeune fille n'avait prêté qu'une attention médiocre.

Madame Duval et Céline s'étaient réciproquement écrit ; mais la lettre de Céline n'était pas sortie du château, et celle de madame Duval avait été décachetée par M. Beauregard, qui, l'ayant lue, n'avait pas jugé prudent de la remettre à son adresse.

M. Polydor, qui, selon les avis de son père, n'était venu que trois fois au château la première semaine, y venait maintenant presque tous les jours.

Trop bien conseillé par M. Beauregard et trop rusé lui-même pour avoir l'air de courtiser Céline, qui se serait alors tenue sur ses gardes, M. Polydor ne disait jamais rien qui pût déceler ses espérances, et ses fréquentes visites avaient toujours un motif qu'il amenait adroitement la jeune fille à faire naître.

Tantôt il lui parlait d'une romance en vogue prônée dans tous les journaux, et qu'il avait en vain cherchée chez tous les éditeurs de musique ; Céline, qui chantait à ravir, le priait de chercher encore, et le lendemain M. Polydor apportait la romance. Tantôt c'était une mode nouvelle qui faisait fureur ; Céline voulait connaître cette mode, et M. Polydor *s'empressait* de la satisfaire. Enfin, loin de devenir importun, M. Beauregard fils gagnait de plus en plus dans les bonnes grâces de la jeune héritière, qui, ne soupçonnant pas son calcul, lui savait beaucoup de gré de son inépuisable complaisance.

D'un autre côté, rien n'était omis pour que M. Polydor parût un phénix aux yeux de la jeune fille.

Deux heures avant qu'il n'arrivât, tous les domestiques prenaient un air de fête et s'entretenaient tout haut de la bonté, de la douceur et de la générosité de M. Polydor. Il n'y avait pas, selon eux, à vingt lieues à la ronde un jeune homme qui le valût, et les pauvres de la commune le bénissaient comme un père. Il est bien entendu que tout cela se disait de façon que Céline pût l'entendre.

Parfois les réclamations des domestiques semblaient rappeler quelque épisode dont M. Polydor avait été le héros ; Céline alors demandait à M. Beauregard père l'explication des mots qu'elle avait recueillis ; et M. Beauregard, après s'être fait beaucoup prier, racontait de son fils une foule de traits charitables accomplis à son insu, et que la clameur publique avait seule portés à sa connaissance.

Tout en posant son fils comme un modèle de charité, de religion et de modestie, M. Beauregard n'oubliait pas de faire valoir l'instruction et l'esprit de M. Polydor.

Il montrait avec orgueil à Céline un nombre infini de couronnes qui décoraient le salon, et que M. Polydor avait remportées au collége. Il recevait toujours quelque lettre où les professeurs de M. Polydor le désignaient comme devant occuper dans le barreau les places les plus distinguées. Enfin, il avait remis en cachette à sa pupille, en la conjurant de n'en rien dire à son fils, deux pièces de vers, composées par M. Polydor, sur les jouissances ineffables que procure l'exercice des qualités du cœur!

Par une douce et touchante réciprocité, M. Polydor, s'il ne parlait jamais de lui devant Céline, ne tarissait pas en revanche sur les vertus de M. Beauregard.

M. Beauregard, disait-il, était le meilleur des pères, l'homme le plus probe, le citoyen le plus parfait; il avait payé de ses deniers toutes les réparations faites l'année précédente à la petite église du village; il avait refusé de concourir à une entreprise superbe, parce que cette entreprise l'eût empêché de donner autant de soins à la gestion des biens de Céline; il avait promis à M. de Mont-Fermeil d'y sacrifier tout son temps, et rien au monde ne lui eût fait oublier sa parole; il aimait tant M. de Mont-Fermeil!!!

M. Polydor revenait souvent avec habileté sur ce dernier point, car il s'était aperçu que Céline, bien qu'elle n'eût pas connu son père, avait pour sa mémoire une vénération profonde, et qu'elle paraissait heureuse toutes les fois qu'on lui parlait de l'attachement qu'il avait inspiré.

Hélas! la pauvre enfant ignorait, comme madame Duval, les circonstances de la mort de M. de Mont-Fermeil; elle était loin de se douter de la félonie de M. Beauregard, et plus loin encore de supposer qu'elle était dupe en ce moment des plus odieux mensonges.

Comment eût-elle pu deviner, elle dont l'âme était si candide, que les domestiques détestaient tous, sans exception, M. Polydor, et qu'en célébrant ses louanges, ils n'obéissaient qu'au sordide appât du gain? Comment eût-elle pu deviner que M. Beauregard mentait indignement dans tout ce qu'il disait de son fils? Comment eût-elle pu deviner que ces couronnes, remportées soi disant au collége, avaient tout simplement été cueillies dans le parc du château; que les lettres des professeurs étaient écrites par M. Beauregard; enfin, que les deux pièces de vers attribuées à M. Polydor avaient été composées par un jeune homme de ses amis?

Pour tout ce qui concernait M. Beauregard, c'était également le contre-pied qu'il fallait prendre; mais Céline était incapable de ce discernement; et l'innocente jeune fille croyait sur parole les deux intrigants qui convoitaient sa fortune.

Une seule des personnes qui entouraient Céline avait pitié parfois de son innocence.

Cette personne était la femme de chambre que M. Beauregard avait présentée à sa pupille dans la chaise de poste. Julie (c'était son nom) n'était pas aussi fourbe que l'avait supposé M. Beauregard, et souvent elle avait été sur le point d'ouvrir les yeux à sa jeune maîtresse; mais comme on lui avait promis douze cents francs de rente à partir du jour où on célébrerait le mariage de M. Polydor et de Céline, elle n'osait pas compromettre cette fortune par une révélation qui peut-être, pensait-elle, serait mal accueillie.

Julie n'avait pas tout à fait tort en supposant que sa maîtresse ne croirait peut-être pas à ses confidences; car, grâce à l'habile tactique employée par M. Beauregard, Céline avait la plus entière confiance dans son tuteur.

M. Polydor avait conquis son estime, et comme ce sentiment, qui est la base de bien des affections, en est aussi quelquefois le prélude, Céline était à son insu bien près du piége, à la grande satisfaction de M. Beauregard, qui, ne doutant plus de la réussite, disait la veille à son fils :

— Les affaires vont plus rondement que je ne l'avais pensé : mais cela ne me surprend pas : les jeunes filles ont, dès leur enfance, un besoin d'attachement qui exige impérieusement sa satisfaction; c'est d'abord leurs poupées qui en profitent, et plus tard une amie de pension; et lorsqu'elles n'ont plus ni la poupée ni l'amie, c'est le premier individu qui se présente, si surtout cet individu leur paraît, comme toi, digne d'affection, et n'a pas, comme toi encore, de rivaux à redouter. Du courage donc et de la persévérance, mon garçon, et je te promets qu'avant quinze jours tu seras adoré.

— Et je peux dire, avait répondu M. Polydor, que je ne l'aurai pas volé.

— Bah! tu te dédommageras plus tard, avait repris M. Beauregard père.

J'y compte bien, avait répliqué M. Polydor.

III.

JACQUES ET LISETTE.

Le surlendemain du jour où les messieurs Beauregard avaient eu la conversation précédente, deux enfants, le frère et la sœur, âgés le premier de onze ans et la seconde de neuf, étaient assis sur le bord d'une petite route qui longeait un mur du parc attenant au château.

Il était environ six heures du matin, et déjà les champs étaient couverts de glaneuses qui chantaient en recueillant les épis oubliés par les moissonneurs.

— Elles chantent, disait le petit garçon, elles sont heureuses; elles se ramassent du pain pour cet hiver; et nous, Lisette, comment f'rons-nous, à présent que M. Beauregard ne veut plus que not' chère mère vienne glaner dans ses champs?

— Je n'en sais rien, Jacques, répondit la petite fille d'une air contrit.

— As-tu dormi toute cette nuit, Lisette? reprit Jacques.

— Oui, fit la petite fille.

— Moi aussi, poursuivi Jacques, j'ai bien dormi pendant un moment, mais j'ai été réveillé par notr' pauv' mère qui pleurait.

— Elle pleurait! s'écria Lisette. Oh! mon Dieu, qu'avait-elle?

— Ce qu'elle avait? reprit Jacques; pardine, elle avait du chagrin en songeant qu'cet hiver nous n'aurons pas miette.

— Mais, pourquoi M. Beauregard ne veut-il plus que not' mère vienne glaner dans ses champs?

— Eh! l' sais-je, moi?

— Il n'a pourtant pas l'air méchant, M. Beauregard.

— Il n' faut pas toujours se fier à la mine, Lisette; et puisqu'il fait pleurer not' pauv' mère, il faut bien qu'il ne soit pas très-bon.

— C'est vrai, fit Lisette.

— Si du moins, reprit Jacques, not' chère mère pouvait faire aut' chose que d' glaner, elle s'en moquerait pas mal; mais depuis qu'elle commence à avoir une *cataraque* dans les yeux, il n'y a pas beaucoup d'ouvrage pour elle, et c' n'est pas rien qu'avec la croix de not' défunt père qu' nous pouvons vivre.

— En effet, repartit Lisette, c' n'est guère lourd ce que l' gouvernement nous donne.

— Quand je songe qu'il faudrait si peu, répliqua Jacques, pour contenter not' pauvre mère! J'entendais cette nuit qu'elle disait: Oh! mon Dieu, dix sous seulement; accordez-moi la grâce de pouvoir mettre dix sous de côté par jour, et cela nous suffira pour passer l'hiver!

— En effet, reprit Lisette, dix sous, ce n'est pas une grosse somme.

— Non, sans doute, fit Jacques; mais encore faut-il les gagner.

— J'ai envie de faire une chose, reprit-il après un moment de silence.

— Qu'est-ce que c'est, Jacques?

— Au lieu d'aller à l'école, j'ai envie d'aller sur la grand'route courir après les diligences; on me donnera peut-être quelques sous.

— Oh! Jacques, fit Lisette en appuyant ses deux petites mains sur l'épaule de son frère, tu voudrais aller mendier!

— Puisqu'il n'y a pas moyen d'avoir d' largent d'une aut' manière.

— Mais tu te rappelles que monsieur l'curé nous a dit qu'il n'y avait que les mauvais garnements qui mendiaient.

— Oui, j' me le rappelle; mais ce n' sera pas pour faire des ribottes que j'irai mendier, moi, ce sera pour que nous n' mourions pas de faim et pour tranquilliser not' pauv' mère.

— C'est égal, Jacques, tu auras l'air d'être un mauvais sujet. Et puis, où diras-tu que tu as pris cet argent?

Jacques se frappa le front.

— Tu vois qu' tu serais obligé de mentir, poursuivit Lisette, car not' bonne mère aurait trop de chagrin si tu lui disais qu'tu as mendié.

— Oh! oui, qu'elle en aurait! fit Jacques.

— Eh bien! tâchons de trouver un meilleur moyen.

— C' n'est pas facile.

— Alors, prions l' bon Dieu qu'il nous aide.

— Oui, Lisette, fit Jacques, tu as raison, ça vaudra mieux; et si tu veux, ce soir en revenant d' l'école, nous prendrons l'aut'chemin, et nous nous arrêterons à la petite croix blanche qui est de l'aut'côté du château.

— Oui, je voudrais bien, répliqua Lisette; mais j'n'aime guère à passer par ce vieux chemin, on n'y rencontre jamais personne, et ça m'fait peur.

—C'est, au contraire, reprit Jacques, une raison pour n'avoir pas peur si l'on n'y rencontr'personne. D'ailleurs, en tous cas, n'suis-je pas là pour te défendre? et morguienne, j'voudrais bien voir qu'on t'dirait quelque chose!

—Allons, Jacques, ça va, repartit Lisette; nous r'viendrons par le vieux chemin, et nous nous arrêterons à la croix blanche pour prier Dieu qu'il ait pitié de nous. Mais partons, car le malt'd'école nous gronderait si nous étions en retard.

—Oui, partons! fit Jacques.

Et les deux enfants, se tenant par la main, se dirigèrent vers le village en lançant à la dérobée des regards d'envie sur les glaneuses, qui avaient déjà leurs tabliers pleins d'épis!

IV.

L'AUMONE DU BON DIEU.

Le soir, vers les quatre heures, Jacques et Lisette arrivaient à la croix blanche; et comme Lisette, qui avait précédé son frère de quelques pas, allait se mettre à genoux, un cri de surprise et de joie partit de sa poitrine; puis, saisissant un petit objet placé sur l'une des branches de la croix:

—Viens donc vite voir, Jacques! cria-t-elle à son frère; viens donc voir la jolie p'tite pièce de dix sous!

Jacques s'approcha vivement, et jeta des yeux ébahis sur la petite pièce que Lisette tournait et retournait entre ses doigts.

—C'est, ma foi, vrai, fit Jacques, c'est bien une pièce de dix sous.

—Elle a p't-être été oubliée là par quelqu'un qui reviendra la chercher, reprit Lisette.

—Probablement, répliqua Jacques.

—Aussi, continua Lisette en paraissant faire sur elle-même un violent effort, j'vas la mettre à sa place.

—Oui, Lisette, remets-la, repartit Jacques après avoir réfléchi quelques secondes. Si nous l'eussions trouvée par terre, nous aurions p't-être le droit de la porter à not'chère mère; mais puisqu'elle était sur la croix, il ne faut pas la prendre.

Pendant que Lisette remettait lentement la pièce à sa place, Jacques, pour ne pas succomber à la tentation qu'il éprouvait, se mit à genoux et baissa les yeux. Mais ce mouvement lui ayant fait apercevoir un petit carré de papier tombé au pied de la croix, il le saisit avec empressement, et l'ayant parcouru:

—Reprends cette pièce, Lisette, dit-il joyeusement à sa sœur, elle est à nous!

—Elle est à nous? exclama Lisette.

Et sans attendre que son frère eût confirmé ses paroles, elle reprit la pièce avec autant de prestesse et de vivacité qu'elle eût fait pour saisir une sauterelle.

—Oui, Lisette, reprit Jacques, ça nous appartient, et voilà c'que c'est que d'savoir lire; tiens, écoute ce qu'il y a d'écrit sur ce papier.

Et Jacques lut assez couramment les lignes suivantes, tracées en grosses lettres:

« Prenez cette petite pièce, mes chers enfants; c'est le bon Dieu qui » vous l'envoie, parce que vous l'aimez bien; et toutes les fois que vous » viendrez prier à la croix blanche, vous en trouverez une toute pa- » reille, que vous irez porter à votre pauvre mère. »

—Faudra y r'venir tous les jours, dit vivement Lisette; ça f'ra que nous aurons du pain pour cet hiver, et que maman n'pleurera plus.

— Certainement, reprit Jacques, que nous y r'viendrons tous les jours; mais, n'trouves-tu pas, Lisette, que c'est joliment drôle, tout d'même?

—Dam! oui, qu'c'est drôle, fit Lisette. Qui c'est-il donc qui nous écrit comme ça? Peut-être bien M. Beauregard.

—Oh! nenni, répliqua Jacques, puisqu'il défend à not'chère mère de glaner dans ses champs; il ne lui enverrait pas des pièces de dix sous; et pour sûr ça n'vient pas de là, fit-il en indiquant le château, dont le mur d'enceinte avait de ce côté deux ou trois fois plus en hauteur qu'à l'endroit ou les deux enfants s'étaient assis le matin.

— Enfin, n'importe qui ce soit, reprit Lisette, et puisque ça vient de la part du bon Dieu, remercions-le bien et courons porter cette pièce à not' chère mère.

Les deux enfants prièrent quelques minutes avec la plus sainte ferveur, et ils prirent gaiement la direction d'un petit bourg composé de cinq ou six cahuttes, dont l'une était habitée par eux et leur mère.

Si Jacques et Lisette avaient eu la faculté de voir au travers des corps opaques, ils auraient aperçu un bien joli visage, derrière une petite porte pratiquée dans le mur du château, presque vis-à-vis la croix blanche. Ce visage était celui de Céline, qui, le matin avait entendu la conversation des deux enfants, et qui s'était instituée leur protectrice invisible. Un œil appliqué sur l'une des jointures de la porte, elle avait vu toute la scène qui venait de se passer, et elle se promettait le plus vif plaisir à continuer, pendant quelque temps, de jouer le rôle de la Providence!

V

COMMENT UN CHASSEUR PEUT OUBLIER QUELQUEFOIS LES PERDRIX ET LES CAILLES.

Il y avait déjà plusieurs jours que Jacques et Lisette venaient régulièrement chercher à la croix blanche leur aumône quotidienne.

Durant ce laps de temps, MM. Beauregard, qui n'étaient pas dans le secret de la jeune fille, redoublaient de soins et d'adresse pour arriver à leur but le plus promptement possible, et la comédie marchait à merveille vers un dénoûment probable. Afin de l'activer encore, M. Beauregard père, qui avait suivi pas à pas les progrès de son fils dans l'esprit de Céline, avait préparé pour le même jour un plan d'attaque fort habile, et il attendait avec impatience l'heure du dîner pour le mettre à exécution.

Il était deux heures de l'aprés-midi; M. Polydor, qui avait promis d'apporter à Céline des patrons de pantoufles, n'était pas encore arrivé; M. Beauregard était dans son cabinet de travail, et Céline se disposait à se rendre dans le parc, où depuis sa rencontre avec Jacques et Lisette elle allait seule, sous prétexte de se livrer à des méditations que MM. Beauregard interprétaient d'une manière favorable à leurs desseins.

Au même moment, le vieux chemin de la croix blanche, ordinairement si désert, était parcouru par un jeune homme qui paraissait examiner en connaisseur les vignes et les champs d'alentour.

Il pouvait avoir de vingt-quatre à vingt-cinq ans. De petites moustaches brunes ombrageaient sa lèvre supérieure; ses cheveux, presque noirs, s'échappaient en boucles fines de dessous une casquette de velours vert foncé; il portait un costume de chasse, et la cravache qu'il tenait dans sa main soigneusement gantée, ainsi que les éperons d'argent dont étaient armées ses bottes molles, indiquaient qu'il venait de descendre de cheval.

— Si je ne me trompe, fit-il après être monté sur le talus du vieux chemin pour mieux juger du site, il y a du gibier par ici. Je saurai quel est le propriétaire du château, et je tâcherai d'obtenir la permission de venir sur ses terres aussitôt que la chasse ouvrira.

Et, soit qu'il fût fatigué, soit qu'il voulût attendre s'il verrait lever quelques perdrix ou quelques cailles, il alla s'asseoir le long d'un buisson épais qui se trouvait derrière la croix blanche.

A peine était-il assis, que le bruit d'une porte grinçant sur ses gonds se fit entendre; il tourna la tête, écarta doucement les branches du buisson, et aperçut Céline, qui, après avoir regardé à droite et à gauche, s'avança avec précaution, déposa quelque chose sur la croix en souriant avec bonté, et retourna vers la petite porte, qu'elle referma sur elle.

Le jeune homme passa la main sur son front et fit un mouvement, comme pour ressaisir, ainsi que dans un rêve, la gracieuse apparition qui nous rendait le sommeil si doux; et pour s'assurer que ses yeux ne l'avaient pas trompé, il se dressa sur ses genoux, et vit distinctement, au travers du feuillage, sur l'une des branches de la croix, une petite pièce de cinquante centimes.

— Que signifie cela? pensa-t-il; et pour qui cette jeune et jolie personne a-t-elle une si délicate attention? car, évidemment, c'est une aumône dont elle ne veut pas qu'on sache l'origine. On va venir sans doute chercher cette pièce ; et, ma foi, puisque l'on ne peut pas me voir, et que, par conséquent, je ne gênerai personne, je vais attendre pour connaître l'obligé de cette belle jeune fille.

En disant cela, le jeune homme, oubliant les perdrix et les cailles, se mit l'œil et l'oreille au guet.

Plus d'une heure s'écoula sans qu'il vît rien venir ; mais, comme il n'était pas homme à se décourager, et qu'il pensait bien que cette pièce n'avait pas été déposée là sans motifs, il attendit encore, et bientôt après Jacques et Lisette arrivèrent en courant à la croix blanche.

—Encore ! firent ensemble les deux enfants ; encore une petite pièce de dix sous !

—Dis donc, Jacques, reprit Lisette, sais-tu que si l' bon Dieu nous en envoie longtemps comme ça nous finirons par être riches? En voilà déjà huit.

— Oui, c' qui fait quat' francs en belle monnaie, répliqua Jacques. Pauv' chère mère, comme elle va être contente encore ce soir! elle s' moque pas mal à présent qu'on l'empêche de glaner!

— Allons, Jacques, avant d'y toucher, faisons notre prière comme d'habitude.

— Oui, Lisette.

Les deux enfants se mirent à genoux et marmottèrent un *Pater* et un *Ave*, qu'ils terminèrent en prononçant trois fois ces mots :

« Bénissez, mon Dieu, la main qui a pitié de nous. »

Puis ils prirent la pièce, que Jacques enveloppa dans son mouchoir, et ils se mirent à courir dans la direction contraire à celle par où ils étaient venus.

(La fin au mois suivant.)

ÉNIGME.

Mon existence est très-fragile ;
Un rien peut me briser, un mot m'anéantir.
On le sait ; et pourtant ceux qui me font mourir
Sont ceux qui me donnaient asile.

AOUT.

Autrefois nommé *sextilis*, à cause de la place qu'il occupait dans le calendrier (la sixième), le mois d'août prit le nom qu'il porte aujourd'hui de celui de César-Auguste, qui acheva la réforme chronométrique commencée par Jules-César, son grand-oncle.

Les fêtes que l'on célébrait à Rome pendant le mois d'août étaient, entre autres : *la fête des Esclaves et des Servantes*, et celle *des Chiens*. Le rapprochement n'est ni généreux ni flatteur; mais, ainsi qu'on va le voir, il n'existe que dans la disposition des mots.

La fête des Esclaves et des Servantes prouvait, au contraire, que les Romains de ce temps-là ne rougissaient pas de se souvenir qu'un de leurs plus grands rois avait dû le jour à une esclave. Ce roi était SERVIUS TULLIUS, fils d'une des esclaves de la reine Tanaquil, épouse de TARQUIN L'ANCIEN. Cette fête avait surtout pour but de rappeler que Servius Tullius avait été le premier qui eût autorisé les Romains à affranchir ceux de leurs esclaves qui s'en rendraient dignes. Pour que cet affranchissement eût lieu, il suffisait que le maître, en présence d'un magistrat, donnât un petit soufflet sur la joue de son esclave, qui de ce moment devenait libre, et pouvait acquérir dans la suite le titre de citoyen romain, s'il parvenait à gagner assez pour entretenir sa famille.

Autant *la fête des Esclaves* était digne, autant celle des *Chiens* était ridicule, et c'était bien moins une fête qu'une cérémonie barbare. On y crucifiait un de ces pauvres animaux, en commémoration de ce que leurs aïeux ne s'étaient pas réveillés lorsque les soldats de Brennus tentèrent une nuit de s'emparer du Capitole.

Durant le mois d'août, la Grèce célébrait les jeux Néméens et ceux de Bacchus. Les premiers, institués par Hercule, avaient lieu dans la forêt de Némée, qui avait été le théâtre du premier travail de ce demi-dieu. Les seconds, créés en l'honneur du dieu de la vendange, offraient le spectacle de divertissements burlesques que nos scènes de carnaval rappellent assez bien, et que l'on appelait *Bacchanales*.

C'est dans le mois d'août que l'on trouve ces curieux insectes nommés *éphémères* qui naissent, se reproduisent et meurent dans le cours d'une seule nuit.

PLANTES QUI FLEURISSENT DANS LE MOIS D'AOUT.

EN SERRE CHAUDE :

Divers *plumbago*. (Fleurs bleues et roses.)
Idem *bignonia*. (Fleurs de colorations diverses.)
Idem *tradescantia*. (Fleurs roses et bleues.)
Idem *cestrum*. (Fleurs roses et jaunes.)
Idem *pancratium*. (Fleurs blanches.)
Idem *clitoria*. (Fleurs bleues.)
Idem *costus* (Guyane). (Fleurs blanches.)
Idem *arum*. (Fleurs verdâtres.)
La *sagittaria*. (Fleurs roses blanchâtres.)
La *phagus grandifolius*. (Fleurs rose pourpre.)
L'*hedysarum gyrans*.

EN SERRE FROIDE :

Plusieurs *bignonia*. (Fleurs jaune aurore, blanches et roses.)
Idem *lobelia*. (Fleurs bleues et rouges.)
Idem *cestrum*. (Fleurs jaunes et roses.)
Idem *citrus*. (Fleurs blanches et blanc rosé.)
Idem *ketmia* (Fleurs jaune soufre.)
Plusieurs *chironia*. (Fleurs de diverses teintes rosées.)
Idem *acacia*. (Fleurs jaune plus ou moins foncé.)
Idem *abutilons*. (Fleurs jaune strié.)
Idem *commelina*. (Fleurs bleues.)

J'ai assez insisté dans les mois précédents sur les soins généraux à donner aux plantes de serre chaude et de serre froide; je me bornerai maintenant à les indiquer; car, ne pouvant entrer dans des détails spéciaux, je n'aurais qu'à répéter ce que j'ai déjà dit.

Les plantes qui fleurissent en pleine terre durant le mois d'août sont :

Les *cardinales*. (Fleurs rouges.)
Plusieurs *amarantes*. (Fleurs pourpre.)
Idem *cyclamen d'automne*. (Fleurs blanc rose.)
Idem *campanules*. (Fleurs bleues.)
Idem *asclepias*. (Fleurs de colorations diverses.)
Idem *œillets*.
Idem *sénecons*. (Fleurs pourpre rose et autres.)
Idem *iris*.
Idem *verges d'or*. (Fleurs jaunes.)
Idem *tubéreuses*. (Fleurs blanches.)
Idem *lychnis*. (Fleurs jaune aurore.)
Idem *chrysanthèmes*. (Fleurs de toutes couleurs.)
Idem *helianthèmes*. (Fleurs jaune aurore et autres teintes.)
Idem *fumeterres*. (Fleurs rose violet.)
Idem *violiers*.
Idem *miroirs de Vénus*. (Fleurs bleues.)
Idem *convolvulus*. (Fleurs roses blanches et bleues.)
Idem *verveines*. (Fleurs bleues, blanches et rouge pourpre.)

CÉLINE.

(SUITE ET FIN.)

VI.

LA COLOMBE ET L'OISEAU DE PROIE.

Pendant que Jacques et Lisette couraient vers la cabane de leur mère, Céline regagnait le château; et le jeune homme, que je désignerai désormais sous le nom d'Alfred, sortait de sa cachette avec l'intention de rattraper les deux enfants, pour leur demander le nom du propriétaire du château.

Quand Céline arriva dans la salle à manger, elle trouva M. Beauregard père qui l'attendait.

— Nous allons nous mettre à table sans Polydor, mademoiselle Céline, lui dit M. Beauregard, car il ne viendra pas aujourd'hui.

— Est-il indisposé? fit Céline.

— Non, Dieu merci, mademoiselle.

— Il est en partie de plaisir?

— Oh! non, mademoiselle, le pauvre garçon n'est guère en train de s'amuser.

— Qu'a-t-il donc? s'écria Céline.

— Je vous le dirai..... plus tard..... après dîner, mademoiselle.

— Pourquoi pas tout de suite?

— Au fait, reprit M. Beauregard, je puis bien vous le dire maintenant. Eh bien, mon fils a de l'ennui, parce qu'il va me quitter.

— Comment! M. Polydor vous quitte?

— Oui; je l'envoie faire un voyage.

— Durera-t-il longtemps?

— Huit ou dix mois!

En disant ces mots M. Beauregard fixait les yeux sur Céline, afin de lire dans sa physionomie l'impression que cette brusque nouvelle causerait à la jeune fille; et probablement que M. Beauregard fut satisfait du résultat de son examen, car il se pinça légèrement et à plusieurs reprises la lèvre inférieure, ce qui était chez lui une marque de grand contentement.

Céline, en effet, qui ne savait point, comme son interlocuteur, maîtriser ce qui se passait en elle, avait un peu pâli, et M. Beauregard en avait conclu non point que la jeune fille aimait éperdument M. Polydor, mais au moins qu'elle n'était pas indifférente à son prétendu départ, et c'était ce que M. Beauregard père désirait savoir avant d'aller plus loin.

Une fois sûr de cela, M. Beauregard crut le moment favorable, et prenant un visage consterné:

— Ah! mademoiselle, dit-il à Céline en poussant un gros soupir, qu'il est cruel de se séparer de son enfant!

— Mais qui vous y force, monsieur Beauregard? fit naïvement la jeune fille.

Beaucoup de choses, mademoiselle Céline, beaucoup de choses

que je ne puis vous dire, malgré que ce soit vous... Mais, non, fit-il en s'interrompant, je ne dois pas vous l'avouer, vous en auriez de la peine, votre cœur est si bon!

—Ne craignez rien, monsieur Beauregard, reprit Céline en s'approchant de son tuteur; et pourquoi dites-vous que c'est moi.....

—J'ai dit que c'était vous, mademoiselle? exclama M. Beauregard en ayant l'air de regretter ses paroles.

—Il m'a semblé, repartit Céline.

—Ah! mademoiselle, j'aurais voulu vous le laisser ignorer, mais je n'ai pas été maître de ma douleur.

—Je la conçois, fit ingénument Céline, et je vous assure que je voudrais pouvoir la soulager.

—Excellente enfant! s'écria M. Beauregard; oh! que vous avez bien tous les sentiments de votre pauvre père!

Et voyant que ces mots achevaient de sensibiliser Céline:

—Oui, poursuivit-il en lui prenant les mains, je le sais, votre plus grand bonheur serait d'adoucir tous les chagrins que vous rencontrez; mais malheureusement vous ne pouvez rien à ce que je souffre, et vous allez en juger, car une partie de mon secret m'étant échappée, je suis presque forcé de vous confier l'autre, pour éviter que vous ne vous tourmentiez à le découvrir. Mais je vous préviens d'avance, mademoiselle Céline, que je ne vous en veux pas de ce qui arrive; c'est ma faute, et non la vôtre.

—Parlez, monsieur Beauregard, fit Céline de sa voix la plus douce; je ne sais pas ce que vous voulez dire.

—On fait des fautes à tout âge, continua M. Beauregard, et l'on n'est jamais plus aveugle que quand on se croit certain de sa pénétration. Je voyais avec plaisir, mademoiselle Céline, les complaisances que mon fils avait pour vous; j'étais heureux de lui voir partager l'affection que je vous porte, et vous aimant comme un père, j'étais charmé qu'il parût vous chérir comme une sœur. Mais, hélas! mon fils m'a ouvert son cœur, et j'y ai lu que ses sentiments pour vous étaient tout autres que des sentiments fraternels!

En entendant cette déclaration si nette, Céline rougit jusqu'aux yeux.

Quand M. Beauregard lui avait annoncé le départ de son fils, elle n'avait pas essayé de cacher son émotion, parce qu'il lui semblait naturel de ressentir et de témoigner même du regret en voyant se rompre une liaison qu'elle croyait basée sur une simple amitié réciproque; mais les derniers mots de M. Beauregard la jetèrent dans un violent trouble, et une foule de pensées, la plupart inconnues pour elle jusqu'alors, se présentèrent à son esprit.

Elle se demandait si ses sentiments n'étaient point conformes à ceux de M. Polydor; elle s'étonnait qu'il éprouvât une affection aussi vive sans l'avoir jamais laissée paraître; elle ne s'expliquait pas l'espèce d'inquiétude où la plongeait la révélation de M. Beauregard, elle en devinait encore moins l'inconvenance et la perfidie; mais une pensée la chagrinait et l'affligeait surtout, c'était d'être la cause du chagrin de M. Beauregard.

Pour la première fois de sa vie elle allait faire couler des larmes, elle qui n'avait jamais procuré que de la satisfaction à ses connaissances! Comblée d'égards et de soins par M. Beauregard et son fils, elle allait amener une séparation poignante, et provoquer un éloignement qui pouvait compromettre l'avenir de M. Polydor; elle verrait chaque jour le front affligé de M. Beauregard, qui n'oserait pas certainement lui adresser des reproches, mais qui ne l'en accuserait pas moins peut-être; le calme des jours passés allait faire place aux angoisses de la séparation et de l'absence; et c'est elle qui en serait cause! Cette pensée torturait la crédule Céline.

Aussi déjà cherchait-elle un moyen de prévenir cette catastrophe.

Pourquoi, pensait-elle, M. Polydor ne continuerait-il pas à la voir comme précédemment, et quel mal, après tout, y avait-il à ce qu'il l'aimât plus qu'une sœur? Leurs rapports n'en avaient point été moins agréables; d'ailleurs, en y réfléchissant, l'amour de M. Polydor ne lui semblait pas dangereux; que pouvait-il en advenir? qu'il voulût l'épouser? Eh bien, quand cela serait, ne possédait-il pas toutes les qualités qui sont la base d'une union solide et durable? Trouverait-elle jamais un beau-père plus affectueux que M. Beauregard? Et M. de Mont-Fermeil, en lui confiant sa fille n'avait-il pas lui-même songé peut-être aux événements qui étaient en train de s'accomplir?

Quoique Céline ne trouvât rien de blâmable dans ces réflexions, elle sentait pourtant qu'elle ne devait pas les confesser, et elle se taisait. Mais son aveu n'était pas utile, M. Beauregard avait prévu tout ce que penserait Céline, et il lisait dans les traits de sa pupille tout ce qu'elle aurait pu lui dire; aussi se pinçait-il et se tirait-il la lèvre inférieure avec tant de force, qu'il l'eût allongée de dix centimètres si ses muscles avaient été de caoutchouc.

Quand il eut supposé que la jeune fille ne pouvait plus que tourner dans le même cercle d'idées:

—A présent, dit-il, que vous savez tout, mon aimable enfant, je n'ai plus qu'à vous prier de ne pas prendre le change sur ma détermination d'éloigner Polydor, et d'être bien persuadée que je ne m'y résous que par la délicatesse.

—Comment cela, monsieur Beauregard? fit Céline.

—Oui, reprit M. Beauregard. Si, au lieu d'être restée dans ce château, où vous n'avez vu que mon fils, j'avais pu vous conduire dans le monde, où vous eussiez rencontré d'autres jeunes gens, j'agirais peut-être différemment, et je ne craindrais point de voir Polydor chercher à vous inspirer les sentiments qu'il éprouve, car alors vous seriez à même de choisir entre plusieurs: et si par hasard votre cœur s'égarait, ce qui arrive quelquefois, insinua M. Beauregard, quand on a trop à choisir, je n'aurais rien à me reprocher. Mais, ne voyant ici que Polydor, qui bientôt ne pourrait plus comprimer les élans de son âme, vous vous attacheriez insensiblement à lui, et si malgré ses quelques qualités il ne vous procurait pas dans l'avenir tout le bonheur que vous êtes en droit d'attendre, je ne me pardonnerais jamais, ma bonne demoiselle Céline, d'avoir, pour ainsi dire, forcé votre inclination. Je ne balance donc point à sacrifier mon fils!

M. Beauregard attendait une réplique; mais, voyant que Céline baissait les yeux avec embarras, il comprit aussitôt que cette réplique eût été trop difficile, pour ne pas dire impossible, d'après les termes de son apostrophe; aussi, rompant en arrière, comme on dirait en escrime, afin de reprendre l'avantage sur un terrain moins épineux; autrement dit, pour amener Céline à faire une réponse que la prudence et la pudeur ne sembleraient pas défendre:

—Si j'osais croire ce que m'a promis Polydor, reprit-il, je n'exigerais pas ou du moins j'ajournerais une séparation dont les conséquences peuvent lui être funestes.

—Que vous a-t-il promis? hasarda Céline.

—Comprenant parfaitement, repartit M. Beauregard, les raisons que je lui donnais et que je viens de vous répéter, il m'avait juré de ne rien vous laisser voir de ses espérances avant que vous ne fussiez à même de le comparer à d'autres. Jusqu'à ce moment il eût continué d'être avec vous comme par le passé, ne cherchant qu'à mériter votre amitié, votre estime et quelque peu de... bienveillance, par un dévouement à toute épreuve; et même, dans la prévision où ses rêves ne se réaliseraient pas, il eût dès aujourd'hui travaillé sans relâche à maîtriser son cœur, afin de pouvoir lui imposer dans la suite le sentiment qu'il obtiendrait de vous, sauf à s'éloigner alors, s'il ne réussissait pas à se vaincre lui-même.

—Mais, monsieur Beauregard, répliqua naïvement Céline, qui courait droit à sa défaite, il me semble que cela serait assez raisonnable.

—Oui, reprit M. Beauregard; s'il a la force de remplir son engagement, je le préférerais bien, je vous assure; car il est encore si jeune, que je tremble à l'idée de son départ. Mais vous comprenez bien, mademoiselle Céline, que, de toutes façons, je ne suis pas fâché de vous avoir prévenue.

—Je vous en remercie beaucoup, repartit Céline; et maintenant que je le suis, je ne vois pas du tout d'inconvénient à ce que nous reprenions notre existence ordinaire.

En entendant cette ingénuité, M. Beauregard eut beaucoup de peine à ne pas se jeter au cou de sa pupille.

—Vous ne voulez donc pas, fit-il en se retenant, que je l'envoie faire un petit voyage en Amérique?

—C'est en Amérique que vous vouliez l'envoyer! s'écria Céline. Ah! mon Dieu! si loin! et encore dans un pays plein de bêtes féroces! Oh! quel chagrin j'aurais eu s'il lui fût arrivé du mal!

—Cela étant, vous ne l'eussiez jamais su, mademoiselle Céline.

—N'importe, monsieur Beauregard, je ne veux pas que M. Polydor coure à cause de moi du danger.

—Mais je ne saurai comment lui annoncer mon changement de résolution; car pour tout au monde je ne voudrais pas qu'il se doutât que je vous ai dit le véritable motif de son départ.

—Quand viendra-t-il au château? fit Céline.

—Demain, répondit M. Beauregard.

—Et vous dites qu'il m'aime bien?

—Par-dessus tout!

—En ce cas, je lui dirai tout simplement qu'il n'est pas gentil de nous quitter, et cela suffira pour qu'il reste.

—Prenez garde, mademoiselle Céline, fit M. Beauregard, à ne pas lui donner des espérances que vous n'auriez pas l'intention de réaliser.

—Non, monsieur Beauregard, répliqua Céline, je ne m'engagerai pas plus qu'il ne faut; soyez donc tranquille, et mettons-nous à table.

M. Beauregard était au comble de ses vœux. Céline connaissant les projets de M. Polydor, consentait à recevoir ses assiduités, c'était une preuve que son cœur ne s'en effrayait pas, au contraire; de plus, elle allait elle-même l'empêcher de partir, c'était presque un aveu, et cet aveu, le digne tuteur savait comment il le ferait exploiter par son fils; aussi alla-t-il se mettre à table, en se pinçant plus que jamais la lèvre inférieure.

VII.

UNE CONTRE-MINE.

Durant l'entretien qu'on vient de lire, un colloque d'une autre nature avait eu lieu chez Gervaise, la mère de Jacques et de Lisette.

L'un des interlocuteurs était Gervaise et l'autre Alfred, que nous avions laissé courant après les deux protégés de Céline.

Alfred avait eu bientôt rattrapé les deux enfants; il leur avait demandé quel était le propriétaire du château; et sur leur réponse, que c'était mademoiselle Céline de Mont-Fermeil, mais qu'il n'était habité que par M. Beauregard, son tuteur (Jacques et Lisette ignoraient le retour de Céline), Alfred, que ces noms avaient paru frapper, avait questionné les enfants. Jacques avait répondu que mam'zelle Céline était en pension à Paris et qu'il ne la connaissait pas, mais que pour M. Beauregard, c'était un méchant homme et un voleur. Un méchant homme, parce qu'il empêchait sa pauv' mère de venir glaner dans ses champs; et un voleur, parce qu'il vendait en cachette et à son profit une partie des récoltes de mam'zelle Céline.

Alfred avait alors redoublé de questions; mais Jacques, n'en sachant pas davantage, avait offert à Alfred de les suivre chez leur bonne mère, qui lui en dirait bien plus long, et le jeune homme avait accepté.

Au premier moment Gervaise avait été confuse et gênée en voyant arriver chez elle un si beau monsieur; mais, rassurée par quelques paroles bienveillantes d'Alfred, par son air doux et bon, et surtout par l'assurance que sa visite avait uniquement pour but les intérêts de Céline, Gervaise s'était décidée promptement à satisfaire aux questions du jeune homme.

—Oui, m'sieu, lui avait-elle dit, c' que mon p'tit Jacques vous a raconté, c'est la vérité pure. Ce grandissime fripon de m'sieu Beauregard vole tant qu'y peut cette chèr' p'tite mam'zelle Céline. C'est au su de tout l' monde aux environs; mais personne n'en dit mot, parce que les uns y trouvent leurs avantages, et qu' les autres sont d' pauv' gens qui ont peur de m'sieu Beauregard. Mais, moi, l'année dernière, j'y ai pas pu tenir, et un jour qu'j'avais appris un tas d' choses, j'y ai dit qu'il était un brigand; aussi, dam, comme de juste, il n' veut pas qu' j'aille glaner chez lui.

Mais, m'sieu, tout ça n'est encore rien, avait ajouté Gervaise, auprès de c' que j'ai su c' matin par un métayer du château. Figurez-vous que c' grand scélérat a z'été chercher cette chère p'tite mam'zelle Céline, qu'était en pension à Paris chez une nommée m'ame Duval, et qu'il veut la marier avec son mauvais sujet d' fils, qui dépense des monceaux d'or et qui à tous les vices imaginables. J'aurais dû m'douter qu'elle était au château, cette bonne mam'zelle Céline, dès la première fois qu' mes p'tits m'ont apporté la pièce de dix sous qu'ils avaient trouvée sur la croix blanche; car bien sûr qu' c'est pas m'sieu Beauregard ni son grand rougeaud d'fils qui f'raient des actions pareilles.

J' l'ai point vue d'puis la mort de son pauv' père, mam'zelle Céline, mais y s'parait qu'elle est jolie comme un amour, et bonne, bonne comme du bon pain blanc. Ah! m'sieu, quel malheur ça sera pour elle si elle s'marie avec ce vaurien de m'sieu Polédor! Et qui l'en empêchera? personne, puisqu'elle n'a plus l'ombre d'un parent, cette chère ange! T'nez, m'sieu, termina Gervaise, j'suis ben mortifiée qu'mes pauv'yeux s'en vont, et ben, si j'étais sûre qu'mes p'tits enfants n'mourraient pas d'faim, j'estimerais mieux êtr'aveugle tout d'suite, non pas que d'voir mam'zelle Céline devenir jamais la femme à c'gros rougeaud d'Polédor!

Après que Gervaise eut cessé de parler, Alfred avait tiré son portefeuille, sur lequel il avait écrit quelques noms sous la dictée de la pauvre femme, et promettant à celle-ci de revenir prochainement, il l'avait quittée pour aller rejoindre son domestique, qui l'attendait dans les environs avec deux chevaux.

A l'instant même où il partait au galop dans la direction de Dijon, M. Beauregard offrait son bras à Céline pour descendre au jardin, tout en continuant à faire de sa lèvre inférieure un morceau d'écarlate.

VIII.

UN AVIS MYSTÉRIEUX.

Céline passa la plus grande partie de la nuit à réfléchir à sa conversation avec M. Beauregard.

Plus elle y songeait et plus elle en reconnaissait la gravité. Mais, à vrai dire, cette gravité ne l'épouvantait pas. Elle comprenait bien qu'en empêchant M. Polydor de s'éloigner, elle allait lui donner beaucoup d'espérances; mais cela ne l'effrayait pas non plus; car, en définitive, elle avait, sinon le désir, au moins l'intention de se marier un jour, et pourquoi ne serait-ce pas aussi bien avec M. Polydor qu'avec un autre? Elle ne pouvait pas établir de comparaison, puisqu'il était le seul jeune homme qu'elle connût; mais, à part la beauté du visage, n'avait-il pas tout ce qu'une femme peut désirer trouver chez celui qui doit désormais partager son existence?

Céline était donc à peu près dans les dispositions d'esprit où M. Beauregard avait voulu la placer, c'est-à-dire qu'elle considérait et qu'elle acceptait comme possible son mariage avec M. Polydor. Cependant, comme il y a quelque chose de solennel dans ce moment où une jeune fille s'avoue pour la première fois que son choix est fait, elle remit cet aveu au lendemain et s'endormit libre encore en se recommandant à Dieu.

Le lendemain, vers les trois heures de l'après-midi, Céline, en venant à la croix blanche déposer son tribut habituel, trouva sur la croix un petit papier plié en quatre. Croyant d'abord que c'était Jacques qui avait laissé cela pour sa bienfaitrice invisible, elle saisit avec joie le petit papier, s'attendant à y trouver une pensée plus que naïve et des caractères un peu exagérés; mais quelle fut sa surprise en y lisant ces mots tracés par une main hardie:

« Mademoiselle de Mont-Ferneil ne connaît sans doute pas parfai-
» tement les personnes qui l'approchent le plus. Son innocence et sa
» crédulité peuvent la perdre, et c'est sur la mémoire de son père qu'on
» vient la conjurer de se tenir dans une réserve absolue durant dix
» jours encore. A cette époque, qui sera celle de son anniversaire, et
» celle que M. Beauregard a choisie pour lui rendre ses comptes de
» tutelle, on viendra, s'il en est temps, la soustraire aux dangers qui
» l'environnent.

» Qu'elle se garde bien surtout de montrer ce billet à qui que ce soit;
» la moindre indiscrétion pourrait servir à paralyser les efforts de ceux
» qui entreprennent de déjouer un odieux calcul. »

Cette lecture atterra Céline.

Toujours prête, ainsi que le sont les personnes confiantes, à croire à tous les avertissements qu'elles reçoivent, ce billet lui fit une impression terrible, et se sentant faiblir, elle fut obligée de se tenir à la croix.

La pose de la jeune fille était ainsi touchante et sublime.

Appuyée d'une main sur ce symbole religieux, qui lui servait en ce moment d'appui physique et moral, et tenant le billet de l'autre main, elle élevait vers le ciel un regard où se peignait un mélange indicible de déception, de crainte, d'amertume et de résignation.

Bientôt deux grosses larmes se suspendirent à ses beaux cils noirs et glissèrent sur ses joues livides; puis, mettant la lettre dans son sein, elle se laissa tomber à genoux, étreignit la croix quelque temps encore, et retourna lentement vers la porte du parc, devant laquelle elle parut hésiter, mais qu'elle franchit enfin et referma doucement derrière elle.

Après avoir fait quelques pas dans le parc, Céline, que ses pensées abîmaient, s'arrêta tout à coup comme empêchée par une barrière invisible; et sans se rendre compte de l'instinct qui la poussait, elle revint à la porte, et regardant par une des jointures, elle vit un jeune homme sortir par une brèche faite au buisson; s'avancer vers la croix blanche; tirer de sa poche une pièce de cinquante centimes, et la déposer tout près de celle qu'elle avait laissée tout à l'heure; appuyer sa main sur la croix, à l'endroit même où elle avait appuyé la sienne; jeter sur le château des yeux mélancoliques, et prendre rapidement la route que suivaient ordinairement Jacques et Lisette pour retourner chez leur mère.

Ce jeune homme, on l'a reconnu sans doute, était Alfred, qui avait voulu s'assurer par lui-même que son billet ne serait pas pris par d'autres que Céline.

Ce que cette vision fit éprouver à l'innocente élève de madame Duval serait impossible à définir. Ce jeune homme était évidemment l'auteur du mystérieux billet; mais comment la connaissait-il? Quel intérêt pouvait-il prendre à sa destinée? Comment savait-il son âge d'une façon aussi exacte? Elle interrogeait en vain ses souvenirs, et ne se rappelait point l'avoir déjà vu; qu'était-il? et qui donc l'envoyait à son secours pour la sauver d'un danger imminent?

La jeune fille pensa que ce jeune homme pouvait être un parent de madame Duval, chargé par celle-ci de venir observer ce qui se passait au château; mais dans ce cas, il lui eût parlé dans son billet de sa bonne maîtresse, dont elle n'avait pas encore reçu de lettre. Ce n'était donc pas madame Duval qui l'envoyait.

Céline était fort embarrassée dans ses conjectures; mais quoiqu'elle n'y trouvât pas une solution raisonnable, elle n'était rien moins que mécontente de ce que ce jeune inconnu se mêlât de ses intérêts et de son avenir.

La physionomie d'Alfred était si noble, son regard si doux et son maintien si distingué, que la jeune fille se sentait disposée à lui accorder sa confiance; elle songeait, sans lui en vouloir, qu'il avait été l'instant d'avant témoin indiscret de son trouble, de ses larmes et de sa prière; elle lui pardonnait de l'avoir surprise dans son rôle vis-à-vis de Jacques et de Lisette; elle lui donnait intérieurement toute latitude d'agir comme il l'entendrait; et quand elle quitta la petite porte pour revenir au château, ses lèvres murmurèrent tout bas :

— Je l'attendrai!

Cinq heures sonnaient comme Céline entrait au salon, où M. Beauregard et son fils causaient en faisant les cent pas.

M. Polydor, qui tout à l'heure souriait d'un air vainqueur en écoutant son père lui rapporter l'entretien de la veille, avait pris, dès qu'il eut aperçu la jeune fille, un visage soucieux et sombre; et s'inclinant devant Céline comme un pauvre qui demande la charité :

— J'arrive, mademoiselle, lui dit-il, et j'apprends à l'instant même que mon père vous a informée de mon prochain départ; je viens effectivement vous faire mes adieux.

Céline, en se rappelant la tournure élégante et le visage franchement ouvert de son jeune protecteur inconnu, ne put s'empêcher d'établir, en regardant M. Polydor, un parallèle qui n'était pas à l'avantage de celui-ci; mais elle passa rapidement sur ce parallèle, et ce qui l'arrêta bien plus, fut de penser qu'elle était peut-être dupe d'une infâme comédie.

Néanmoins, comme il était également possible que M. Polydor parlât sincèrement, elle fit en sorte de chasser les pressentiments qui naissaient en elle, et pour être conséquente avec ses dernières paroles du jour précédent :

— Vos adieux, monsieur Polydor! fit-elle sans aucun embarras; est-ce que M. Beauregard ne vous a pas dit que votre départ était ajourné?

— Mais... non... mademoiselle, balbutia M. Beauregard, vous savez... qu'il était convenu...

— Eh quoi, mademoiselle! s'écria M. Polydor comme emporté par la fougue de son cœur, auriez-vous sollicité pour que je ne partisse pas?...

— Permettez, monsieur, répliqua tranquillement Céline : je ne sollicite rien ; seulement, comme c'est dans quelques jours mon anniversaire, je vous verrais avec plaisir différer jusque-là votre départ, afin d'assister à cette fête de famille. Ensuite, vous serez libre de nous quitter si cela vous plaît ; je n'aurai nullement le droit de vous retenir.

En entendant Céline s'exprimer avec autant de réserve, M. Beauregard, qui déjà portait la main à sa lèvre inférieure, interrompit son geste et se borna tout simplement à arranger le nœud de sa cravate ; et M. Polydor, qui ne s'était préparé que pour une réplique beaucoup moins prudente, perdit son aplomb et regarda son père avec étonnement.

M. Beauregard s'empressa de venir à son aide et de le tirer d'une position qui menaçait de devenir compromettante et ridicule.

— Oui, Polydor, fit-il à son fils, nous avons ajourné ton départ, et si je ne te l'ai pas dit moi-même, c'est que je voulais que tu l'apprisses par mademoiselle Céline, à qui tu ne refuseras pas, je pense, quelques jours encore. Mais, mon cher ami, continua M. Beauregard, qui changeait un peu de tactique, ou plutôt qui tentait de réparer son échec aussi bien que possible, ainsi que te le dit mademoiselle Céline, nous ne te sollicitons pas, nous t'offrons seulement un sursis ; c'est à toi d'accepter ou non. Tu accepteras, j'en suis convaincu, poursuivit M. Beauregard, sur la simple invitation de mademoiselle Céline, car tu n'as rien à lui refuser ; mais s'il fallait autre chose pour te décider, je te dirais que nous aurons ce jour-là grande fête au château, d'abord pour célébrer un anniversaire que nous chérissons tous, et puis pour placer sous de gais auspices l'émancipation de mademoiselle Céline.

— Vous voulez me faire émanciper, monsieur Beauregard ? fit la jeune fille.

— Oui, ma bonne demoiselle Céline, repartit M. Beauregard, et j'avais l'intention de vous l'apprendre aujourd'hui. J'ai hâte de vous rendre mes comptes de tutelle et votre liberté, et j'ai choisi le jour de votre naissance, afin de mieux dater le moment où vous acquerrez le droit de faire acte de volonté.

— Il est bien informé, fit Céline à part elle, en songeant à l'auteur du mystérieux billet.

On devine que M. Polydor accepta le sursis.

IX.

L'ATTENTE D'UN GRAND JOUR.

Il est dans la vie des époques où les secondes deviennent des minutes, les minutes des heures, les heures des jours et les jours des années. Céline traversait une de ces époques.

Il en est au contraire où les jours semblent des heures, les heures des minutes et les minutes des secondes ; c'était ce que disait à son père M. Polydor, qui craignait de n'avoir pas assez captivé Céline le jour où la jeune fille devait lui dire : Je ne vous retiens plus, ou : Je vous autorise à rester.

Enfin, il s'en trouve où le temps fuit rapide ou s'arrête, selon que nous envisageons tour à tour le moment où doivent se réaliser nos espérances et la tâche que nous avons à remplir avant que ce moment advienne ; c'était ce que pensait Alfred.

Chacun de ces trois personnages employait le temps qui le séparait de l'anniversaire de Céline suivant l'état de son esprit.

Céline, impatiente de connaître les motifs qui avaient fait agir le jeune inconnu, mettait tout en œuvre pour que les heures s'écoulassent plus vite ; et quand M. Polydor n'était pas avec elle, il n'était rien qu'elle n'inventât pour activer la marche du temps.

M. Polydor, qui, malgré son énorme présomption, ne pouvait se dissimuler qu'il n'était point tout à fait indispensable à l'existence de Céline, redoublait de soins, de supercheries, d'attentions, d'adresse, de prévenances et de ruses pour fasciner la jeune fille.

Incessamment catéchisé par son père sur la nécessité de profiter de tous les instants qui lui restaient, et sur les moyens auxquels il devait recourir, il arrivait tous les jours au château dès dix heures du matin et n'en partait qu'à la nuit.

A l'exception des deux heures que Céline s'était réservées pour aller seule dans le parc, toujours sous le prétexte de se livrer à des méditations, M. Polydor ne quittait pas un moment la jeune fille. De longues causeries s'établissaient entre eux, causeries qu'il n'était pas fort difficile à M. Polydor de soutenir, car on sait que lorsque les jeunes filles peuvent se livrer sans contrainte à leur enjouement naturel, et se placer sur le terrain qui leur plaît, elles font avec assez de générosité la plus grande partie des frais de la conversation.

Mais quand il avait écouté le petit babil, toujours gracieusement perlé, souvent délicieusement naïf et parfois spirituellement taquin de la jeune fille, M. Polydor ne manquait jamais de clore l'entretien par un thème favori sur l'effet duquel il comptait apparemment beaucoup. Ce thème était son prochain voyage en Amérique.

Les dissertations de M. Polydor sur ce sujet étaient invariablement brodées sur le même calque; M. son père, qui le lui avait tracé, l'avait engagé fortement à n'en pas départir, lui laissant en revanche le champ libre pour tous les mouvements oratoires dont il voudrait diamanter ses improvisations.

Ainsi, M. Polydor commençait par exalter la beauté du ciel américain, les sites pittoresques qu'il supposait exister dans le nouveau monde, la splendeur de la végétation tropicale, le curieux spectacle qu'offraient les indigènes, le plumage des oiseaux, etc., etc.

Il continuait en regrettant que dans un pays si magnifique il y eût des bêtes féroces, des serpents et des maladies affreuses qui décimaient les voyageurs.

Enfin, il terminait en priant emphatiquement Céline de penser quelquefois à lui si le destin voulait qu'il mourût sur la terre étrangère!

Bien qu'avertie par le billet d'Alfred et par ses pressentiments, la sensible élève de madame Duval se laissait constamment prendre à la péroraison de M. Polydor. Elle ne pouvait se faire à l'idée qu'elle serait peut-être la cause de sa mort, et quand il parlait de la sorte, elle le regardait avec des yeux remplis de compassion, et la causerie commencée gaiement par Céline finissait toujours par un morne et triste silence, dans lequel M. Polydor voyait un heureux présage.

Alfred, qui, comme je l'ai dit, éprouvait tour à tour l'impatience de Céline et la modération de M. Polydor, était plus heureux qu'eux en ce sens que les deux états de son esprit se servaient l'un l'autre de correctif.

X.

L'ANNIVERSAIRE DE CÉLINE.

Enfin, le 27 août arriva.

Dès huit heures du matin tous les gens du château, domestiques, métayers et servantes, munis de bouquets superbes, étaient dans la cour, ayant à leur tête les MM. Beauregard, et attendant que Céline descendît pour aller lui présenter leurs vœux et leurs hommages.

Céline, avertie par sa caméristc, se hâta de descendre au salon, et tout le cortége défila devant elle en faisant éclater les plus vifs transports d'allégresse.

Après le défilé, M. Polydor, resté seul avec Céline, lui remit timidement une pièce de vers. La jeune fille la lut aussitôt, et durant cette lecture, son cœur précipita plusieurs fois ses battements, car cette pièce de vers, remplie d'allusions nombreuses et touchantes, était véritablement un petit modèle d'élégie plaintive. Elle ne péchait que par un point, c'est qu'elle n'était pas du crû de M. Polydor, ou, si l'on veut, elle était parfaite, mais toujours par la même raison.

A vrai dire, M. Polydor avait bien soufflé au trop officieux poëte les mots *terre étrangère*, et même il avait trouvé que ceux de *joie princière* formeraient avec les premiers deux vers admirables, tant sous le rapport du goût que sous celui de la rime; mais, à vrai dire aussi, l'auteur de l'élégie, qui connaissait les règles de l'un et de l'autre, n'avait pas profité de l'inspiration de M. Polydor.

Quoi qu'il en fût, Céline, émue déjà par les élans d'enthousiasme dont elle venait d'être l'objet, touchée de l'attention de M. Polydor, et vivement impressionnée par cette langue harmonieuse qui va si droit à l'âme quand elle est heureusement parlée, Céline, dis-je, oublia pour un moment sa réserve, et en félicitant M. Polydor sur son beau talent, elle laissa échapper deux ou trois paroles qui firent supposer à celui-ci que décidément on l'empêcherait de partir pour l'Amérique.

Après avoir reçu les compliments de la jeune fille avec une impudence incroyable, M. Polydor la quitta pour aller donner quelques ordres, et Céline, regagnant sa chambre, se mit à une fenêtre qui ouvrait sur la route par où devaient arriver les convives, et probablement aussi son jeune protecteur.

Au bout de deux heures, durant lesquelles Céline vit arriver une quinzaine de personnes, mais point Alfred, un domestique vint la prévenir que la compagnie désirait la voir. Elle suivit à regret le domestique et se rendit au salon, où son entrée fut accueillie par des acclamations unanimes et par un concert d'éloges pompeux; mais Céline n'y prenait pas garde, elle ne songeait qu'à son futur libérateur.

Si la jeune fille était inquiète en ne voyant pas paraître Alfred, M. Beauregard avait la même inquiétude au sujet d'une autre personne, dont le retard paraissait le contrarier profondément. Cette personne était un négociant de Dijon, qui devait assister Céline dans la réception de ses comptes de tutelle, autrement dit son curateur à l'émancipation; et M. Beauregard ne se souciait pas de le remplacer par un autre membre du conseil de famille, car ce négociant étant celui qui lui aidait le plus à frustrer une partie des revenus de Céline, M. Beauregard voulait l'instituer curateur de sa pupille, afin de pouvoir continuer comme par le passé, dans le cas où Céline ne se déciderait pas promptement à épouser M. Polydor.

On attendit quelque temps encore; mais, comme un déjeuner, de même qu'un dîner, ne vaut rien quand il a refroidi, M. Beauregard, espérant que son acolyte arriverait pendant qu'on serait à table, offrit son bras à Céline et donna le signal pour passer dans la salle à manger.

On devait, après le déjeuner, signer l'acte d'émancipation et le compte-rendu de la tutelle.

Le repas se prolongea jusqu'à deux heures de l'après-midi, et chacun des convives, parmi lesquels figuraient le juge de paix du canton et son greffier, y fit éclater une gaieté bruyante, à l'exception de Céline, qui désespérait d'Alfred; de M. Beauregard, qui n'osait plus compter sur le futur curateur, et de M. Polydor, qui, pour continuer son rôle, mangeait peu, ne buvait pas et ne disait mot.

Au sortir de table M. Beauregard pria les personnes qui composaient le conseil de famille de vouloir bien se disposer à venir dans son cabinet, et engagea le reste des convives à s'aller promener dans le parc.

XI.

COMMENT M. BEAUREGARD RENDIT SON COMPTE DE TUTELLE.

Quand le conseil de famille, auquel assistait comme curieux M. Polydor, fut réuni dans le cabinet de M. Beauregard, celui-ci, prenant la parole, déclara qu'il se portait fort du curateur absent; qu'il lui avait montré les comptes la veille et qu'il les avait entièrement approuvés, et que, d'ailleurs, il viendrait infailliblement signer dans la journée.

M. le juge de paix, qui avait le vin très-complaisant, ne fit pas la plus légère observation, tout le monde imita son exemple, et M. Beauregard, après que le greffier du juge de paix eut donné connaissance de l'acte d'émancipation, commença la lecture d'un manuscrit volumineux, qui eut l'avantage d'endormir tous les assistants et de mettre Céline au supplice. Après quoi M. Beauregard réveilla le conseil, et pria les membres d'apposer leur signature; ce qui fut fait immédiatement.

Le dernier membre achevait de calligraphier son paraphe, lorsqu'un valet de pied vint dire à M. Beauregard qu'un monsieur le demandait. M. Beauregard, persuadé que c'était le curateur, ordonna qu'on l'introduisît au plus vite, et bientôt Alfred, accompagné d'un autre jeune homme, entra dans la chambre du conseil.

Son visage était pâle, et ses yeux brillaient d'un éclat fébrile.

A sa vue Céline sentit sa poitrine se dilater plus à l'aise, et fit un léger mouvement qu'elle contint aussitôt.

M. Beauregard, qui s'était levé, recula d'un pas.

Et M. Polydor, prenant son lorgnon, toisa insolemment les deux jeunes gens.

Alfred eut l'air de ne rien voir et salua tout le monde avec cette grâce et cette aisance qui font tout de suite juger d'un homme.

— Qui ai-je l'honneur de recevoir, monsieur? fit M. Beauregard en saluant Alfred à son tour.

— Un homme qui vient vous parler d'une affaire très-importante, monsieur, répondit Alfred.

— Mais, monsieur, reprit M. Beauregard, nous sommes nous-mêmes en affaires, et si vous voulez que je vous fasse conduire au salon.....

— C'est inutile, monsieur, interrompit Alfred; l'affaire qui m'amène a beaucoup de rapport avec celle que vous traitez, il s'agit des intérêts de mademoiselle de Mont-Fermeil. Cependant, comme les communications que je viens vous faire sont très-délicates, je désirerais qu'il n'y eût à les entendre que mademoiselle, vous et monsieur votre fils, et si ces messieurs ont fini.....

— Oui, oui! s'écria le juge de paix, qui éprouvait le besoin de prendre l'air, tout est fini, les comptes sont rendus et bien rendus; nous allons vous laisser causer.

Et il sortit, entraînant avec lui les autres membres du conseil.

— Maintenant, monsieur, fit M. Beauregard, nous vous écoutons.

— Mademoiselle de Mont-Fermeil, reprit Alfred en s'adressant à Céline et sans répondre à M. Beauregard, ce que je vais dire vous intéresse au plus haut point; mais si vous aimiez mieux l'apprendre d'une personne qui vous est plus chère que moi, je vous prierais de vous rendre dans l'ancienne chambre à coucher de votre père, où vous attend madame Duval.

Au nom de madame Duval, Céline se leva précipitamment, jeta sur Alfred un regard qui l'eût seul dédommagé de toutes ses peines, et sortit du cabinet.

Les MM. Beauregard firent un bond sur leurs siéges, et avant qu'ils ne fussent revenus de leur stupeur, Alfred avait pris sur la table le compte rendu de la tutelle.

— Qu'est-ce que tout cela signifie, monsieur? s'écria M. Beauregard.

— Cela signifie, monsieur, que j'agis envers vous comme on agit envers les misérables!

— Monsieur!

— Silence, monsieur, fit Alfred d'une voix impérative. Celui que vous attendiez pour être le curateur de mademoiselle de Mont-Fermeil est sous le coup d'un mandat d'amener, et si vous dites un mot vous le serez vous aussi. Monsieur que voilà, continua-t-il en montrant la personne qui l'accompagnait, est un procureur du roi; jusqu'à présent sa démarche est officieuse, mais prenez garde que je la change en mission officielle.

M. Beauregard baissa la tête et n'osa répliquer.

— Tout à l'heure, poursuivit Alfred, vous me demandiez qui j'étais, je vais vous le dire : je suis Alfred de Verteuil, le fils de M. de Verteuil, avocat à Poitiers, l'ami d'enfance à qui M. de Mont-Fermeil, en mourant, vous avait ordonné de confier sa fille. Mon père est en ce moment avec madame Duval; il vient après treize ans accomplir les dernières volontés de son ami.

Et comme M. Beauregard regardait Alfred avec hébétude:

— Vous êtes surpris, n'est-ce pas, monsieur, continua-t-il, que votre infamie ait pu transpirer? mais quelquefois, monsieur l'intendant, les murs écoutent et révèlent, ou à leur défaut, ce sont des domestiques. A ces fidèles serviteurs, on leur ferme la bouche ainsi que vous l'avez fait, avec un cadenas d'argent; mais vous aviez oublié, monsieur Beauregard, que tous les cadenas d'argent s'ouvraient avec une clef d'or!

Ah! quand vous vous en mêlez, monsieur l'intendant, vous faites grandement les choses, et j'avoue qu'il m'en a coûté pas mal pour saper l'édifice que vous aviez fondé. Mais Dieu ne pouvait pas permettre que votre premier forfait s'augmentât d'un autre et demeurât impuni; sa justice est parfois lente, mais elle arrive, et c'est aujourd'hui que votre expiation va commencer.

Voici d'un côté ce compte de tutelle que vous venez de rendre, et qui est signé de vous et de tous les membres du conseil de famille, y compris M. le juge de paix, qui, par parenthèse, sera destitué demain soir.

Voici d'un autre côté, fit Alfred en tirant de sa poche une liasse de papiers, les preuves évidentes que depuis treize ans vous n'avez cessé de voler indignement mademoiselle de Mont-Fermeil. Avec cela, monsieur Beauregard, je peux vous mener loin; mais je consens à vous épargner.

J'ai su que M. votre fils projetait un voyage en Amérique; oui, monsieur, j'ai su cela encore, reprit Alfred en voyant M. Beauregard s'agiter sur son siége; une fois qu'on tient le bout d'un peloton de fil, il n'y a qu'à tirer à soi pour avoir le peloton tout entier, ce n'est pas plus difficile; et si je vous disais comment j'ai découvert ce bout de peloton, vous verriez à quoi l'on peut s'exposer en empêchant une pauvre femme d'aller glaner quelques épis dans un champ.

—Gervaise! murmura sourdement M. Beauregard.

—Oui, Gervaise, reprit Alfred; Gervaise, qui est à cette heure dans la chambre de M. de Mont-Fermeil avec ses deux petits enfants, mademoiselle Céline, madame Duval et mon père. Ce doit être, je vous l'assure, un tableau fort touchant, car vous ne savez pas ce que mademoiselle Celine faisait pour Jacques et Lisette; vous ne l'avez sans doute jamais suivie quand elle allait déposer sur la croix blanche du vieux chemin qui longe le parc une petite pièce de monnaie que les deux enfants venaient chercher tous les jours, en priant Dieu pour la main invisible qui soulageait leur misère. Il me semble les voir à présent: ils sont de chaque côté de mademoiselle Céline, dont ils embrassent les mains avec une naïve reconnaissance mêlée de religieux respect; Gervaise emploie tout ce qui reste d'action à ses pauvres yeux pour contempler, le visage humide de larmes, la jeune bienfaitrice de ses enfants; madame Duval enlace de ses bras son intéressante élève, et mon père cherche avec émotion dans les traits de Céline les traits de M. de Mont-Fermeil.

Oui, ce doit être un ravissant tableau, mais il n'est pas fait pour vous, monsieur l'intendant; ce n'est pas d'émotions douces qu'il s'agit ici, vous n'êtes ni capable ni digne de les comprendre.

Je disais donc que M. votre fils avait l'intention d'aller faire un petit voyage en Amérique; c'est un projet superbe, et je l'engage instamment à le réaliser; mais, comme il aurait trop de chagrin en se séparant de vous, monsieur, vous accompagnerez votre fils.

—Mais... monsieur, fit en tremblant M. Beauregard.

—Vous partirez avec votre fils, monsieur, répéta sèchement Alfred, et vous allez faire immédiatement vos préparatifs. Il est quatre heures, il faut qu'à dix vous soyez sorti du château de mademoiselle de Mont-Fermeil; il faut que dans trois jours vous ayez quitté la France, autrement nous aurons l'avantage de nous retrouver devant une cour d'assises.

Et sur ces mots, Alfred, suivi de l'ami qui l'accompagnait, laissa les MM. Beauregard, dont le père se crispait les poings de rage, et dont le fils, qui durant toute cette scène avait eu la lâcheté de ne pas hasarder un mot de défense pour son père, déchirait son mouchoir avec ses dents.

XII.

CONCLUSION.

Dès le jour suivant les MM. Beauregard s'étaient embarqués pour le Havre; madame Duval, accompagnée de M. de Verteuil père, avait ramené Céline à Paris, et Alfred s'était occupé de faire une réforme dans le personnel du château.

Céline assista à la distribution des prix, que madame Duval retarda de huit jours à la sollicitation de toutes les amies de Céline, qui voulurent, avec une bien louable générosité, lui donner le temps de reprendre ses avantages. Elle passa toutes les vacances avec sa digne maîtresse, qui l'emmena faire un petit séjour à Dieppe; et quoiqu'elle eût entièrement terminé ses études, elle continua de rester chez madame Duval, où elle avait fait venir Lisette.

Jacques fut mis en pension, et l'on s'occupa d'assurer l'existence de la pauvre Gervaise.

Tout l'hiver se passa de la sorte, et le château, confié à la garde du domestique qui avait informé Gervaise des projets et des allures des MM. Beauregard, tomba dans cette tristesse particulière aux grands logements inhabités.

Mais vers les premiers jours du printemps il sortit de son deuil, pour reprendre avec les fleurs un aspect animé et brillant.

Les appartements furent remis à neuf; le jardin s'accrut d'une quantité de nouvelles plantes; un nombreux domestique vint occuper les différents postes de service; les écuries retentirent du piétinement des chevaux; et par une belle matinée du mois de mai, tous les paysans de la commune se portèrent au-devant de leur bonne maîtresse, qui venait d'épouser M. Alfred de Verteuil.

Madame Duval, qui accompagnait les nouveaux mariés, passa huit jours avec eux, et quand elle les laissa pour revenir à Paris, où la rappelaient les soins de sa pension :

— Ma chère enfant, dit-elle à Céline, nous allons nous quitter encore; mais cette fois-ci, je n'éprouve pas de crainte, car je sais avec qui je te laisse. Cependant, comme il nous est toujours nécessaire d'avoir un appui là-haut, ne cesse pas de le mériter. Continue d'aimer Dieu et de faire le plus d'aumônes qu'il te sera possible; *nous sommes souvent récompensés sur la terre des bienfaits que nous avons rendus !*

RÉBUS.

SEPTEMBRE.

« L'antiquité personnifiait le mois de septembre sous les traits d'un homme portant sur l'épaule une espèce de manteau qui flotte au gré des vents, et tenant à la main gauche un lézard attaché par une patte à une ficelle. Ce lézard, suspendu en l'air, se débat de toutes ses forces.

» Au pied de l'homme sont deux cuves ou vases préparés pour la vendange, comme le marquent les quatre vers d'Ausone, dont voici le sens : Septembre cueille les grappes ; c'est en ce mois que les fruits tombent ; il se plaît à tenir en l'air un lézard attaché par la patte et qui s'agite avec grâce. » (*Éphém.*)

Le mois de septembre est un des mois les plus mal dénommés, puisque son nom veut dire qu'il est comme autrefois le septième de l'année, tandis qu'il en est le neuvième depuis que le mois de février est venu occuper le second rang du calendrier.

Les Romains, frappés de ce contre-sens, essayèrent plusieurs fois de changer la dénomination du mois de septembre, et l'on proposa successivement les noms de : *Tibérius, d'Herculeus* et de *Tacitus*, en l'honneur de Domitien Tibère, de Commode, qui se faisait appeler Hercule, et de l'empereur Tacite. Mais ces désignations ne furent pas adoptées, et le neuvième mois de l'année continua de porter un nom qui veut dire qu'il est le septième.

Qu'une basse adulation ne prévale pas contre l'usage ou plutôt la routine, on ne saurait le trouver mauvais, car le remède lui-même serait un mal ; mais qu'on laisse exister un contre bon sens, voilà ce qui ne prouve guère en faveur de l'esprit inventif et du purisme de nos astronomes. Espérons qu'ils songeront un jour à rectifier les imperfections de leur calendrier, quand ils auront achevé les réformes sociales, politiques et parlementaires. Soit dit sans oublier le *salut et fraternité* de rigueur.

Les fêtes que l'on célébrait à Rome durant le mois de septembre étaient :

La fête de *Vénus Génitrice*.
Les *Dyonisiaques* ou *Fêtes des Vendanges*.
Les *Jeux Romains*.
Les *Jeux du Cirque*.
La *Naissance de Romulus*.
Les *Méditrinales* ou *Fêtes de Méditrina*, déesse de la médecine.

PLANTES QUI FLEURISSENT DANS LE MOIS DE SEPTEMBRE.

EN SERRE CHAUDE :

Plusieurs *barberia*. (Fleurs jaunes.)
Idem *cestrum*. (Fleurs jaunes et roses.)
Idem *martynya*. (Fleurs blanches et pourprées.)
Idem *hæmanthus*. (Fleurs blanches.)
Quelques *clitoria*. (Fleurs bleues.)
Idem *rondeletia*. (Fleurs rouge orangé.)
Idem *carica*. (Fleurs verdâtres.)
Idem *hibiscus*. (Fleurs roses, jaunes et rouges.)
Idem *ruellia*. (Fleurs bleuâtres.)
Idem *sagittaria*. (Fleurs bleu violacé.)
Idem *plumeria*. (Fleurs roses, jaunes et autres.)
Idem *canna*. (Fleurs rougeâtres.)
La *colutea æthiopica*. (Fleurs rouges purpurines.)
La *persea gratissima*. (Fleurs blanchâtres.)

EN SERRE FROIDE :

Plusieurs *diosma*. (Fleurs roses.)
Idem *abutilons*. (Fleurs jaune strié.)
Idem *phylica*. (Fleurs blanches.)
Idem *euphorbia*. (Fleurs rouges.)
Idem *asclepias*. (Fleurs jaunes.)
Idem *commelina*. (Fleurs blanches et roses.)
Idem *chironia*. (Fleurs de diverses teintes rougeâtres.)
Idem *spigelia*. (Fleurs rouges).

Plantes qui fleurissent en pleine terre :

Le *violier annuel*.
La *persicaire* d'Orient. (Fleurs roses.)
Plusieurs *scabieuses*. (Fleurs pourpre et autres.)
Idem *polyanthes*. (Fleurs blanches.)
Idem *mufle de veau*. (Fleurs roses, rouges et bleues.)
Idem *miroirs de Vénus*.
Idem *capsicum*. (Fleurs verdâtres.)
La *gentiane d'automne*. (Fleurs bleues.)
Divers *hélianthèmes*.
Idem *héliotropes*.
Idem *verges d'or*.
Idem *lychnis*.
Idem *asters*. (Fleurs pourpre et bleuâtres.)
Idem *carthames*. (Fleurs jaunâtres.)
Plusieurs *valérianes*.
Idem *campanules*.
Idem *pensées*.
Et quelques autres.

LA PRÉVENTION.

COMÉDIE EN UN ACTE ET EN PROSE.

PERSONNAGES.

EDMOND DE VERSAC.
CHARLES MESNARD.
BAPTISTE, domestique de Charles.
FANNY, sœur de Charles.
CLARISSE DE VAUDREC, amie de Fanny.

Le théâtre représente un salon ; portes ou coulisses à droite et à gauche ; cheminée au fond ; divan à gauche du spectateur ; une table derrière le divan. Chaises et fauteuils.

SCÈNE PREMIÈRE.

BAPTISTE *entre, tenant de chaque main un flambeau qu'il va déposer sur la cheminée, et regarde l'heure à la pendule.*

Huit heures moins trois minutes !... Bon, ma consigne est remplie. M. Charles avait ordonné que tout fût prêt à huit heures, et je suis en avance de trois minutes. (*Il vient sur le devant de la scène.*) Ça vaut mieux que d'être une seconde en retard. Une seconde en retard ! *mille capucines !* ça ne m'est encore jamais arrivé ; et du temps que je servais le pauvre défunt colonel (*il fait le salut militaire*), le père de M. Charles, j'aurais plutôt avalé trente fois ma baïonnette que de manger une seule fois le mot d'ordre, et j'ai gardé cette vieille habitude. Pauvre colonel ! c'en était-il un brave, un sans peur, un risque-tout, un digne homme, enfin ! Mais, par exemple, il n'aurait pas fallu manquer à l'appel... *mille capucines !* quel branle-bas il aurait fait si je n'avais pas eu préparé telle ou telle chose à telle heure, quand il m'avait dit : Tu prépareras pour telle heure telle ou telle chose ! Ah dam ! c'est que parfois ça pouvait être sérieux sans que j'en sçusse rien. Cependant je m'en doutais bien toujours un peu, d'après ce qu'il fallait apprêter. Ainsi, lorsqu'il me disait : Baptiste, je sortirai ce soir en petite tenue, sans épaulettes : *Bravo !* me disais-je, le colonel va flûter une petite goutte avec ses amis. Quand il m'ordonnait d'astiquer la grande tenue et l'épée : *Bravardo !* faisais-je en moi même, le colonel se dispose à aller danser un rigodon chez le général. Enfin, quand il me disait d'un ton bref : Ce soir ma grandissime tenue et mon sabre : *Bravissimo !* m'écriais-je tout bas, nous allons cette nuit réveiller en sursaut quelques Prussiens ; et c'est pour le coup que j'astiquais avec plaisir. *Mille capucines !* (*il fait le geste de nettoyer un fourreau de sabre*) comme j'astiquais !... Aujourd'hui les temps sont changés ; madame ne veut pas que M. Charles coure le risque de se faire trouer la peau par un biscaïen ; elle aime mieux qu'il aille jaser devant la justice avec une robe noire et une toque, et quand je suis de service, c'est pour grimper à l'assaut derrière la voiture, ou pour faire sentinelle dans une antichambre avec un tas de pékins qui sont galonnés comme des tambours-majors, ou bien encore pour annoncer les gens lorsque nous donnons un bal, ou un thé comme ce soir. Un thé !... voilà, par exemple, une chose que je n'ai jamais comprise, que l'on invite ses amis pour leur faire boire du thé. Si, par hasard, mon défunt colonel était malade, bon, je lui en faisais du thé, mais pour cela nous n'invitions pas le régiment. Enfin, aujourd'hui, c'est la mode ; il paraît que ça les amuse de se rassembler pour boire de la tisane. Suffit ! ça ne me regarde pas... Mais j'entends descendre... ce doit être M. Charles. (*S'approchant de la pendule.*) Huit heures vont sonner... c'est comme défunt mon colonel, toujours à la minute. Allons, tout est-il en ordre. (*Il passe rapidement devant les meubles et se place devant la cheminée.*) Attention, vous autres ! A droite alignement ! Fixe !

SCÈNE II.

CHARLES, BAPTISTE.

CHARLES *entre, et va frapper sur l'épaule de Baptiste, qui se tient immobile dans l'attitude du soldat sans armes.*

Voyons, vieux fou, te crois-tu donc encore sur un champ de bataille et te figures-tu que ces fauteuils vont faire des évolutions ?

BAPTISTE.

Pardon, monsieur Charles, c'est un vieux truc, il faut toujours que j'obéisse ou que je commande, et ça me fait du bien de m'imaginer que je suis encore là-bas.

CHARLES.

A ton aise. As-tu fini ?

BAPTISTE.

Je crois que oui ; voyez plutôt.

CHARLES, *jetant un coup d'œil sur la pièce.*

Très-bien ; maintenant, écoute. On ne viendra probablement que vers les neuf heures, et tu recevras au salon ; mais si M. Edmond de Versac se présente avant, tu l'introduiras ici.

BAPTISTE.

Suffit. Monsieur Charles.

CHARLES.

J'attends également de bonne heure madame de Vaudrec et sa fille ; tu les feras entrer au salon; mais tu viendras aussitôt me prévenir.

BAPTISTE.

Oui, monsieur Charles. Est-ce tout?

CHARLES.

Va d'abord prévenir ma sœur que je suis prêt.

BAPTISTE.

J'y vais tout de suite.

Il sort.

SCÈNE III.

CHARLES, *seul.*

Ce pauvre Edmond ! il est loin de se douter du piége que je lui tends; et je le connais si tenace dans ses impressions qu'il est capable de m'en vouloir s'il devine que j'agis avec intention. Mais, bah ! cette rencontre lui semblera toute naturelle ; d'ailleurs je suis certain du dénoûment... (*Regardant dans la coulisse et parlant à la cantonade.*) Allons, Ninette ! allons donc ! je t'attendais.

Il tend la main pour recevoir sa sœur.

SCÈNE IV.

CHARLES, FANNY.

FANNY.

Me voilà, me voilà ! Je n'ai pas été longue, j'espère.

Elle donne la main à son frère.

CHARLES.

Non, pas trop ; mais j'en avais peur.

Ils descendent la scène ensemble, et Charles assied sa sœur sur un divan.

CHARLES, *debout devant sa sœur, et se croisant les bras.*

Tu es ravissante dans cette demi-toilette.

FANNY.

Tu trouves ?

CHARLES.

Oui; et il me semble qu'il y a dans ta tenue quelque chose de provocateur qui me ferait penser que tu veux plaire encore plus que de coutume.

FANNY.

Tu ne te trompes pas.

CHARLES.

Vraiment !

FANNY.

Non ; je t'avoue que je me suis mise en frais.

CHARLES.

Et pour qui donc ?

FANNY.

Pour M. de Versac.

CHARLES.

Ah bah ! tu veux plaire à Edmond ?

FANNY.

Sans doute ; afin de le retenir, s'il lui prenait fantaisie de s'en aller lorsqu'il verra Clarisse.

CHARLES.

Je ne le crois pas sauvage à ce point-là.

FANNY.

Tu sais combien il est original.

CHARLES.

Oui ; mais, avant tout, il est homme de bon ton, et je suis certain qu'il n'oserait pas faire une telle inconvenance.

FANNY.

Moi, je n'en sais rien. Ne nous a-t-il pas dit que s'il lui fallait passer tout un soir dans une réunion où il ne pourrait s'empêcher de voir Clarisse à chaque instant, il aimerait mieux n'y point aller ?

CHARLES.

C'est une manière de s'exprimer ; et quand il disait cela, il ne savait pas qu'elle était ton amie la plus intime.

FANNY, *en souriant.*

Je me serais bien gardée de le lui apprendre, il n'aurait plus remis les pieds à la maison dans la crainte de la rencontrer.

CHARLES.

Tu lui tiens rancune !...

FANNY.

Il le mérite ; je ne conçois pas que l'on s'abandonne à un sentiment de répulsion que rien ne justifie !

CHARLES, *s'asseyant près de sa sœur.*

Et Clarisse ?

FANNY.

Je ne l'excuse pas davantage, et la première fois qu'elle m'a fait part de sa rencontre avec monsieur de Versac, de l'impression qu'il lui avait produite, et de l'opinion qu'elle se formait de lui, je l'ai sévèrement blâmée, sans savoir qu'elle parlait de monsieur Edmond, car il eût été difficile de le reconnaître d'après le portrait qu'elle en faisait.

CHARLES.

Effectivement, d'après ce que tu m'as dit, ce pauvre Edmond n'était guère flatté !

FANNY.

Cela n'est-il pas ridicule ? Deux êtres qui ne se sont vus qu'une fois, qui ne se sont même pas parlé, et qui, sans aucune espèce de motif, conçoivent l'un pour l'autre une haine si profonde !

CHARLES.

Ce n'est point de la haine, Fanny, car la haine est logique, et jamais elle ne s'établit sans cause ; c'est tout simplement de l'antipathie, sentiment beaucoup moins stable, attendu que le plus souvent, comme, par exemple, pour Edmond et Clarisse, il n'a pas sa raison d'être.

FANNY.

Et tu crois qu'il leur suffira de se voir de plus près pour se plaire mutuellement ?

CHARLES.

Du moins pour se rendre justice. Edmond est un charmant cavalier dont la conversation est pleine de charmes ; Clarisse est jolie comme un ange, et a de l'esprit comme un petit démon. S'ils ne peuvent pas s'accorder ensemble, ils y mettront de l'entêtement.

FANNY.

C'est ce dont j'ai peur, si surtout ils s'aperçoivent que nous avons préparé leur entrevue.

CHARLES.

Sois tranquille, ils n'y verront rien.

FANNY.

Peut-être eût-il mieux valu que l'occasion se présentât d'elle-même.

CHARLES.

Ce sera tout comme ; mais j'étais impatient de la faire naître, car notre mère, ainsi que tu le sais, désirant organiser pour cet hiver des petites réunions de famille, je veux que nos deux connaissances les plus intimes en forment avec nous le noyau, ce qui exige qu'il y ait entre nous quatre des relations aussi amicales que possible.

FANNY.

Allons, plaise à Dieu que tu réussisses !

SCÈNE V.

CHARLES, FANNY, BAPTISTE.

BAPTISTE, *annonçant.*

Monsieur Edmond de Versac !

CHARLES, *à Fanny.*

Souviens-toi de mes recommandations !

FANNY.

Je n'ai rien oublié !

Charles se lève et se dirige vers la porte d'entrée ; Baptiste sort.

SCÈNE VI.

FANNY, EDMOND, CHARLES.

CHARLES, *prenant les mains de son ami.*

A la bonne heure, mon cher Edmond ! tu es un homme de parole. Comment vas-tu ?

EDMOND.

Parfaitement ; et toi ?

CHARLES.

Très-bien !

EDMOND, *apercevant Fanny, et se dirigeant vers elle.*

Ah ! pardon, mademoiselle, je ne vous voyais pas. (*Il la salue.*) Je ne vous demanderai point comment est votre santé, car...

FANNY, *l'interrompant.*

Je vous préviens, monsieur Edmond, que l'on m'a déjà dit que j'étais ravissante.

EDMOND.

J'allais me servir d'une autre expression.

FANNY.

Plus flatteuse encore ?

EDMOND.

Assurément !

FANNY.

Alors je me contenterai de la même.

EDMOND.

Me permettrez-vous de penser l'autre ?

FANNY, *souriant avec malice.*

Oh ! monsieur de Versac, je ne suis pas si présomptueuse, et je trouverais que c'est bien assez de la dire.

EDMOND.

Pour le coup, c'est de la coquetterie. Vous savez que je ne dis jamais que ce que je pense.

FANNY.

Mais dites-vous toujours tout ce que vous pensez ?

EDMOND.

Quand je le peux, oui ; mais dans ce moment, non, puisque vous ne me laissez pas achever ma phrase.

FANNY.

Allons, achevez-la, car je vois que vous y tenez beaucoup.

EDMOND.

Non ; maintenant ce serait fade, je ne dis pas ce qu'on a deviné.

FANNY, *se mordant légèrement la lèvre.*

Vous avez de la malice, monsieur Edmond !

EDMOND.

Avez-vous bien le droit de m'adresser ce reproche ?

CHARLES.

Ah çà, mes bons amis, finirez-vous bientôt vos gracieusetés à coups d'aiguille ?

FANNY.

Monsieur de Versac veut toujours avoir le dernier mot.

EDMOND.

C'est uniquement, mademoiselle, afin de rétablir de mon côté l'équilibre par le nombre.

FANNY.

Prenez garde ! vos compliments, monsieur Edmond, ressemblent furieusement à des épigrammes, et en côtoyant la modestie, vous allez tout à l'heure tomber dans la fatuité.

EDMOND.

Vous me crierez casse-cou, n'est-ce pas ?

FANNY.

Je fais mieux, je vous tends la main, car vous êtes déjà dans l'abîme.

EDMOND, *prenant la main de Fanny.*

J'ai trop d'avantage à l'avouer pour chercher à m'en défendre ; mais ne craignez vous pas de me donner ainsi le goût des chutes ?

FANNY.

Oh non ! ce serait supposer que j'ai moi-même besoin d'un sauveur.

SCÈNE VII.

LES MÊMES, BAPTISTE, *paraissant à la porte du fond, et faisant le salut militaire.*

BAPTISTE.

Monsieur Charles, un mot s'il vous plaît !

Charles s'avance vers Baptiste.

EDMOND, *à Fanny.*

La paix est donc faite ?

FANNY.

Je ne compte que sur un armistice.

EDMOND.

En ce cas, je vais m'inspirer pour la prochaine escarmouche.

Il s'assied à côté de Fanny.

CHARLES, *à Baptiste.*

Qu'y a-t-il ?

BAPTISTE, *bas.*

Ces dames sont arrivées !

CHARLES.

Bien !

Il redescend la scène. Baptiste sort.

FANNY, *à Charles.*

Que voulait Baptiste ?

CHARLES, *faisant avec ses yeux un signe d'intelligence.*

On te demande au salon !

FANNY, *se levant.*

Je vous laisse une minute avec mon frère, monsieur Edmond ; excusez-moi ; à bientôt !

EDMOND, *reconduisant Fanny.*

Pour continuer la trêve ou pour reprendre les hostilités ?

FANNY.

Cela dépendra beaucoup de vous.

Elle sort.

SCÈNE VIII.

EDMOND, CHARLES.

EDMOND.

Que tu es heureux, mon cher, d'avoir une telle sœur !

CHARLES.

Oui, elle est assez gentillette.

EDMOND.

C'était une enfant quand je partis il y a dix-huit mois, et c'est maintenant tout à fait une petite femme.

CHARLES.

Sais-tu bien que tu ne la ménages guère quand tu disputes avec elle ?

EDMOND.

Tu dois t'apercevoir que je n'ai pas besoin d'être généreux.

CHARLES.

Au fait, elle n'est pas mal prompte à la riposte.

EDMOND.

Il n'y a rien de plus délicieux que ces petits assauts de pointes et de gracieusetés avec une jeune fille qu'une timidité sotte n'empêche pas de se livrer à son enjouement et à son esprit naturels.

CHARLES.

On en trouve beaucoup qui nous offrent ce plaisir-là.

EDMOND, *s'asseyant sur le divan.*

Beaucoup ! c'est, au contraire, extrêmement rare.

CHARLES.

Mon cher Edmond, tu es parfois d'un scepticisme déplorable.

EDMOND.

Que veux-tu que j'y fasse ? ce n'est point ma faute si je vois les choses telles qu'elles sont, ou si je ne rencontre pas des personnes susceptibles de changer mes idées.

CHARLES.

A propos, tu auras l'avantage de voir ce soir ici cette jeune personne que tu désignes si galamment sous le nom de ton cauchemar.

EDMOND.

Mademoiselle de Vandrec?

CHARLES.

Elle-même.

EDMOND.

Tu connais donc particulièrement cette petite mijaurée?

CHARLES, *à part.*

S'il savait qu'elle doit un jour être ma femme, j'aime à croire qu'il se gênerait davantage. (*Haut.*) Oui, mon cher. Voulant l'autre jour te laisser exprimer librement ta façon de penser d'elle, nous ne t'avons pas dit qu'elle était la meilleure amie de ma sœur.

EDMOND.

Tiens! mais je vois à présent pourquoi mademoiselle Fanny semble si disposée à me chercher querelle.

CHARLES.

Je ne sais si c'est là le motif.

EDMOND.

Sans nul doute. Eh bien, mon cher, puisque je l'ai dit, j'en suis fâché, mais je n'en démords pas: cette jeune fille est mon cauchemar, et depuis ce bal où le lendemain de mon retour je l'ai vue pour la première fois, son souvenir seul me met de mauvaise humeur.

CHARLES.

J'espère que du moins ce soir il n'y paraîtra rien.

EDMOND.

Oh! mon Dieu, non; j'agirai comme si elle n'était pas là; mais puisque tu m'as prié de faire avec toi les honneurs, tâche, mon cher ami, que je ne me trouve pas dans l'obligation d'être aimable avec mademoiselle de Vandrec.

CHARLES, *à part.*

Voilà justement ce que je te réserve, mon vieil ami. (*Haut.*) Rassure-toi, je me charge d'être son chevalier, ce qui n'est point une corvée du tout, car on ne peut nier qu'elle soit jolie.

EDMOND, *négligemment.*

Elle n'est pas absolument laide, mais elle me fait l'effet d'être assez simple.

CHARLES, *de même.*

Tu te trompes, on lui prête même de l'esprit.

EDMOND.

Prêter me paraît le mot propre.

CHARLES, *à part.*

Ce serait perdre mon temps que d'essayer à le désabuser. (*Haut.*) Tu n'es pas indulgent!

EDMOND.

Si; mais pas pour tout le monde.

CHARLES.

Enfin, laissons là mademoiselle de Vaudrec, il nous importe peu qu'elle soit ou non spirituelle et jolie. Veux-tu venir présenter tes hommages à ma mère?

EDMOND, *se levant vivement et mettant ses gants.*

Certainement; je devrais te l'avoir déjà demandé.

CHARLES.

Attends; je vais savoir si elle est descendue.

Il sonne; Baptiste paraît.

BAPTISTE.

Monsieur sonne?

CHARLES, *bas.*

Ma mère est-elle au salon?

BAPTISTE, *de même.*

Oui, monsieur, elle cause avec madame de Vandrec.

CHARLES, *de même.*

Et ces demoiselles?

BAPTISTE, *de même.*

Elles sont, je crois, dans la chambre de mademoiselle Fanny.

CHARLES, *de même.*

Vas-y; tu remettras ce mouchoir à ma sœur, et tu repasseras par ici.

Baptiste sort.

EDMOND, *à Charles, qui redescend la scène.*

Madame Mesnard est-elle visible?

CHARLES.

Oui.

EDMOND.

Encore un gant, et je suis à tes ordres.

CHARLES.

Ne te presse pas, nous avons le temps.

EDMOND, *achevant de mettre son gant.*

Là... maintenant un léger coup de foulard à mon feutre, et je suis à toi.

CHARLES.

Voici une brosse.

EDMOND.

Ah! merci... A présent, quand tu voudras.

Charles offre son bras à Edmond, et ils sortent ensemble à la droite du spectateur; mais avant de quitter la scène, Charles se retourne et aperçoit Baptiste qui entre au même instant par la gauche et qui fait à Charles un grand signe de tête affirmatif.

SCÈNE IX.

BAPTISTE, *répétant le signe qu'il vient de faire à Charles.*

Je sais que ça veut dire oui; mais voilà tout ce que je sais. Quand j'ai remis le mouchoir à mademoiselle Fanny, elle m'a dit tout bas: Si tu peux parler à mon frère sans que son ami l'entende, tu lui diras: Bien; et si tu ne le peux pas, tu lui feras comme ça. (*Il répète le même signe.*) Or, je n'ai pas pu parler à M. Charles, et j'ai fait comme ça. (*Il répète son signe de tête.*) Je n'y comprends rien; mais ça m'est égal, je n'ai pas besoin de comprendre; du moment que j'ai rempli ma consigne... suffit. Lorsque défunt mon colonel (*il fait le salut militaire*) me disait: Baptiste, tu vas rester là, et tu n'en bougeras pas que je ne sois de retour... je ne savais pas souvent pourquoi j'y restais, mais, *mille capucines!* un escadron ne m'aurait pas fait partir... et j'ai conservé cette vieille habitude... Mais, silence! (*Regardant la coulisse, à gauche.*) On vient par ici: ce doivent être nos jeunes filles; éclipsons-nous: les jeunes filles ont toujours dans leur sac un tas de petits secrets dont elles font l'inspection quand elles sont ensemble, et qu'il ne faut pas effaroucher.

Il sort par la coulisse à droite.

SCÈNE X.

FANNY, CLARISSE. *Elles ont les mains pleines de fleurs.*

CLARISSE.

Enfin, me diras-tu quels sont tes invités?

FANNY.

Tout à l'heure. Mais, d'abord, disposons-nous à fabriquer des bouquets pour remplir ces jolis vases que tu m'as apportés; je veux qu'ils figurent dignement à la fête.

Elles déposent leurs fleurs sur un guéridon qu'elles approchent du divan, sur lequel elles s'asseyent, et elles commencent à arranger les fleurs.

CLARISSE.

A présent, je t'écoute.

FANNY.

Si je te laissais le plaisir de la surprise!

CLARISSE, *avec un mouvement d'impatience.*

Oh! Fanny! que tu es agaçante!

FANNY.

Allons, ne te fâche pas, curieuse.

CLARISSE.

Je l'avoue, ce n'est pas mon moindre défaut. Tu auras donc...

FANNY.

M. Georges de l'Epinay.

CLARISSE.

Très-bien ; il est assez aimable quand il veut s'en donner la peine.

FANNY.

M. Edouard Guérin.

CLARISSE.

Excellent valseur.

FANNY.

M. Frédéric Lagarde.

CLARISSE.

Connais pas.

FANNY.

C'est M. de l'Epinay qui nous le présente ; on le dit charmant.

CLARISSE.

Tant mieux. Ensuite?

FANNY.

M. Alfred Müller.

CLARISSE.

A merveille ; je l'aime beaucoup, M. Müller, il est tout à fait sans prétention.

FANNY.

M. Paul de Langle.

CLARISSE.

Il est également gentil, quoique un peu sauvage.

FANNY.

M. Alphonse Leclerc.

CLARISSE.

Oh ! l'étonnant garçon ! et qu'il est amusant avec ses citations mythologiques ! Après ?

FANNY.

Après ?... monsieur... comment s'appelle-t-il donc ? je l'oublie toujours, c'est un nom si baroque...

CLARISSE.

M. Kersaniec ?

FANNY.

Précisément.

CLARISSE.

En voilà un, par exemple, qui ne dément pas son origine! il est entêté comme trois mules. Ne voulait-il pas me soutenir l'autre jour qu'il m'avait aperçue la veille à l'Opéra ?

FANNY.

Et tu n'y étais pas allée ?

CLARISSE.

Je n'y ai mis le pied de ma vie.

FANNY.

Tu le lui as dit ?

CLARISSE.

Oui, mais il n'en persiste pas moins à croire que c'était bien moi. Dieux! ma chère, que ces Bretons doivent faire de vilains maris! Est-ce là toute ta liste ?...

FANNY.

Nous comptions avoir aussi M. Jules d'Aumont, mais il est absent de Paris.

CLARISSE.

C'est dommage; il a toujours quelques plaisanteries à raconter. Qui le remplace ?

FANNY, *montrant son bouquet.*

Trouves-tu que ce chrysanthème fasse bien au milieu de ces roses ?

CLARISSE.

C'est charmant ! Qui remplace M. d'Aumont ?

FANNY.

Si maintenant j'entourais les roses d'une rangée de myosotis ?

CLARISSE.

Ce serait de bon goût. Tu disais que M. d'Aumont serait remplacé par...

FANNY.

Par un cavalier des plus aimables.

CLARISSE, *avec vivacité.*

Vraiment ! comment le nommes-tu ?

FANNY.

Décidément ce chrysanthème n'est pas à sa place.

CLARISSE.

Oui, c'est vrai; ôte-le, c'est affreux. Est-ce que je le connais ?

FANNY, *avec intention.*

Pas le moins du monde.

CLARISSE.

Et tu dis que nous ne perdrons rien au change!

FANNY, *même jeu.*

Si je remplaçais ce chrysanthème par un camélia blanc?

CLARISSE.

Oui, ce serait plus distingué. A-t-il de l'esprit?

FANNY.

Beaucoup, selon moi du moins.

CLARISSE.

Tu t'y connais, et je m'en rapporte. Aime-t-il la danse ?

FANNY.

Il en est fou.

CLARISSE.

C'est bon signe. Et tu le nommes?

FANNY.

Si je joignais à mon bouquet un peu de verveine ?

CLARISSE.

Peste! ma chère, la fleur de la magie.

FANNY.

N'en faut-il pas un peu dans tout ?

CLARISSE.

Allons, soit ; mets de la verveine, et nomme-moi ton invité.

FANNY.

C'est le dernier, je t'en préviens.

CLARISSE.

Et tu me l'as réservé pour la bonne bouche ?

FANNY.

Nos goûts ne seront peut-être pas les mêmes.

CLARISSE.

Oh ! je me sens très-bien prévenue pour lui.

FANNY.

Tu te préviens toujours trop vite.

CLARISSE.

Oui ; mais ma première impression me trompe rarement.

FANNY, *tenant son bouquet de la main gauche et passant son bras autour du cou de Clarisse.*

Je t'ai dit que c'était un aimable cavalier.

CLARISSE.

Oui.

FANNY.

Qu'il avait de l'esprit..

CLARISSE.

Bien.

FANNY.

Et qu'il aimait la danse à la folie.

CLARISSE.

Bon.

FANNY.

Eh bien... à ta place, cela me suffirait.

CLARISSE.

Pas du tout! je veux savoir son nom pour le regarder aussitôt qu'il entrera.

FANNY.

Alors tu lèveras les yeux... si tu entends... annoncer... M.... Edmond de Versac.

CLARISSE, *se dégageant du bras de Fanny, et d'un air désappointé.*

Ah ! ma chère ! Moi qui avais la simplicité de prendre tes paroles au sérieux ! Tu aurais dû m'avertir que tu raillais.

FANNY.

Je ne raille pas.

CLARISSE.

De l'amabilité ! de l'esprit ! de l'entrain ! ce monsieur-là?

FANNY.

Pourquoi pas ?

CLARISSE.

Un air maussade, une figure sans expression et un flegme... archi-britannique.

FANNY.

Tu ne l'as vu que cinq minutes.

CLARISSE.

C'était, ma foi, bien assez ; je n'oublierai jamais cette rencontre; et je le vois encore... il était collé devant une porte, toisant tout le monde d'un air dédaigneux. Je le regarde par hasard, il en fait autant. Tout à coup il se dégage gravement de son observatoire, comme un portrait de famille qui sortirait de son cadre; il s'avance vers moi ; je suppose que c'est pour m'engager à danser ; pas du tout ; il passe sans s'arrêter. Seulement, nous nous lançons un de ces regards qui veulent clairement dire : *Tu me déplais souverainement*.

FANNY, *hochant la tête.*

S'il t'eût priée de danser avec lui...

CLARISSE, *l'interrompant.*

Oh ! ce n'est point cela qui me l'a fait prendre en grippe ; je ne tenais nullement à ce qu'il m'invitât. D'abord, je crois que toutes mes danses étaient prises; et puis, son nom seul avait suffi pour qu'il me déplût : de Versac !... Je déteste cette désinance en *ac*, ça rime mal... De Versac, Pourceaugnac, tabac... il doit fumer du matin au soir.

FANNY, *haussant légèrement les épaules.*

Il a le tabac en horreur.

CLARISSE.

Bissac, micmac, cognac... il est impossible qu'il n'ait pas de mauvaises habitudes.

FANNY.

Je ne sais personne plus sobre que lui.

CLARISSE, *se levant.*

N'importe ! si ton monsieur de Versac tient à s'éviter une réponse désagréable, il fera sagement de ne pas m'adresser la parole.

FANNY, *se levant et appuyant son bras sur l'épaule de Clarisse.*

Comment, Clarisse, tu le recevrais impoliment chez moi ?

CLARISSE.

Que veux-tu ? je n'ai jamais su dissimuler, et quand on ne me va pas, ça se voit tout de suite.

FANNY.

Toi, d'ordinaire si bonne, si affable, si prévenante !...

CLARISSE.

Eh bien ! oui, ma chère, mais je garde tout cela pour mes amis. (*Elle embrasse Fanny.*)

FANNY, *lui rendant son baiser.*

Tu vaux cent fois mieux que tu ne veux le paraître ! et si tu n'avais pas le défaut de juger les gens avec trop de précipitation, tu serais véritablement parfaite.

CLARISSE.

C'est-à-dire que si ce soir j'allais trouver monsieur de Versac charmant, tu me proclamerais un petit phénix.

FANNY.

Ce n'est pas principalement à cause de monsieur de Versac ; que me fait-il que tu le trouves bien ou mal? mais je crains que tu ne te prépares pour l'avenir ou des déceptions, ou des regrets, en te prévenant trop vite pour ou contre des personnes que tu ne connais pas.

CLARISSE.

Eh bien ! je te promets d'essayer à me corriger dès que je m'apercevrai que j'ai tort en effet de m'en rapporter à ma première impression.

FANNY.

Mais il faudrait que tu prisses la peine de voir de près ceux qui l'ont fait naître.

CLARISSE.

Soit, et pour commencer, si monsieur de Versac venait à moi, ce dont je doute fort...

FANNY.

Tu le recevras avec ta grâce accoutumée.

CLARISSE.

Non ; pour cela je n'en réponds pas ; mais je tâcherai de faire comme si je ne l'avais jamais vu.

FANNY.

C'est tout ce que je demande.

CLARISSE.

Mais je te préviens qu'il serait préférable pour lui de s'abstenir, car il n'est pas de ceux qui gagnent à se montrer de près.

FANNY.

Moi, je ne dis pas cela !

CLARISSE.

D'abord, es-tu sûre qu'il vienne ?

FANNY.

Il est rendu !

CLARISSE.

Déjà !

FANNY.

Oui ; mon frère l'a prié de venir faire les honneurs avec nous.

CLARISSE.

Il a drôlement choisi !

FANNY.

C'est un de ses amis d'enfance.

CLARISSE.

Ah ! c'est différent !

FANNY.

Et moi-même, je l'ai pris pour mon chevalier.

CLARISSE.

Je ne te le disputerai point.

SCÈNE XI.

LES MÊMES, CHARLES, *entrant par la coulisse de droite.*

CHARLES.

Ah ! mademoiselle Clarisse, je vous cherchais pour vous saluer.

CLARISSE.

Bonjour, monsieur Charles. Vous êtes à donner le coup d'œil du maître.

CHARLES.

Oui, et je n'ai même pas en ce moment une seconde de plus à rester avec vous.

CLARISSE.

Faites ; nous nous reverrons tout à l'heure !

CHARLES.

Voulez-vous me conserver la seconde polka ?

CLARISSE.

Volontiers.

CHARLES.

Merci. A bientôt alors !

CLARISSE.

A bientôt !

Charles sort précipitamment par la coulisse à gauche en faisant un signe à Fanny.

EDMOND, *dans la coulisse de droite.*

Mais, mon cher, donne-moi donc une épingle ?

FANNY, *revenant à Clarisse.*

C'est lui !

Les deux jeunes filles vont s'asseoir sur le divan ; Clarisse la plus près du spectateur.

EDMOND, *toujours dans la coulisse.*

Comment veux-tu que j'attache...

Il entre en scène et s'arrête embarrassé.

SCÈNE XII.

CLARISSE, FANNY, EDMOND.

EDMOND, *il tient à la main un petit ruban rose.*

A part. Tiens! il m'avait dit qu'elles étaient dans la chambre de sa sœur! (*Haut et s'avançant vers les jeunes filles.*) Pardon, mesdemoiselles, je vous dérange peut-être...

FANNY.

Aucunement, monsieur.

EDMOND.

Je courais après Charles, qui m'a dit d'attacher ce petit bout de ruban à mon habit, et je voulais lui demander une épingle... Si vous en aviez une à me donner, mademoiselle?

FANNY.

Non, monsieur Edmond, c'est un cadeau que je ne vous ferai pas; je suis très-superstitieuse, et je ne donne jamais un objet piquant ou tranchant à ceux que je considère comme mes amis.

CLARISSE, *avec une intention marquée.*

Je vais vous en donner une, monsieur, moi qui ne suis pas du tout.. superstitieuse.

Elle détache une épingle de son corsage.

EDMOND, *appuyant sur ses mots.*

Je désirerais qu'elle fût très-fine, mademoiselle.

CLARISSE, *vivement.*

Oh! si elle l'était trop, elle vous glisserait dans les doigts.

EDMOND, *à part.*

Ah! vous m'attaquez, mademoiselle de Vaudrec? (*Haut.*) Vous croyez, mademoiselle?

CLARISSE.

Tenez, monsieur.

Elle lui présente l'épingle par la pointe.

EDMOND, *il prend l'épingle, la regarde et essaye de piquer son gant.*

Il est fort heureux pour moi que cette épingle soit émoussée.

CLARISSE, *à part.*

Ah! vous faites de l'esprit, monsieur de Versac! (*Haut.*) Vous trouvez, monsieur? il faut que vous ayez la vue bien faible, ou la peau bien peu délicate.

EDMOND, *essayant toujours de piquer son gant.*

C'est à peine si elle peut effleurer mon gant.

CLARISSE.

Vos gants sont donc de véritables gantelets?

EDMOND.

Oui: pour des javelots de ce genre.

FANNY, *se levant et s'approchant d'Edmond.*

Quel est donc ce ruban que mon frère vous a donné?

EDMOND.

C'est une petite faveur qu'il a trouvée dans le fond d'un tiroir.

CLARISSE, *avec un éclat de rire sardonique.*

Et vous les acceptez celles-là, monsieur?

EDMOND.

Pourquoi pas, mademoiselle? Cette petite faveur se cachait, et nous avons eu du mal à la découvrir; c'est un mérite, selon moi.

FANNY, *prenant la petite faveur.*

Mais elle est toute fanée.

CLARISSE.

C'est sans doute un autre mérite aux yeux de M. de Versac, qui ne tient probablement ni à la fraîcheur ni à la nouveauté.

EDMOND.

La fraîcheur, mademoiselle, est une qualité bien passagère, et la nouveauté devient quelquefois si promptement monotone!

FANNY.

Le rose est une couleur qui ne sied point à un homme.

EDMOND.

Oh! c'est si peu important!

FANNY.

Pardonnez-moi; le plus mince objet a son importance, et souvent il suffit d'un rien pour produire une bonne ou une mauvaise impression. (*Regardant tour à tour Edmond et Clarisse.*) Il est, à la vérité, fort peu raisonnable de se former une opinion sur des minuties; mais les organisations les plus heureuses ne sont point à l'abri des imperfections.

EDMOND, *à part.*

En termes de chasse, on appellerait ça faire la vole.

CLARISSE, *à part.*

Voilà, si je ne m'abuse pas, un petit paquet à double adresse.

FANNY.

Voulez-vous, monsieur Edmond, que je vous donne un autre ruban que celui-ci?

EDMOND.

Je veux bien.

FANNY, *souriant.*

Mais je vous avertis qu'il sera frais et neuf!

EDMOND.

Ce sont deux charmants attributs que j'apprécie beaucoup quand ils servent à accroître et non point quand ils constituent seuls les principaux mérites de l'être ou de l'objet qui les possède.

CLARISSE, *à part.*

L'impertinent!

FANNY.

De quelle couleur le voulez-vous? rouge ou bleu?

EDMOND.

Quel est votre goût?

FANNY.

Ah! ce n'est pas pour moi.

EDMOND.

Dites tout de même.

FANNY.

Dam! j'aime bien le rouge.

EDMOND.

Rouge, alors.

FANNY.

Il est vrai que j'aime autant le bleu.

EDMOND, *souriant.*

En ce cas, me voilà tout à fait fixé.

FANNY, *souriant aussi.*

Voyons ton avis, Clarisse.

CLARISSE, *avec ironie.*

Moi, je conseillerais à monsieur de le prendre rouge; c'est la couleur des batailles, et je lui trouve dans la physionomie quelque chose de belliqueux qui justifierait ce choix parfaitement.

EDMOND, *de même.*

Cette couleur est également l'emblème de la puissance, mademoiselle, et sous ce rapport elle vous conviendrait beaucoup mieux qu'à moi, car vous devez exercer un pouvoir irrésistible sur tout ce qui vous environne.

FANNY, *à part.*

J'ai une frayeur horrible de les laisser ensemble. Mais enfin, Charles le veut, advienne que pourra. (*Haut.*) Décidément est-ce rouge ou bleu? Clarisse est pour le rouge.

EDMOND.

C'est bleu!

FANNY, *à part.*

Je m'en doutais. (*Haut.*) Eh bien, veuillez m'attendre une minute, je monte à ma chambre, et je vous apporte à l'instant vos insignes.

CLARISSE, *à part.*

Va-t-elle me laisser seule avec cet original?

EDMOND, *bas à Fanny.*

Ne soyez pas longtemps, je vous en conjure.

FANNY, *à Edmond.*

Une seconde.

CLARISSE, *se levant.*

Je vais monter avec toi, Fanny.

EDMOND, *à part.*

Ma foi, je l'aimerais autant.

FANNY, *bas à Clarisse.*

Oh ! ce serait trop impoli, ma chère. (*Haut.*) Non, Clarisse, je reviens tout de suite, et tu vas pendant ce temps me remplacer auprès de M. de Versac ; je ne peux pas vous laisser l'un et l'autre en meilleure compagnie.

Elle sort par la coulisse à gauche.

SCÈNE XIII.

CLARISSE, EDMOND.

CLARISSE, *à part.*

Au fait, je suis curieuse de savoir comment il va se tirer du tête-à-tête.

Elle retourne s'asseoir sur le divan, et prend un bouquet qu'elle fait mine d'arranger.

EDMOND, *à part.*

Si jamais deux minutes doivent me paraître insipides, ce sont bien celles qui vont suivre...

Il s'assied dans un fauteuil, à droite du spectateur. Moment de silence.

CLARISSE, *à part.*

Dieux ! comme ça promet d'être amusant !

EDMOND, *de même.*

Quelle délicieuse entrevue !

Autre silence.

CLARISSE, *à part.*

Au moins, de cette façon il ne dira pas de bêtises.

EDMOND, *de même.*

En continuant de la sorte je pourrai supposer qu'elle est pleine d'esprit.

Autre silence.

CLARISSE, *à part.*

S'il allait prendre mon silence pour de la stupidité ?

EDMOND, *de même.*

Elle est capable de s'imaginer que si je ne lui dis rien, c'est parce que je ne sais que dire.

CLARISSE, *de même.*

Ah ! par exemple, ça me vexerait !

EDMOND, *de même.*

Je ne voudrais cependant pas qu'elle eût cette idée-là.

CLARISSE, *de même.*

Mais enfin, ce n'est pas à moi de commencer.

EDMOND, *de même.*

Lui adresserai-je la parole ?

CLARISSE, *de même.*

Attendons encore.

EDMOND, *de même.*

Nous allons voir.

Autre silence.

CLARISSE, *à part et avec impatience.*

Décidément c'est un parti pris !

EDMOND, *de même.*

Elle a juré de ne pas parler la première.

Autre silence.

CLARISSE, *à part.*

Allons, il faut se résoudre.

EDMOND, *de même.*

Il faut se décider.

Se retournant vivement l'un vers l'autre et ensemble :

CLARISSE.

Monsieur....

EDMOND.

Mademoiselle....

CLARISSE.

Hein ?

EDMOND.

Vous dites ?

CLARISSE.

Je dis : Hein ? parce qu'il me semblait. ...

EDMOND.

Mais il me semblait au contraire....

CLARISSE.

Oh ! j'ai fort bien entendu.

EDMOND.

Je suis certain de ne m'être pas trompé.

CLARISSE.

Vous avez dit : Mademoiselle...

EDMOND.

Vous avez dit : Monsieur...

CLARISSE, *avec ironie.*

Et je prêtais l'oreille attentivement pour ne pas perdre une seule des choses, probablement ravissantes, qui allaient sortir de votre bouche.

EDMOND, *de même.*

Je m'étais vivement retourné pour recueillir une à une les paroles gracieuses qui allaient tomber de vos lèvres.

CLARISSE, *sèchement.*

J'essayerai de vous répondre, monsieur, si vous daignez achever ce que vous alliez dire.

Elle recommence à arranger son bouquet.

EDMOND, *à part.*

Ce que j'allais dire ?... Que je meure si j'en sais le premier mot !

Il semble réfléchir.

CLARISSE, *à part.*

Ce petit monsieur, que l'on dit si spirituel, n'a pas l'imagination plus vive ?... Jouissons un peu de son embarras.

Elle appuie son coude sur un des coussins du divan et regarde Edmond d'un air attentif et railleur.

EDMOND, *à part.*

Je crois, sur mon âme, qu'elle a la prétention de m'intimider.

CLARISSE, *de même.*

S'il croit m'épouvanter avec ses grands yeux...

EDMOND, *haut.*

Mademoiselle...

CLARISSE, *à part.*

Enfin il parlera !

EDMOND, *haut.*

N'est-ce pas vous qui avez composé ce bouquet ?

CLARISSE, *à part.*

Le début est brillant... (*Haut.*) Oui, monsieur.

EDMOND, *haut.*

Il est admirable.

CLARISSE, *à part.*

Comme c'est banal !... (*Haut, avec ironie.*) C'est ce que dirait le premier venu, monsieur, pourvu qu'il eût un peu d'usage et beaucoup d'esprit.

EDMOND, *à part.*

Ah oui ! (*Haut.*) Me permettez-vous une observation, mademoiselle ?

CLARISSE.

Sur quoi, monsieur ?

EDMOND.

Sur le bouquet que vous tenez, et sur cette épingle.

CLARISSE.

Je ne vois pas le rapprochement qu'il peut y avoir...

EDMOND.

Moi, j'en vois un.

CLARISSE.

Expliquez-vous, monsieur.

EDMOND.

Trouvez-vous qu'il y ait beaucoup de différence entre ces deux objets ?

CLARISSE.

Mais il n'y a pas la moindre comparaison à établir.

EDMOND.

Pardonnez-moi, mademoiselle. Vous connaissez la devise de l'épingle : Je pique, mais j'attache.

CLARISSE.

Les fleurs ont ce dernier avantage, sans avoir le premier inconvénient.

EDMOND.

Vous oubliez que plusieurs d'entre elles ont des épines.

CLARISSE.

On doit savoir les éviter.

EDMOND.

Admettons que cela soit toujours possible. Si les objets dont je parle devaient caractériser la personne qui les possède, lequel choisiriez-vous?

CLARISSE, *vivement.*

Il est clair que je garderais mon bouquet.

EDMOND.

L'empressement avec lequel vous acceptez cette assimilation montre que vous aimez à vous rendre justice.

CLARISSE, *un peu confuse.*

C'est... une supposition, monsieur... (*Vivement.*) D'ailleurs, je ne vous empêche pas de vous personnifier dans votre épingle.

EDMOND.

Puisque vous l'avez dit, je le veux bien.

CLARISSE.

Et je tâcherai que mon bouquet ne subisse pas vos atteintes.

EDMOND.

Mon épingle vous répond : Je pique, mais j'attache.

CLARISSE.

Franchement, je ne veux ni l'un ni l'autre.

EDMOND.

En conséquence, vous m'éviterez ?

CLARISSE.

Avec le plus grand soin.

EDMOND.

Vous fausserez le proverbe.

CLARISSE.

Quel proverbe ?

EDMOND.

Qui se ressemble, s'assemble.

CLARISSE.

Mon bouquet ressemble à votre épingle ? En vérité, monsieur, il faut que nous ayons du temps à perdre.

EDMOND.

L'expression n'est pas polie.

CLARISSE.

Elle est juste.

EDMOND.

Pas davantage; car on ne peut nier que ces deux objets, si dissemblables au premier abord, évoquent néanmoins une même idée.

CLARISSE.

Laquelle, monsieur ?

EDMOND.

L'idée d'union.

CLARISSE.

Oui, mais pas de la même manière.

EDMOND.

Il y a, je l'avoue, cette différence que les fleurs nous attirent et nous attachent par leurs aimables qualités, tandis que l'épingle...

CLARISSE, *l'interrompant.*

Tandis que l'épingle offre assez bien l'image d'un lien brutal qui s'impose aveuglément et quand même.

EDMOND.

Vos expressions sont dures, mademoiselle.

CLARISSE.

Je n'ai pas de motifs pour les ménager.

EDMOND.

En parlant ainsi, vous repoussez, je présume, toute espèce de ressemblance ?

CLARISSE.

Exactement; d'autant que cette analogie, que vous trouviez, était vraiment trop subtile pour être saisissable.

EDMOND.

Vous avez raison, nous ne nous ressemblerons en effet ni ne nous joindrons jamais; je parle toujours de vos fleurs et de mon épingle.

CLARISSE.

Cela s'entend, monsieur; vous abandonnez donc votre paradoxe ?

EDMOND.

Oui.

CLARISSE.

C'est si difficile à soutenir !

EDMOND.

Aussi j'y renonce.

CLARISSE.

Il faut un talent tout spécial.

EDMOND.

J'avoue que je ne l'ai pas.

CLARISSE.

Vous êtes trop modeste. Mais quand on échoue dans un essai de ce genre, on laisse bien des avantages à son adversaire.

EDMOND.

Puissiez-vous en tirer profit le peu de temps que vous les garderez !

CLARISSE.

Le peu de temps ?... Vous comptez donc que vous les reprendrez... que votre épingle, veux-je dire, les reprendra bientôt ?

EDMOND.

Ce n'est pas douteux.

CLARISSE.

Comment cela, s'il vous plaît ?

EDMOND.

Mon épingle, mademoiselle, justifiera toujours sa devise; tandis que, dans quelques jours, votre bouquet, dépourvu de ses fleurs, et ne conservant plus que des tiges et quelques aiguillons, pourra peut-être piquer encore, mais à coup sûr il n'attachera pas. (*Clarisse fait un mouvement.*) Vous voyez bien que ma supposition n'était un paradoxe que par excès de galanterie.

CLARISSE.

On dit que vous avez beaucoup voyagé, monsieur ?

EDMOND.

Je ne saisis pas l'à-propos.

CLARISSE.

Donnez-moi le temps.

EDMOND.

J'écoute.

CLARISSE.

Quand on voyage pour perfectionner son éducation, et c'était là, je crois, votre but...

EDMOND.

Oui, mademoiselle.

CLARISSE.

On essaye d'emprunter aux peuples que l'on visite les qualités qui les distinguent.

EDMOND.

Ce serait le meilleur bagage que j'aurais pu rapporter.

CLARISSE.

Vous avez été, je crois, monsieur, trop délicat et trop généreux, et vous me paraissez avoir laissé sur votre route tout ce qui caractérise, en France, un homme de bon goût.

EDMOND, *se levant.*

Pour vous répondre sur le même ton, mademoiselle, il faudrait que j'eusse en effet perdu tous les dons naturels qui distinguent les hommes de notre nation. Ma réserve et mon silence vous montreront la justesse de votre remarque.

CLARISSE, *se levant.*

Si j'ai été trop loin, monsieur, je le regrette.

EDMOND, *revenant et s'avançant.*

Ah !

CLARISSE.

Prenez-vous-en à l'aversion que vous m'inspirez.

EDMOND, *s'éloignant.*

A la bonne heure, c'est plus précis et il n'y a pas d'équivoque.

CLARISSE.

Cela ne vaut-il pas mieux que de parler par paraboles?

EDMOND.

Au fait, quand on est en conformité de sentiments, il est préférable de se l'avouer tout de suite.

CLARISSE.

Afin d'agir l'un et l'autre en conséquence.

EDMOND.

J'y prendrai garde.

CLARISSE.

Vous m'obligerez beaucoup.

SCÈNE XIV.

CLARISSE *et* EDMOND *se tournent le dos;* FANNY *entre par la coulisse à gauche.*

FANNY, *à part.*

Mes craintes se réalisent. (*Haut.*) J'ai été un peu longue.

EDMOND.

Une heure !

CLARISSE.

Un siècle !

FANNY, *sans avoir l'air de remarquer.*

Figurez-vous que je ne pouvais pas mettre la main sur du ruban bleu; j'avais beau chercher partout, je tombais toujours sur du rouge. (*Edmond et Clarisse se regardent.*) Enfin en voici un; trouvez-vous qu'il soit d'un bel azur?

EDMOND.

Il est charmant.

FANNY.

Je vais vous le placer.

Elle coupe un bout de ruban, en fait une rosette, et prenant l'épingle des mains d'Edmond, elle se met à le lui attacher.

CLARISSE, *à Fanny.*

Fais attention à ne pas te piquer.

FANNY.

Oh ! sois tranquille, les épingles, ça me connaît ; il n'y a que manière de les prendre.

EDMOND.

Et de les offrir.

FANNY, *achevant de placer la rosette.*

Là.

EDMOND.

Est-ce solide ?

FANNY.

Je vous en réponds, ça tiendrait toute une éternité.

SCÈNE XV.

LES MÊMES, CHARLES.

CHARLES, *entrant vivement par la coulisse à droite.*

Allons, mes bons amis, dépêchez-vous. Tout notre monde est rendu. L'on dirait qu'ils se sont donné le mot pour arriver ensemble. (*A Edmond, et faisant l'étonné.*) Tiens, tu n'as pas gardé mon ruban ?

EDMOND.

Ta sœur a prétendu qu'il était trop fané.

CHARLES.

A vrai dire, celui-là est mieux. (*A Fanny.*) Et toi, tu n'as pas mis le tien ?

FANNY.

Il faut donc que j'en aie ?

CHARLES.

Sans doute. Edmond remplit les fonctions de maître de cérémonies. Tu es sa dame, tu dois porter ses couleurs. (*Fanny, aidée par Edmond, va s'attacher une rosette. A Clarisse.*) Quant à nous, mademoiselle Clarisse, nous sommes les maîtres de maison et censés par conséquent être connus de tout le monde.

SCÈNE XVI.

LES MÊMES, BAPTISTE.

BAPTISTE, *portant deux vases de porcelaine.*

Mademoiselle Fanny, voici les vases que vous m'avez dit d'apporter...

FANNY.

Ah ! bien ! déposez-les sur la cheminée.

Fanny et Clarisse prennent les bouquets et vont les mettre dans des vases.

BAPTISTE.

Et madame demande ces messieurs et ces demoiselles.

CHARLES.

Nous y allons Écoute ici, Baptiste. (*Baptiste s'approche en faisant le salut militaire.*) Tu n'as plus besoin d'être au salon, puisque tous nos invités sont rendus; tu vas immédiatement disposer le thé.

BAPTISTE.

Suffit, monsieur Charles.

CHARLES.

Maintenant, mes bons amis, courons rejoindre nos convives.

Il offre son bras à Clarisse; Edmond donne le sien à Fanny, et ils sortent tous quatre par la coulisse à droite.

SCÈNE XVII.

BAPTISTE *seul et les suivant des yeux.*

Que c'est donc gentil la jeunesse !... *Mille capucines!* que c'est donc gentil !... Et quel dommage que ça passe à mesure qu'on devient vieux !... C'est égal, ça fait toujours plaisir à voir, ça réjouit l'âme, ça regaillardit, ça ravigote! Et quand je les vois s'amuser, ça m'amuse dix fois plus qu'eux. (*Il vient sur le devant de la scène.*) C'est comme lorsque défunt mon colonel (*il fait le salut militaire*) offrait un punch à ses amis et que je les voyais tous un peu *brindezingues, mille capucines!* j'étais si content, si content, que je me grisais rien que de les regarder boire. (*On entend jouer l'air d'une polka sur le piano.*) Bon ! voilà la musique! Qu'est-ce que c'est que ça? une contredanse... En avant deux. (*Il danse en chantant :* Larifla, fla, fla : larifla, fla, fla ; larifla... *Il s'arrête.*) Non, ça ne va pas, c'est une valse. (*Il valse:* Ti ta ti ta ti, ti ta ti, ti ta ti ta ti, ti ta ti, ti ta ti ta. *Il s'arrête.*) Ça ne va pas encore. Qu'est-ce que c'est donc? Ah ! oui, je sais, c'est le nouveau rigodon qu'ils appellent... Comment l'appellent ils donc?... N'importe, le nom n'y fait rien, je connais. (*Il contrefait la polka :* Eh lon lon la ti la li la la, ti la ti la ti la ti la la, eh lon lon la ti la ti la la... *Il s'arrête.*) Oui, c'est bien cela. Mais... ouf... il me semble que j'ai fait trois étapes. Ah dam ! (*regardant ses jambes*) c'est qu'elles flageolent un peu, les anciennes, elles n'ont plus vingt ans, et par malheur il n'y a pas moyen de les astiquer pour les remettre à neuf. Une fois que c'est usé, bonsoir. Mais, voyons, ce n'est pas de danser qu'il s'agit... A l'ordre, et leste, si c'est possible. (*Il roule la table au milieu de la scène, et va chercher successivement dans un placard des assiettes, des tasses, des pâtisseries, etc.*) Et surtout attention à ne pas faire du *cassis*. Ça ne lui allait guère le *cassis* au colonel, et quand il était en train de jaser : Si tu me fais de cette liqueur-là, Baptiste, me disait-il, je te la fais avaler, parce que ça ne se conserve qu'en cruche. Pauvre colonel ! quelquefois il était vraiment farceur comme trois tambours.

SCÈNE XVIII.

BAPTISTE, *continuant d'apprêter la table;* CHARLES, EDMOND.

On entend toujours jouer la polka dans la pièce à côté.

CHARLES, *en entrant.*

Oui, nous prendrons le thé dès que l'on aura dansé la valse. Ceux qui voudront, le prendront ici ; et nous ferons passer dans le salon pour les autres et pour les mamans.

EDMOND.

Très-bien.

CHARLES.

Ainsi tu te charges de faire les honneurs?

EDMOND.

Seul ?

CHARLES.

Non, je vais t'envoyer ces demoiselles.

EDMOND.

Oh ! ta sœur et moi suffirons. Il est inutile de déranger ta demoiselle de Vandrec.

CHARLES, *à part.*

Voici le moment de porter le grand coup. (*Haut et faisant l'étonné.*) Tu me dis cela d'un air...

EDMOND.

Qui te surprend ?

CHARLES.

Mais oui... je vous croyais au mieux.

EDMOND.

Depuis quand ?

CHARLES.

Depuis votre tête-à-tête?

EDMOND.

Elle te l'a raconté ?

CHARLES.

Pas entièrement. Mais ce qu'elle m'a dit m'avait fait supposer...

EDMOND.

Que t'a-t-elle donc dit?

CHARLES.

Une foule de choses toutes plus avantageuses pour toi les unes que les autres. (*A part.*) C'est exactement le contraire.

EDMOND.

Ah ! bah !

CHARLES.

Que tu étais d'une amabilité, d'une grâce, d'un esprit... Enfin elle ne tarissait pas d'éloges. (*A part.*) Elle était furieuse.

EDMOND.

Elle se moquait de moi.

CHARLES.

Non point, car elle se reprochait en même temps d'avoir été par moment un peu trop brusque. (*A part.*) Elle se reprochait de n'avoir pas été plus impolie.

EDMOND *à lui-même.*

Il faut avouer que la femme est une créature bien singulière!

CHARLES, *continuant.*

Et elle paraissait le regretter sincèrement. (*A part.*) Ça, c'est vrai.

EDMOND.

Brusque !... mais... non. Un peu malicieuse, peut-être, voilà tout.

CHARLES, *à part.*

Ça va bien.

EDMOND, *poursuivant.*

Ce n'est point un crime, et d'ailleurs je crois avoir également montré... une... maussaderie que je taxerais volontiers de ridicule.

CHARLES, *à part.*

De mieux en mieux.

EDMOND.

Car enfin cette jeune fille ne m'a rien fait.

CHARLES, *haut.*

Cependant tu la détestes.

EDMOND.

Détester... n'est point le vrai mot.

CHARLES.

Autrement dit, tu l'as en grippe.

EDMOND.

Non... pas précisément; mais tu sais, on a parfois... des idées...

CHARLES.

Oui, oui, je conçois cela, les impressions ne se commandent pas, et je respecte les tiennes. Mais, je t'en conjure, puisque je me suis trompé en vous croyant bien ensemble, qu'elle ne sache pas mon indiscrétion.

EDMOND.

Je n'en dirai rien ; mais si par hasard tu lui reparles de moi, ne me montre pas comme ayant pour elle un ressentiment aveugle.

CHARLES, *à part.*

A merveille !

EDMOND.

Je me plais, au contraire, à lui reconnaître des qualités.

CHARLES, *à part.*

Il va bientôt me rendre jaloux.

EDMOND.

On n'a pas besoin d'adorer une jeune fille pour apprécier ce qu'elle vaut.

CHARLES.

Sans doute. (*A Baptiste.*) L'eau bout-elle, Baptiste ?

BAPTISTE.

Pas encore, monsieur Charles, mais je crois que ça chauffe joliment.

CHARLES *à Edmond.*

Viens voir s'il ne manque rien, Edmond, je vais t'envoyer Fanny.

Edmond s'approche de la table, Charles fait un mouvement pour sortir.

EDMOND.

Penses-tu ?...

CHARLES.

Quoi ?

EDMOND.

Je voulais dire... pendant que ta sœur et moi surveillerons ici, qui fera les honneurs au salon ?

CHARLES.

J'y avais songé, c'est pourquoi je voulais que tu t'entendisses avec mademoiselle Clarisse et Fanny; mais je ne t'ai pas invité pour que tu sois mal à l'aise, et je ne veux pas te contraindre à parler à mademoiselle de Vaudrec.

EDMOND.

Mais, mon cher, je ne suis pas assez égoïste pour vouloir que les honneurs de ta soirée souffrent de notre boutade, et...

CHARLES.

C'est que tout à l'heure tu paraissais...

EDMOND.

Oui, parce que je m'imaginais lui être insupportable : mais du moment qu'il n'en est rien, j'accepte tous tes arrangements.

CHARLES.

Ne te gêne pas au moins.

EDMOND.

Je ne me gêne pas.

CHARLES.

Tu es chez toi.

EDMOND.

Raison de plus.

CHARLES.

Et serais au désespoir de t'imposer...

EDMOND.

Tu plaisantes.

CHARLES.

Car à la rigueur j'aurais pu prier une autre de ces demoiselles...

EDMOND.

Allons donc!

CHARLES.

Mais puisque tu m'assures...

EDMOND.

Certainement!

CHARLES.

Je te remercie toujours...

EDMOND.

Il n'y a pas de quoi.

La musique cesse.

CHARLES.

Si; tu y mets de la complaisance et je t'en sais bon gré. Mais on vient de terminer la polka, je me sauve; veille à ton département. (*A part, avant de sortir.*) Maintenant à l'autre, et cette fois je ne serai pas obligé de mentir.

Il sort.

SCÈNE XIX.

BAPTISTE, *continuant d'arranger le thé*; EDMOND.

EDMOND, *sur le devant de la scène.*

J'ai constamment pensé qu'il y avait chez les jeunes filles un fonds de bienveillance toujours prêt à s'exercer, et que leur apparente malice n'était qu'un voile, destiné sans doute à cacher un sentiment dont nous abuserions s'il était trop à découvert. Cette bonne demoiselle Clarisse, elle a la générosité de me trouver aimable, et qui plus est, de l'avouer! C'est fort bien de sa part, et je suis obligé de reconnaître en cela sa supériorité sur moi. Oui, je le confesse, j'aurais été moins généreux; et pourtant, il est de fait qu'elle ne manque pas de qualités. Elle a de jolis traits, une tournure charmante, l'esprit incisif et pétillant; et si j'ai reçu quelques égratignures, c'est ma faute, je me les suis attirées... J'aurais dû me montrer plus poli, plus courtois et moins pointilleux. Nul doute alors, d'après ce que m'a dit Charles, qu'elle eût été charmante, et si malgré le peu d'affabilité de mes paroles j'ai eu l'avantage de lui laisser une opinion favorable, qu'aurait-ce été si j'avais eu le bon goût de dépenser en prévenances ce que je dépensais en épigrammes? Mais je veux prendre ma revanche, et quand elle va venir...

BAPTISTE, *l'interrompant.*

Pardon, faites excuse, monsieur Edmond.

EDMOND, *se retournant.*

Qu'y a-t-il?

BAPTISTE.

Je voudrais vous faire voir comment j'ai disposé mes batteries. (*Edmond s'approche de la table.*) Voyez-vous, au milieu le thé?

EDMOND.

Oui, comme objet principal.

BAPTISTE.

C'est la citadelle. Autour, le nougat, le gâteau, la brioche et le baba.

EDMOND.

Comme pièces de résistance, très-bien.

BAPTISTE.

Oui, comme grosse artillerie. De chaque côté, les raisins, les amandes, les prunes, les dragées, les figues et les bonbons, c'est la troupe légère.

EDMOND.

Parfait! vous êtes, Baptiste, un habile organisateur.

BAPTISTE.

Mais, monsieur, il y a une chose qui m'embarrasse.

EDMOND.

Qu'est-ce que c'est?

BAPTISTE.

Je ne sais pas où mettre les vins et les liqueurs.

EDMOND.

Où les placez-vous d'habitude?

BAPTISTE.

Ce n'est pas fixé; tantôt d'un bord, tantôt de l'autre. Chez défunt mon colonel, c'était différent, je les plaçais toujours au même endroit, dans le milieu.

EDMOND, *souriant.*

C'était significatif!

BAPTISTE.

Que voulez-vous, monsieur Edmond, là-bas on buvait comme on se battait, et... mille capucines!... je vous réponds que l'on se battait raide.

EDMOND.

Je n'en doute pas.

BAPTISTE.

Mais je vois un vide entre ces pâtisseries; si nous y logions les fioles?

EDMOND.

Non, il vaut mieux les mettre sur la cheminée, et placer ces vases de fleurs entre les gâteaux.

BAPTISTE.

Vous croyez?

EDMOND.

Oui.

BAPTISTE.

Comme vous voudrez, c'est votre affaire.

Baptiste rassemble les bouteilles, et Edmond se dirige vers la cheminée pour y prendre les vases. On entend jouer une valse.

SCÈNE XX.

LES MÊMES; FANNY, CLARISSE.

EDMOND.

Vous arrivez fort à point, mesdemoiselles, pour nous donner un petit conseil.

FANNY.

A l'instant, monsieur Edmond; mais il faut d'abord que je rajuste la guimpe de Clarisse.

EDMOND, *vivement.*

Voulez-vous que je me retire?

FANNY.

C'est inutile, on peut faire cette toilette-là devant tout le monde; une seule épingle à mettre.

Les deux jeunes filles viennent sur le devant de la scène; Edmond se retourne et fait signe à Baptiste d'attendre.

CLARISSE, *donnant une épingle à Fanny, qui lui arrange l'épaulette de son fichu.*

Tiens, et si tu ne la trouves pas assez fine, tu en demanderas une à M. de Versac.

FANNY.

Chut!

CLARISSE, *à demi-voix.*

Il n'écoute pas; et, du reste, il prend si bien les choses...

FANNY, *de même.*

Il ne faut pas en abuser. Ton épingle n'a pas de tête.

CLARISSE, *de même.*

En voici une autre. Conçois-tu cela? je lui dis des injures et il me trouve adorable.

FANNY, *de même.*

C'est une preuve de son heureux caractère.

CLARISSE, *de même.*

En vérité, ma chère amie, les hommes sont des êtres bien singuliers.

FANNY, *de même.*

Bon! en voici une qui se tord, à présent.

CLARISSE, *un peu haut et gaiement.*

Je te dis qu'il faut en demander à M. de Versac.

EDMOND, *se retournant vivement.*

Mademoiselle ?...

FANNY, *à Clarisse, en jetant l'épingle et se retirant un peu.*

Arrange-toi, à présent.

CLARISSE, *regardant Edmond avec un gracieux sourire.*

Monsieur ?...

EDMOND.

Ne m'avez-vous pas appelé ?

Les deux jeunes filles se regardent en souriant.

CLARISSE, *à Edmond.*

Non ; mais je dois vous dire pourquoi nous rions ; le motif n'est drôle, du reste, que par les idées qu'il réveille. Je donne des épingles à Fanny pour attacher ma guimpe, et elle me les gâte toutes les unes après les autres, de sorte que je n'en ai plus une seule.

EDMOND, *détachant sa rosette et offrant l'épingle à Clarisse.*

En voici une, mademoiselle, qui, je pense, sera meilleure.

CLARISSE.

Ah ! vous me donnez une épingle, monsieur !

EDMOND.

Non ; je vous rends la vôtre, ce qui n'est pas la même chose ; la reprenez-vous ?

CLARISSE, *prenant l'épingle.*

Oui ; je vous remercie.

Elle tend l'épingle à Fanny, qui vient lui attacher sa guimpe.

FANNY.

Ça va tout seul.

CLARISSE, *à elle-même.*

Je pique, mais j'attache. (*Haut.*) Vous aviez raison, monsieur de Versac.

EDMOND.

A quel propos, mademoiselle ?

CLARISSE, *négligemment.*

A quel propos ?... En pensant que cette épingle vaudrait mieux que les autres.

EDMOND.

Et pourquoi vaut-elle mieux ?

CLARISSE, *de même.*

Parce qu'elle vaut mieux.

EDMOND.

L'explication est satisfaisante.

CLARISSE.

Vous supposiez que j'allais dire autre chose ?

EDMOND.

Mais... non.

CLARISSE.

Vous mentez !

EDMOND.

Je l'avoue.

CLARISSE.

Eh bien ! que diriez-vous à ma place ?

FANNY, *à part.*

Laissons-les faire.

Elle va faire le thé.

EDMOND.

Je ne sais trop.

CLARISSE.

Oh si ! vous n'êtes point à cela près d'une réplique, et sur ce petit javelot, ainsi que vous l'appeliez tantôt, sur ce petit javelot émoussé, comme vous disiez encore, vous trouveriez assurément un trait malin.

EDMOND.

Vous me croyez donc bien méchant ?

CLARISSE.

Un trait d'esprit alors ?

EDMOND.

Pas plus

CLARISSE.

Mais quoi donc enfin ? car vous trouveriez quelque chose.

EDMOND.

Un simple trait d'union...... si vous le permettiez.

CLARISSE.

C'est fort gentil ; mais attendez, si nous faisons la part si belle à cette épingle, à cette épingle qui vous personnifiait, vous savez ! que ferons-nous en faveur de nos pauvres bouquets ?

EDMOND.

Justement c'était à leur sujet que je voulais vous demander un avis.

CLARISSE.

Lequel ?

EDMOND, *allant chercher les vases.*

Mon intention était de les placer au milieu de ces fruits et de ces gâteaux ; comme cela, par exemple. (*Il met les vases sur la table.*) Serait-ce bien ?

CLARISSE.

Ne sont-ils pas un peu trop haut ?

EDMOND.

Non, mademoiselle, o an toujours le droit de dominer quand on possède le talent d'embellir.

CLARISSE.

L'idée est gracieuse, monsieur de Versac ; mais quel chagrin ne vais-je pas avoir quand je regarderai ces bouquets en songeant que bientôt, ainsi que vous l'avez dit, leurs fleurs inclineront la tête, se dessécheront, rouleront par terre, et qu'ils ne conserveront plus que des aiguillons pouvant peut-être piquer encore, mais à coup sûr incapables d'attacher !

Baptiste sort par la coulisse de droite. Un domestique, vêtu comme lui, vient le remplacer ; il tient un plateau sur lequel Fanny met des tasses de thé.

EDMOND.

C'est, en effet, mademoiselle, une pensée pénible.

CLARISSE.

D'autant plus pénible qu'elle est juste ; vous aviez encore raison.

EDMOND.

Oui, mais on peut la rendre moins amère.

CLARISSE.

En quoi faisant ?

EDMOND, *allant prendre les bouquets.*

Tenez, pendant que ces jolis bouquets sont dans toute leur fraîcheur, enlevons avec soin les maudits aiguillons qui diminuent leurs charmes.

CLARISSE.

Ça ne les empêchera pas de se flétrir.

EDMOND.

Hélas ! non malheureusement ; mais quand ils auront perdu quelques-unes de ces qualités qui nous attirent, du moins n'auront-ils rien de ce qui nous blesse ; d'ailleurs une fleur aimable et belle conserve en vieillissant une partie de ses parfums, et même les perdrait-elle entièrement, que son aspect éveille encore le doux souvenir des jouissances qu'elle a causées, et si elle ne parle plus aux sens, elle continue de parler au cœur.

CLARISSE.

Vous vous en tirez habilement, monsieur de Versac.

EDMOND.

Vous souvient-il que vous aviez pris ce bouquet pour votre image ?

CLARISSE.

Oui, mais à présent je ne l'ose plus.

EDMOND.

Votre modestie complète la ressemblance.

CLARISSE.

Vous êtes impitoyable.

EDMOND.

Je suis franc, et je vois dans ces fleurs...

CLARISSE.

Oh ! vous voyez dans les fleurs tout ce que vous voulez.

EDMOND.

Sans doute, et j'ai cela de commun avec tout le monde, ça dépend du point de vue sous lequel on les envisage. Ainsi, pour quelques-uns de ces messieurs et de ces demoiselles qui vont venir tout à l'heure, ces bouquets, placés au milieu de la table, seront tout simplement des bouquets ; pour d'autres, ils seront un ornement ; pour d'autres, une attention délicate ; pour d'autres, une allégorie délicieuse, tandis que j'y verrai, moi (*regardant Fanny et Clarisse*), deux ravissants portraits.

FANNY, *souriant.*

Et nous probablement de séduisants modèles.

EDMOND.

Mieux que cela ; les plus parfaits miroirs.

CLARISSE.

Quel est le pays, monsieur Edmond, dans lequel vous êtes resté le plus longtemps ?

EDMOND.

Un pays enchanteur.

CLARISSE.

Comment le nomme-t-on ?

EDMOND.

Il n'est pas inscrit sur la carte.

CLARISSE.

Ah !

EDMOND.

Et néanmoins j'y vais souvent... en rêve.

CLARISSE.

En rêve ?

EDMOND.

On ne peut pas y aller autrement.

CLARISSE.

C'est donc un pays imaginaire ?

EDMOND.

Oui, mais on peut le réaliser partout.

CLARISSE.

Vraiment ?

EDMOND.

Partout où se trouvent de ces aimables créatures résumant en elles toutes les qualités qui font de la femme un être si ravissant.

CLARISSE.

Et quelles sont les qualités que l'on exige des hommes ?

EDMOND.

Une seule est de rigueur.

CLARISSE.

Une seule ?

EDMOND.

Oui, la volonté, mais une volonté bien ferme de se rendre digne, sous tous les rapports, des anges qui peuplent ce beau paradis.

CLARISSE.

Il est probable que les querelles y sont complétement inconnues.

EDMOND.

Pas tout à fait. Mais aussitôt qu'il s'en élève une, elle s'évanouit sur le champ, tant il y a d'affabilité de part et d'autre. Ainsi, par exemple, nous serions dans ce pays et nous aurions eu ensemble une petite bisbille, je vous tendrais la main (*il tend sa main à Clarisse*), vous me donneriez la vôtre.

CLARISSE, *lui donnant la main en souriant.*

Et que nous dirions-nous ?

EDMOND.

Rien ; mais nous nous regarderions d'un air qui signifierait clairement : *Tout est oublié.*

CLARISSE.

Et nous deviendrions les meilleurs amis ?

EDMOND.

Oui, les meilleurs amis. Partons-nous pour ce pays-là ?

CLARISSE.

Volontiers. Mais si d'abord nous cherchions à nous mettre bien dans l'esprit de tout le monde ?

EDMOND.

Qui donc avons-nous choqué ?

CLARISSE, *désignant le public.*

Oubliez-vous que ces dames et ces messieurs ont été témoins de notre boutade, et qu'ils doivent avoir de nous une opinion fort triste ?

EDMOND.

C'est juste.

CLARISSE.

Voulez-vous que nous leur fassions nos excuses et que nous réclamions leur indulgence ?

EDMOND *.

Je le veux bien... mais il me vient une idée.

* Voir la variante à la fin.

CLARISSE.

Quoi donc ?

La valse cesse.

EDMOND, *faisant signe au domestique d'approcher.*

Voici du thé préparé par une main bien gracieuse ; présenté par la vôtre, il aura double charme ; allez-leur en offrir à chacun une tasse, et peut-être qu'à la faveur de cette petite politesse, ils seront assez bienveillants pour nous pardonner notre PRÉVENTION.

Il salue et se retire. Le piano joue une marche ou une ouverture ; Clarisse, suivie du domestique, va offrir du thé aux spectateurs, et quelques personnes, précédées de Charles, entrent en scène par la coulisse de gauche. Edmond leur offre des pâtisseries, et Fanny leur verse du thé. — Tableau.

FIN DE LA PRÉVENTION.

*** Variante pour le cas où la pièce se jouerait sur un théâtre ou devant une assemblée nombreuse.**

Baptiste n'est pas remplacé par un domestique ; et au lieu de faire le thé, Fanny surveille seulement la bouilloire.

EDMOND.

Je le veux bien... mais il me vient une idée.

CLARISSE.

Quoi donc ?

EDMOND.

Voici du thé que prépare une main bien gracieuse ; présenté par la vôtre, il aura double charme. Voulez-vous leur en offrir à chacun une tasse ? cette petite politesse ne pourra pas nous nuire, et peut-être les disposerait-elle à nous pardonner notre PRÉVENTION.

CLARISSE.

Avec plaisir.

Ils se dirigent vers la table, et reviennent après avoir dit un mot à Fanny, qui vient avec eux sur le devant de la scène.

EDMOND, *d'un air désappointé.*

Mesdames et messieurs, je vous demande mille pardons ; l'eau ne bout pas encore et ça vous ennuierait d'attendre. Mais, je vous en prie, revenez demain ; nous ferons en sorte d'éviter ce petit inconvénient.

L'AUTOMNE.

L'Hirondelle.

Eh quoi ! ma gentille hirondelle,
Déjà tu prépares ton aile,
Et malgré ma voix qui t'appelle
Tu veux nous quitter, tu veux fuir ?
L'amitié n'est donc sur la terre
Qu'une illusion éphémère,
Ou qu'une trompeuse chimère
Qu'un souffle peut anéantir ?

Pourquoi pars-tu? dis, la méchante.
Quand tu vins jadis suppliante,
Dresser près de nous la charpente
De ton mystérieux berceau,
Chacun respecta ton ouvrage,
Et jamais pour te faire ombrage,
De nos fils la troupe volage
N'a troublé le cours du ruisseau.

Du froid, dis-tu, la sombre haleine
Fait, dans ta course aérienne,
Blêmir sous ton corset d'ébène
Ton sein qu'elle ose rudoyer?
Eh bien! près de l'âtre où pétille
Un bon feu dont la flamme brille,
Viens avec ceux de ma famille,
Viens prendre ta place au foyer.

Nous te ferons un lit de mousse
Bien fine, bien molle et bien douce,
Pour y reposer sans secousse
Tes petits membres délicats;
Et nous irons pour ta becquée
Chercher au fond de la vallée
Quelque mouche à tête dorée,
Qui craint comme toi les frimas.

Mais, hélas! en vain je supplie,
Tu pars! hirondelle jolie,
Tu pars! et la mélancolie
Sous notre toit va s'arrêter.
Adieu; mais au moins reviens vite:
Pour toi, mon aimable petite,
Nous aurons toujours un bon gîte
Et des accents pour te chanter!

OCTOBRE.

Il y a à faire, au sujet de la dénomination du mois d'octobre, la même observation que pour le mois de septembre. Le mot *octobre* vient du latin *octo*, qui signifie huit, et l'on avait ainsi nommé ce mois parce qu'il était le huitième dans l'ancien calendrier.

De même aussi que pour le mois de septembre, on chercha plusieurs fois à changer la dénomination du mois d'octobre. Lorsqu'il fut devenu le neuvième, puis le dixième mois de l'année, Domitien proposa de l'appeler *Domitianus* en son propre honneur; le sénat proposa le nom de *Faustinus* en l'honneur de Faustine, femme d'Antonin; Commode, faisant allusion à lui-même, voulut le faire nommer *invictus*, mot qui en latin veut dire invincible; mais toutes ces tentatives ne furent pas mieux accueillies que celles au sujet du mois de septembre, et le mois d'octobre garda son nom primitif.

Beaucoup de fêtes et de solennités avaient lieu jadis pendant le mois d'octobre.

A Athènes on célébrait, en l'honneur de Cérès, des fêtes que l'on nommait *Thesmophories*, de deux mots grecs, *thesmos* et *fero*, qui signifient donner des lois, et parce que l'on croyait que c'était Cérès qui avait donné les premières lois aux hommes.

A Rome, on célébrait durant le mois d'octobre les fêtes des dieux mânes, celles de Bacchus et celles des Fontaines ou *Fontinalia*.

Mais la plus curieuse, quant à l'origine, était celle que les Égyptiens appelaient *la fête du Bâton;* elle était dédiée au soleil, et avait été instituée parce que l'on supposait que le soleil avait besoin d'un soutien pendant la mauvaise saison qui commençait.

PLANTES QUI FLEURISSENT DANS LE MOIS D'OCTOBRE.

EN SERRE CHAUDE :

Quelques *maranta*. (Fleurs verdâtres.)
Idem *martynia*. (Fleurs rose pourpre.)
Idem *acacia*. (Fleurs jaunes de diverses nuances.)
Idem *crinum*. (Fleurs blanc et pourpre.)
Idem *arum*. (Fleurs verdâtres.)
Idem *clusia*. (Fleurs roses et jaunes.)
Idem *turnera*. (Fleurs jaunâtres.)
Idem *lantana*. (Fleurs orange, jaunes et roses.)
La *malpighia hibiscus*. (Fleurs blanches nuancées de rose.)
La *cassia bahamensis*. (Fleurs jaunes.)

EN SERRE FROIDE :

Quelques *cassia*. (Fleurs jaunes de diverses nuances.)
Idem *polygala*. (Fleurs rose pourpre.)
Idem *yucca*. (Fleurs blanc lilacé.)
Idem *mesembryanthemum*. (Fleurs roses, jaunes et rouges.)
Idem *phylica*. (Fleurs blanches.)
Idem *salvia*. (Fleurs rouges, roses et bleues.)
La *belladonna purpurescens*. (Fleurs rose pourpre.)

EN PLEINE TERRE.

Quelques *cyclamens*.
Idem *verges d'or*.
Idem *pensées*.
Idem *héliotropes*.
Idem *scrofulaires*. (Fleurs jaunes et brunes.)
Idem *phlox*. (Fleurs roses de diverses nuances.)
La *gentiane d'automne*. (Fleurs bleues.)
L'*aconit*. (Fleurs bleues et brunes.)
Le *tabac*. (Fleurs jaunâtres.)
La *persicaire orientale*. (Fleurs roses.)
La *buglose*. (Fleurs lilas verdâtre.)
Le *réséda odorant*.
Quelques *gomphrenes*. (Fleurs rose cerise.)
La *ficoïde glaciale*. (Fleurs blanc rose.)
Le *colchique d'automne*. (Fleurs bleuâtres et lilas.)
L'*amaryllis d'automne*. (Fleurs bleues.)
Et quelques autres.

Avec trois Roses.

A côté de ces grands bals tumultueux et gigantesques où se presse une foule composée de gens la plupart étrangers entre eux, il existe à Paris des petits cercles intimes où règne l'intimité la plus franche, et dans lesquels tout le monde se connaît, absolument comme dans une ville de province.

Ces petits cercles se réunissent généralement presque tous les soirs durant l'hiver, tantôt chez une personne, tantôt chez une autre; on joue des charades, on fait de la musique, on cause, on rit, on danse, en un mot, on s'y amuse véritablement, ce qui n'a pas souvent lieu dans les fêtes d'apparat où le plaisir est gâté par une étiquette insipide.

Mais il est fort difficile d'être admis dans ces petites sociétés; on y est pour les jeunes hommes d'un rigorisme extrême; et si l'on est signalé comme n'ayant pas une conduite parfaitement régulière, l'entrée vous est interdite, ou, si vous l'avez obtenue, vous vous voyez impitoyablement exclure.

Cette règle sévère, mais très-sage, était cause qu'un certain soir il y avait chez madame de Norville un important conciliabule, auquel prenaient part toutes les mamans présentes, tandis que les jeunes gens et les jeunes filles jouaient une charade dans la pièce à côté.

— Oui, mesdames, disait la maîtresse de la maison, cela m'a beaucoup contrariée, mais j'ai dit au vicomte que, puisqu'il ne voulait pas se corriger, il m'était impossible de le recevoir davantage; et je pense que vous ferez comme moi, car nous ne pouvons pas admettre plus longtemps parmi nous un jeune homme qui dépense sa fortune en toutes sortes de prodigalités, qui se bat tous les jours en duel, et qui jamais ne met le pied dans une église.

— Effectivement, fit une dame, c'est une fort mauvaise société pour nos jeunes filles.

— Et même pour nos fils, reprit une autre.

— Sans aucun doute, ajouta une troisième, et je ne voudrais certainement pas qu'Hector fréquentât le vicomte.

— Ni moi mon fils, repartit une quatrième.

— Est-il bien réellement aussi mauvais sujet qu'on le dit? hasarda une petite vieille qui portait sur sa figure l'empreinte de l'indulgence et de la bonté.

— Comment! vous en doutez, madame de Fontanges? répliqua l'une des interlocutrices; n'est-ce pas su de tout le monde? et la semaine dernière encore, n'a-t-il pas blessé ce pauvre jeune homme qui s'est battu avec lui?

— Dam, aussi, repartit madame de Fontanges, pourquoi l'autre l'avait-il insulté?

— Insulté! voilà-t-il pas une belle insulte que de dire à un homme qu'on ne le croit pas!

— Mais sans doute, c'est une insulte; et je me souviens que mon défunt frère n'en demandait pas tant pour mettre l'épée à la main.

— En tout cas, vous ne pouvez nier que ce soit un dissipateur et un impie !

— Ça, c'est vrai, répondit la petite vieille ; il dépense beaucoup d'argent, et je ne crois point qu'il suive bien régulièrement ses devoirs de piété ; mais songez, mesdames, qu'il faut avoir pour lui quelque indulgence ; car, n'ayant plus ni père ni mère ni aucun parent pour lui donner de sages conseils, il se laisse aller naturellement à la fougue de sa jeunesse, et je suis sûre que si, au lieu de le repousser, nous cherchions au contraire…

— Oh ! ma chère dame, interrompit la maîtresse de maison, ne comptez pas là-dessus ; j'ai tout fait pour ramener le vicomte ; et je puis dire que quand j'échoue quelque part, il est inutile qu'on s'en mêle.

— Après cela, repartit madame Fontanges, je ne suis pas assez intéressée dans la question pour que ma voix l'emporte, puisque je n'ai ni fille ni petite-fille ; mais tout ce que je crains, c'est que le vicomte, aigri par la blessure que vous allez faire à son amour-propre, ne se jette à corps perdu dans un désordre complet.

— Tant pis pour lui ! firent deux ou trois dames.

— Il est donc parfaitement entendu, reprit la maîtresse de maison, qu'aucune de nous n'invitera plus jamais le vicomte !

— C'est dit, repartirent les mêmes voix.

Parmi les mamans qui formaient ce petit conseil, il s'en trouvait une qui s'était contentée d'écouter l'ordre sévère que l'on venait de prononcer contre le vicomte, sans manifester le moindre signe d'approbation ou de désapprobation, car, admise de ce soir-là seulement dans la société de madame de Norville, madame Deschamps, nouvellement arrivée de province avec sa fille Alphonsine, ne connaissait nullement le vicomte.

Or, prenant sa voisine à part :

— Madame, lui dit-elle, veuillez, je vous prie, m'édifier plus complètement sur le jeune homme dont on vient de parler ; car, ayant l'intention de donner une fête dans quelques jours, je désire me soumettre à la décision de ces dames, et faire en sorte que personne n'introduise ce monsieur chez moi s'il est en effet dangereux de le recevoir ; mais il y a bien des vicomtes, et son nom n'a pas été prononcé.

— Il se nomme, repartit la voisine, Eugène de Préval ; et je vous assure que ces dames ont été bien indulgentes en n'insistant pas davantage sur ses défauts, ou mieux sur ses vices. C'est un jeune homme perdu, madame, perdu sans ressources ; et vous entendrez dire un de ces jours qu'il s'est fait sauter la cervelle.

— Oh ! c'est horrible ! articula madame Deschamps.

— Que voulez-vous ? c'est l'infaillible destinée de tous ces enfants prodigues qui dissipent étourdiment la fortune amassée par des parents laborieux. Quand ils n'ont plus rien, las d'une vie qu'ils n'ont pas comprise, las de leurs semblables et plus las encore d'eux-mêmes, ils se suicident, et ce n'est vraiment point une perte pour la société.

— Cela me suffit, répliqua madame Deschamps, et j'aurai soin d'éviter que le vicomte soit introduit chez moi.

Au retour de cette soirée, qui n'offrit pas d'autre épisode intéressant :

— De quoi parliez-vous donc ? dit Alphonsine à sa mère ; vous sembliez avoir une conversation de la plus haute importance.

— Je crois bien, répondit madame Deschamps, nous étions en train de juger et de condamner un coupable.

— Un coupable ! fit la jeune fille.

— Eh ! mon Dieu oui ; notre conciliabule n'était autre chose qu'un tribunal.

— Et l'accusé ? je ne l'ai pas vu !

— Nous n'avions pas besoin de sa présence, les délits étaient prouvés ; nous l'avons condamné par contumace.

— Qu'avait-il fait ?

— Tout, hors le bien. Il paraît que c'est un jeune homme perdu de réputation ; jusqu'à présent, ces dames l'avaient admis chez elles ; mais comme, malgré leurs conseils, ses déréglements continuent, elles ont pensé qu'il était sage de lui fermer la porte.

— Ses parents ne veillent donc pas sur lui ?

— Ses parents sont morts !

— Orphelin ! dans ce cas il est peut-être excusable.

— Non, ma fille ; un jeune homme qui a reçu de l'éducation n'est jamais excusable quand il se livre au désordre et refuse d'écouter les avis qu'on lui donne.

— Ah! s'il avait une mère! répliqua la jeune fille, je suis bien sûre qu'il l'écouterait.

— Tu peux te tromper, repartit madame Deschamps; il est certain qu'une mère a quelquefois beaucoup d'influence sur l'esprit de son fils; mais ce qu'il faudrait à ces jeunes débauchés, ce serait un père rigide qui ne balançât pas à user de la sévérité la plus extrême.

— Eh bien, maman, reprit Alphonsine, moi je crois qu'une mère peut, avec un baiser et une toute petite prière, faire de son fils ce qu'elle veut.

— Tu juges d'après toi, mon enfant; mais tu es une fille, et une bonne fille, tandis qu'un garçon c'est bien autre chose.

— Fille ou garçon, le cœur est tout pareil vis-à-vis d'une mère, et si jamais j'ai le bonheur d'avoir un fils...

— Tu y songes déjà? fit madame Deschamps éclatant de rire.

— Dam! cela peut arriver un jour!

— Et alors, ce sera un modèle?

— Oh! je sais bien comment je m'y prendrai.

— Il ne fera que ce que tu voudras, n'est-ce pas?

— Du moins fera-t-il tout ce que je désirerai, car vois-tu, bonne mère, nous avons, nous autres femmes, beaucoup plus de puissance qu'on ne nous en accorde, et même que nous ne nous en supposons. La sévérité d'un père n'est sans doute pas inutile à l'occasion; mais crois-tu qu'une mère qui fait à son fils une douce remontrance, qui lui laisse voir le chagrin qu'elle éprouve de sa conduite, qui le supplie, qui pleure, ne puisse réussir quelquefois par la douceur et la tendresse à obtenir ce qui souvent ne s'obtient pas par la rudesse et les châtiments?

— Mais où donc, Alphonsine, as-tu fait ce petit cours d'éducation maternelle?

— J'ai réfléchi, maman, et je me suis dit que, puisque la sainte Vierge avait sauvé le monde, une mère pouvait certainement sauver son fils.

— De sorte que tu ne doutes pas de ton influence et du succès qu'elle obtiendrait?

— J'en suis persuadée.

— Pauvre enfant, fit en elle-même madame Deschamps; puisse-t-elle n'avoir jamais à reconnaître les étroites limites de notre pouvoir!

A quelque temps de là, madame Deschamps devait donner le soir même la fête qu'elle avait annoncée, et Alphonsine, qui raffolait de l'équitation, était allée le matin à cheval au bois de Boulogne profiter des premiers rayons de l'un des derniers beaux jours d'automne.

Un vieil ami de sa mère, M. Morier l'accompagnait dans cette promenade matinale.

Au détour d'une allée, le cheval que montait Alphonsine s'effraya d'un tas de fagots placé sur le bord de la route; il fit un bond en arrière qui faillit désarçonner la jeune fille, et, prenant le mors aux dents, il partit avec la rapidité de la foudre.

M. Morier mit aussitôt son cheval au galop; mais comme il était loin d'être aussi bien monté qu'Alphonsine, il la perdit de vue dans un instant.

La position devenait critique pour la jeune fille. Elle n'avait pas encore eu précisément peur, attendu que son cheval, ayant jusque-là suivi la route, elle ignorait qu'il fût insensible au mors; mais quand elle le vit se diriger vers un massif dont elle était séparée par un fossé très-large, elle chancela, pâlit, et peut-être allait-elle abandonner les rênes, lorsqu'un jeune homme, vêtu avec une certaine recherche et qui fumait son cigare au pied d'un arbre, s'élance tout à coup vers elle, et, saisissant le cheval par la bride, l'arrête soudain.

— Ah! monsieur, s'écria la jeune fille en sautant à terre, vous me sauvez la vie; que de remerciments n'ai-je pas à vous adresser!

— Vous vous exagérez, mademoiselle, répondit le jeune homme, et le danger que vous avez couru, et le service que je viens de vous rendre; cependant, vous eussiez pu vous faire mal, et je suis heureux de m'être trouvé là.

— Sans vous j'étais perdue, monsieur, reprit Alphonsine; je me sentais défaillir, et je ne sais trop ce qu'il en serait advenu. Merci, mille fois merci!

Durant ce colloque, M. Morier était arrivé près d'Alphonsine et de l'inconnu.

Voyant la jeune fille debout et souriante, et le jeune homme tenant toujours le cheval par la bride, il devina ce qui s'était passé, et mettant pied à terre à son tour :

— Ah! monsieur, quel bonheur, s'écria-t-il, que vous ayez été là!

Ouf!... je suis à demi mort d'effroi!... permettez que je vous embrasse!... Vous allez revenir avec nous, n'est-ce pas? madame Deschamps sera bien aise de vous connaître.

— Je regrette de ne pas pouvoir retourner à Paris maintenant, repartit le jeune homme; mais j'attends ici quelques amis avec lesquels je dois faire une excursion dans le bois; cependant, si mademoiselle veut le permettre, je vous accompagnerai jusqu'à la grande route, où vous trouverez une voiture; car je suppose, que mademoiselle ne remontera pas sur ce mauvais cheval.

— Non pas vraiment, repartit M. Morier; j'aimerais mieux le tuer tout de suite; vilaine bête, va! nous le laisserons, ainsi que le mien, à la première auberge que nous rencontrerons.

Mais, monsieur, reprit-il en s'adressant au jeune homme, puisque vous ne pouvez pas revenir avec nous maintenant, permettez-moi d'aller vous faire une petite visite, que vous rendrez à la mère de mademoiselle.

—Oh! monsieur, c'est inutile, repartit le jeune homme; veuillez, je vous prie, ne pas vous déranger.

—Cela ne me dérangera point, monsieur, répliqua M. Morier, et je suis convaincu que la mère de mademoiselle Alphonsine m'en voudrait si je ne cherchais pas à lui fournir le moyen de remercier elle-même le sauveur de sa fille.

—Si monsieur n'avait pas d'engagements pour ce soir, fit Alphonsine en regardant M. Morier, et qu'il voulût bien accepter...

—C'est juste, et cela se trouve à merveille, interrompit M. Morier; ces dames donnent ce soir une petite fête, et s'il vous était agréable, monsieur, d'y assister, vous leur feriez beaucoup de plaisir.

—J'en serais assurément très-flatté, monsieur, repartit le jeune homme; mais je ne sais si je dois...

—Oui, monsieur, faites-nous ce plaisir, interrompit Alphonsine; ma mère, ainsi que vous l'a dit M. Morier, sera charmée de faire votre connaissance, et moi-même je serais fort heureuse de vous voir à notre réunion.

— Alors, j'accepte, mademoiselle... Le nom de madame votre mère, s'il vous plaît?

— Madame Deschamps, rue Tronchet, n° 20. Le vôtre, monsieur?

— Voici ma carte, mademoiselle, repartit le jeune homme.

—C'est bien, monsieur, fit Alphonsine en mettant la carte dans la poche de son amazone; vous recevrez tantôt une lettre d'invitation.

— Vous pouvez, mademoiselle, vous épargner cette peine, répondit le jeune homme, attendu que je ne rentrerai pas de la journée, et que d'ailleurs votre invitation verbale me suffit.

— Mais vous ne l'oublierez pas, au moins?

— Soyez assurée que non, mademoiselle.

M. Morier prit les deux chevaux en laisse et suivit Alphonsine, qui avait accepté le bras de son sauveur.

Arrivés à l'avenue de Neuilly, M. Morier confia ses chevaux au propriétaire d'un petit restaurant et envoya chercher une voiture, dans laquelle il prit place avec Alphonsine, après avoir cordialement serré la main du jeune homme, qui fit un gracieux salut à la jeune fille et reprit le chemin de l'endroit où devaient être ses amis.

Quand madame Deschamps apprit l'accident qui pouvait être si funeste à sa fille, elle la serra tendrement sur son cœur; puis, revenant au jeune homme dont la présence avait été si à propos:

— Tu as eu raison de l'engager, mon enfant, lui dit-elle; il me tarde de le connaître. Paraît-il bien?

— Parfaitement bien, repartit Alphonsine.

—T'a-t-il dit son nom?

—Oui, et de plus, il m'a remis sa carte; tiens: Eugène de Préval.

— Eugène de Préval! exclama madame Deschamps; Eugène de Préval! Est-il vicomte?

— Ah! ma foi je ne sais pas s'il est vicomte, reprit Alphonsine; mais, au fait, je crois que la carte est armoriée.

—Hélas! oui, répliqua madame Deschamps, elle est armoriée! Mon Dieu! mon Dieu!

—Eh bien! quel mal y vois-tu? Te voilà toute chavirée parce que tu auras un vicomte à ton bal!

—Ce n'est pas cela, mon enfant; mais conçois mon embarras: le vicomte Eugène de Préval est précisément ce jeune homme que nous nous sommes promis de ne plus recevoir!

A ces mots Alphonsine partit d'un éclat de rire.

(La suite au mois suivant.)

NOVEMBRE.

Ainsi que les deux mois précédents, le mois de novembre porte une dénomination qui n'est plus justifiée par la place qu'il occupe. Son nom vient du mot latin *novus*, qui signifie neuvième, et ce nom cessa de lui convenir dès l'époque où Numa Pompilius ajouta deux mois au calendrier.

« Ausone personnifiait le mois de novembre sous la figure d'un prêtre d'Isis, vêtu de toile de lin, ayant la tête chauve ou rasée, s'appuyant contre un autel sur lequel est une tête de chevreuil, animal qu'on sacrifiait la déesse, et tenant à la main un sistre, instrument qui servait à la solennité des Isiaques. » (*Éphém.*)

A Rome, le mois de novembre se passait presque tout en fêtes.

Le 5, c'étaient les *Neptunales* et la fête nommée *Festin de Jupiter*.

Du 15 au 18, les *Jeux plébéiens*.

Du 21 au 24, les *Thermales*.

Le 27, les *sacrifices expiatoires aux mânes des Gaulois et des Grecs*, que l'on avait enterrés vifs dans le marché aux bœufs.

Les Égyptiens célébraient, vers le milieu de ce mois, une fête qu'ils appelaient *la Recherche d'Osiris*, et qui avait été instituée en l'honneur de la déesse Isis, que les Égyptiens supposaient avoir longtemps cherché son frère Osiris, tué par Typhon, époux d'Isis. Cette fête durait quatre jours.

Le monde chrétien célèbre, le 1er novembre, une fête lugubre que l'on nomme *Toussaint* ou *fête de tous les saints*.

Elle fut instituée vers le commencement du septième siècle, par le pape Boniface IV, à l'occasion de la cession que Phocas lui fit du fameux Panthéon bâti par Agrippa, vingt-cinq ans environ avant Jésus-Christ.

PLANTES QUI FLEURISSENT DANS LE MOIS DE NOVEMBRE.

EN SERRE CHAUDE :

Les plantes qui fleurissent en serre chaude durant le mois de novembre sont peu nombreuses, et se bornent à quelques-unes de celles que j'ai indiquées dans le mois précédent, telles que les :

Turnera;

Lantana;

Malpighia;

auxquelles il faut joindre quelques *poinciana* et *crassula*.

Mais c'est au commencement de ce mois que l'on commence à disposer dans la serre les plantes qui doivent y passer la mauvaise saison. La disposition, de même que les soins que ces plantes exigent une fois rentrées, sont soumis à certaines règles. Ainsi, l'on doit disposer les plantes sur des gradins, et de telle façon que les plus hautes soient placées derrière; on les espacera de manière à ce que leurs rameaux ne puissent pas se confondre et s'entrelacer.

Tant que le froid ne sera pas trop rude, on laissera de temps en temps les ouvertures des châssis ouvertes; mais à mesure que la température s'abaissera, l'on sera plus réservé sur l'aération; et enfin, l'on allumera les poêles ou les fourneaux, en prenant garde à ne chauffer ni trop ni trop peu; car dans le premier cas, les plantes acquerraient une activité de végétation qui leur serait funeste; et dans le second, leurs feuilles jauniraient et leurs extrémités se gâteraient.

Malgré l'attention que l'on porte à la serre, il peut arriver que quelques feuilles jaunissent, sans que pour cela la plante soit malade; il faut arracher ces feuilles; et si elles tombent d'elles-mêmes, il est très-important de ne pas les laisser sur la terre des pots, car elles dégénéreraient en litière et répandraient des émanations nuisibles aux plantes.

Les arrosements varient suivant les plantes; il en est qu'il faut arroser tous les deux jours, d'autres tous les trois jours, etc.

EN SERRE FROIDE :

Les plantes de serre froide qui fleurissent dans le mois de novembre ne sont guère plus nombreuses que les plantes de serre chaude, et sont presque toutes les mêmes que celles du mois précédent.

Les parterres se dépouillent également de leurs gracieuses parures, et l'on ne trouve plus en plein air que :

Quelques *asters* tardifs.

Idem *narcisses* polyanthes;

Idem *soleils* vivaces;

Idem *anémones* simples;

Ainsi que la *scabieuse des Indes*;

La *digitale brune;*

La *dentelaire;*

Et la *jacobée* couleur pourpre.

Avec trois Roses.

(SUITE.)

— Tu ris! fit madame Deschamps d'un air désappointé, qui augmenta l'hilarité de sa fille; moi je trouve, au contraire, que ce n'est pas amusant du tout.

— Ah! je t'en supplie... maman, reprit Alphonsine en reprenant à rire aux éclats, laisse-moi rire encore un peu, c'est trop drôle!

— Mais, non, ce n'est pas drôle!

— Oh! si, je t'assure, rien n'est plus comique. L'autre jour, après une grave discussion, vous prenez l'engagement formel de ne plus jamais admettre ce jeune homme; dans la liste d'invitation que l'on t'a composée, l'on s'est gardé, comme de juste, de l'inscrire; ce matin la fantaisie me prend d'aller au bois de Boulogne, il me sauve d'un imminent péril, et, par reconnaissance, voilà que j'annulle d'un mot le résultat de vos délibérations; et tu ne trouves pas que ce soit plaisant? Allons, bonne mère, avoue que tu y mets de la mauvaise volonté!

Et la jeune fille se reprit à rire de plus belle.

— Allons! Alphonsine, reprit madame Deschamps après que la gaieté de sa fille se fut un peu calmée, parlons sérieusement: comment faire, et que dirai-je à ces dames?

La vérité tout simplement. Pourquoi d'ailleurs ne m'as-tu pas donné le signalement de ce jeune homme? Quand il est accouru vers moi ce matin, au risque de se blesser, je lui aurais dit: Retirez-vous, monsieur, vous êtes un mauvais sujet, je ne veux pas que vous me sauviez la vie.

— Alphonsine, te tairas-tu?

— Ou bien je lui aurais dit: Monsieur, vous avez beaucoup de défauts, donc il ne vous est pas permis d'avoir une seule qualité; vous n'avez pas surtout le droit d'être brave, et si vous vous l'arrogez, on ne vous doit aucune reconnaissance, parce que vous n'avez plus votre mère pour vous donner de bons conseils.

— Alphonsine, tu es une folle, reprit madame Deschamps. Qui est-ce qui te parle d'oublier la reconnaissance que nous lui devons, et que je suis impatiente de lui témoigner? Mais ce sont ces dames!... Je vois d'ici leur mine.

— Quand elles arriveront, tu les préviendras.

— Elles sont capables de ne pas rester!

— Je te promets qu'elles resteront, moi; si ce n'est pour elles, ce sera du moins pour leurs filles, qui auraient trop de chagrin de s'en retourner. Je sais ce que c'est, bonne mère; lorsqu'on s'est mise en frais de toilette, on n'aime pas que ce soit en vain, et l'on passe avec assez de facilité sur les légers inconvénients qui se présentent.

Madame Deschamps se prit à sourire en voyant sa fille avouer si naïvement ce petit faible, bien pardonnable, d'ailleurs, et résolut de ne plus se tourmenter d'un événement qui, dans tous les cas, ne pouvait avoir des conséquences bien funestes.

Le soir, à mesure qu'arrivaient les dames qu'elle avait invitées, madame Deschamps prenait les mamans à part, et leur disait par quelle fatalité le vicomte assisterait à son bal.

L'effet produit par cette nouvelle était généralement le même, c'était partout des marques de contrariété; cependant, comme il était trop tard pour y porter remède, chacun se résigna à subir ce fâcheux contre-temps, et les mamans se contentèrent de recommander à leurs filles de ne pas danser avec le vicomte.

A minuit, ce dernier n'ayant pas encore paru, l'on commençait à s'en réjouir, lorsqu'on annonça : — Monsieur le vicomte Eugène de Préval!

A peine le vicomte fut-il introduit, qu'il s'aperçut tout d'un coup qu'il se trouvait avec d'anciennes connaissances. Il fronça légèrement le sourcil, en jetant à ses inexorables juges un regard assuré qui frisait presque l'impertinence; et tandis que les mamans faisaient signe à leurs filles de ne pas oublier leur recommandation, il se dirigea vers madame Deschamps et Alphonsine qui s'approchaient pour le recevoir.

Madame Deschamps, quoique n'osant pas faire à son hôte toutes les prévenances que lui dictait la gratitude, ne put s'empêcher de l'accueillir avec empressement; et après lui avoir exprimé tout ce que lui inspirait son cœur de mère en songeant au danger qu'avait couru sa fille, elle engagea le vicomte à se mêler aux danseurs.

Au lieu de suivre le conseil de madame Deschamps, le vicomte, certain de l'impression qu'il avait produite, et devinant peut-être la réception qui l'attendait auprès de la plupart des jeunes filles, alla s'accouder sur le marbre de la cheminée, et mettant un lorgnon à son œil gauche, il se tint immobile.

Après deux ou trois danses, Alphonsine s'approcha de lui.

— Est-ce que vous ne dansez pas, monsieur le vicomte? lui dit-elle.

— Non, mademoiselle, je vous remercie beaucoup, répondit de Préval.

— Ah! ce n'est pas gentil à votre âge d'être insensible au plaisir.

— Habituellement je danse, mademoiselle, repartit le vicomte; mais je m'en dispenserai ce soir.

— Pourquoi donc cela?

— D'abord, je suis un peu fatigué de ma course de ce matin, et puis, je suppose, avec raison sans doute, que toutes ces demoiselles ont des engagements à l'heure qu'il est.

— Il est vrai que vous êtes arrivé bien tard; mais c'est égal, vous en trouverez sûrement quelques-unes de libres.

— N'insistez pas, je vous en prie, répondit le vicomte, je suis convaincu que ces demoiselles ne pourraient pas m'accepter.

A l'air dont il prononça ces paroles, Alphonsine devina ce que prévoyait le vicomte; une légère teinte de mélancolie compatissante passa sur ses traits, et reprenant résolument la parole :

— Je suis libre, moi, monsieur, fit-elle, et je pensais même que vous viendriez m'engager; mais, puisque vous ne le faites pas, je me propose; vous voyez que l'on se met en place pour le quadrille, voulez-vous le danser avec moi?

L'offre était trop gracieuse pour que le vicomte n'acceptât pas. Il déposa donc son chapeau sur la cheminée, mit son lorgnon dans sa poche et prit la main d'Alphonsine.

Après ce quadrille, durant lequel la conversation de la jeune fille et de son danseur roula naturellement sur l'épisode du matin, le vicomte reconduisit Alphonsine à sa mère, et fut reprendre sa position auprès de la cheminée. Seulement, cette fois il eut le bon goût de ne pas remettre son lorgnon à son œil.

Cette insignifiante particularité n'échappa pas à la jeune fille; elle ne s'en rendait pas exactement compte; cependant elle pressentait qu'il y avait là, de la part du jeune homme, quelque chose de révérencieux dont il n'était pas impossible qu'elle fût cause.

Elle en fit la remarque à sa mère, et la pria d'observer que depuis le quadrille, le vicomte n'avait plus l'attitude hautaine, défiante et dédaigneuse qu'il avait conservée jusque-là.

— Je t'assure qu'il me fait de la peine, ajouta la jeune fille. Tout à l'heure il a eu l'air de penser, et je le crois aussi maintenant, que ces dames avaient défendu à leurs filles de danser avec lui, et si je ne me retenais pas, j'irais lui demander une valse.

— Fais attention, Alphonsine, repartit madame Deschamps; dans le monde on observe tout, et l'on ne manquerait pas de trouver ma ce que tu ne ferais que dans un bon motif.

— Je le sais, maman, aussi je vais attendre; mais dans quelque temps, j'irai encore le tirer de son petit coin; c'est, du reste, mon devoir, il faut ici que chacun s'amuse.

De son côté, le vicomte, bien qu'il parût uniquement occupé à regarder ce qui se passait autour de lui, cherchait à s'expliquer ce qu'il éprouvait depuis qu'il avait dansé avec la jeune fille.

La délicatesse et l'ingénuité d'Alphonsine lui causaient l'impression que nous procure le parfum d'une fleur que nous avions perdu de vue depuis longtemps, et qui nous rappelle l'heureuse époque où nous ignorions les soucis et les remords.

Il souffrait d'être obligé de reconnaître que sa conduite le rendait indigne de lever seulement les yeux sur cette charmante créature; et peut-être dans ce moment eût-il donné beaucoup pour n'avoir pas été, dès son adolescence, entraîné dans une voie déplorable; en un mot, il se sentait, si l'on peut s'exprimer ainsi, sous le charme de la candeur. Charme indéfinissable, d'autant plus puissant qu'il est plus rare, plus puissant et plus durable vingt fois que le charme de la beauté, et qui fait de la femme innocente et vertueuse, pour ceux qui savent l'apprécier, un être angélique dont l'influence sur nous est incalculable.

Le vicomte fut surpris au milieu de ses réflexions par celle qui en était l'objet.

— Je crois, monsieur, lui dit Alphonsine, que vous ne vous amusez pas beaucoup, et que je vous fais passer une triste soirée.

— Je vous demande bien pardon, mademoiselle, répondit Eugène; et si je ne m'amuse pas dans l'acception que l'on donne à ce mot, du moins suis-je enchanté d'être ici.

— C'est fort galant, mais je veux que vous dansiez; avez-vous promis la prochaine valse?

— Non; je ne l'ai même pas demandée, fit tristement le vicomte.

— Je m'imagine, repartit Alphonsine, que vous valsez bien; voulez-vous me donner une petite leçon?

— Je ne sais pas si j'en suis capable et si vous en avez besoin, mais puisque vous m'en priez, je n'ai rien à vous refuser.

Dans un repos, Alphonsine dit au vicomte :

— Je sais, monsieur, pourquoi vous n'êtes pas à votre aise ici.

— Je me doutais que vous le saviez, mademoiselle, répondit le jeune homme; aussi vous suis-je doublement reconnaissant de vos attentions, car vous devez m'estimer fort peu.

— Je ne vous mésestime pas, monsieur, répliqua la jeune fille, je vous plains!

— Vous me plaignez?

— Oui, puisque vous n'avez ni mère ni sœur. Ah! si j'étais votre sœur!

— En effet, je changerais peut-être, fit le vicomte.

— Oh! j'en suis sûre que vous changeriez, repartit Alphonsine; je vous prierais tant et si souvent! Mais... par malheur, cela n'est pas. Néanmoins permettez-moi, quoique je ne sois pas votre sœur, de joindre mes prières à celles que l'on vous a déjà faites.

— Je tâcherai d'y répondre, mademoiselle, repartit le vicomte, et si je me corrige, vous pourrez être persuadée que c'est à vous en grande partie que je devrai mon changement de conduite.

— Je tâcherai, dites-vous? reprit Alphonsine, vous n'êtes donc pas certain de réussir?

— Je n'ose ni le croire ni le promettre!

— Alors vous ne le voulez pas?

— Peut-être!

— Cette existence-là vous est donc bien agréable?

— Agréable, non, mais elle m'étourdit...

— Elle vous perd, monsieur le vicomte! fit sentencieusement Alphonsine.

— Je le sais!

— Et vous ne faites pas tout pour y renoncer?

— Il est trop tard! Vous le voyez, on me ferme les portes, et c'est par hasard que je suis chez vous.

— Par hasard, monsieur le vicomte! repartit Alphonsine; il n'y a pas de hasard dans ce monde; tout est conduit et prévu par celui qui nous surveille, et si vous êtes ici dans ce moment, c'est qu'il l'a voulu!... Qui sait? en parlant à ces dames, ma mère et moi, peut-être serions-nous assez heureuses pour les décider...

— Je vous en conjure, mademoiselle, interrompit le vicomte, ne tentez rien dans cette intention; ces dames vous refuseraient... et moi aussi.

— Vous avez de la rancune?

— Il me reste de l'amour-propre!

— Je craindrais d'être importune en vous pressant davantage, fit Alphonsine, et je vous promets de ne rien essayer à ce sujet; mais, en revanche, je vais vous demander une grâce.

— Oh! si je puis vous l'accorder, je serai ravi.

— Ce n'est pas difficile; demain nous faisons à l'hôtel Lambert une petite vente au profit des Polonais malheureux, et je vous prierais de venir m'acheter quelque chose.

— C'est demain? fit le vicomte en réfléchissant.

— Oui; ne serez-vous pas libre?

— Je ne puis pas tout à fait en répondre; mais je vous assure que j'irai si cela m'est physiquement possible.

— Comptez-vous être malade?

— Nous ignorons ce qui peut arriver d'ici demain. En tout cas, je vais vous confier ma bourse, en vous priant, si je ne suis pas rendu à trois heures, de m'acheter vous-même ce qui vous plaira le plus.

— Non; j'aime mieux que vous veniez.

— Mais si je ne le puis pas?

— Vous avez donc une partie de projetée?

— Eh bien... oui!

— Et vous ne pouvez pas la renvoyer à un autre jour?

— Impossible; ces parties-là ne se remettent pas.

— Je devine, monsieur, repartit Alphonsine en tremblant; vous avez un duel!

— Silence! fit le vicomte en portant un doigt à ses lèvres; si l'on vous entendait, ce ne serait guère propre à me réhabiliter.

— Songez donc, monsieur, reprit la jeune fille, combien cela ferait de peine à votre mère si vous l'aviez encore.

— Oui; mais je ne l'ai plus! fit amèrement le vicomte.

— Et pour quel motif vous battez-vous?

— Pour peu de chose, il est vrai.

— Vous a-t-on insulté?

— Non; je crois que c'est le contraire.

— Vous avez insulté quelqu'un?

— Pas très-gravement; mais, enfin, j'avoue que c'est de moi que vient la provocation.

— Il n'y a pas moyen de réparer cela sans se battre?

— C'en est un.

— Et l'autre, quel est-il?

— De faire des excuses.

— Eh bien, vous ne vous battrez pas, monsieur le vicomte!

— Je ne me battrai pas?

— Non!

— Pourquoi?

— Parce que vous ferez des excuses.

Le vicomte sourit d'un air d'incrédulité.

— Oui, vous vous excuserez, répéta la jeune fille, parce que si vous le faites, je vous donnerai quelque chose qui vous causera plus de plaisir que de donner ou recevoir un coup d'épée!

— Qu'est-ce que c'est? fit le vicomte.

— J'aurais mieux aimé, repartit Alphonsine, que vous eussiez accepté sans le savoir; néanmoins, pour vous décider plus vite, je vais vous le dire : c'est une rose de mon bouquet!

Le vicomte se tut.

— Vous voyez bien que vous ne vous battrez pas! reprit joyeusement Alphonsine, qui prit le silence du vicomte pour une adhésion.

La jeune fille paraissait tellement persuadée que de Préval ne refuserait pas la compensation qu'elle lui offrait; il y avait dans le regard et l'accent d'Alphonsine tant de simplicité et de candeur; elle semblait si contente et si fière de son influence, que le vicomte n'osa pas détruire l'espèce de béatitude dont elle jouissait.

Il comprenait l'illusion et la conviction de la jeune fille; il savait que la femme connaît instinctivement et fort tôt l'empire qu'elle est capable d'exercer; il savait que sa nature essentiellement bonne l'engage à user de cet empire à notre profit, et la pousse, dès l'âge le plus tendre, à se porter au-devant des maux qui nous menacent, ou à nous consoler de ceux qui nous ont atteints. Mais il savait aussi que, souvent refusée quand elle demande, repoussée quand elle implore, et quelquefois brusquée lorsqu'elle verse des larmes, la jeune fille après plusieurs échecs finit par croire que son instinct l'a trompée, et que son rôle se borne tout simplement à être spectatrice immobile des événements ou des actes qui s'accomplissent dans la famille ou dans la société.

Supposition fausse, qui la fait se reléguer d'elle-même au-dessous de la place qu'elle doit remplir, et d'où elle ne sort que dans les grandes circonstances, tandis qu'il s'en présente journellement de petites qu'elle pourrait heureusement influencer, si on ne la cloîtrait pas en quelque sorte dans ce cercle restreint où ses facultés s'emploient à des objets ordinairement futiles, souvent ridicules et parfois dangereux!

Eugène de Préval qui connaissait tout le prix d'une illusion depuis qu'il ne lui en restait plus une seule, n'osa pas, ainsi que je l'ai dit, détruire celle de la jeune fille; aussi, après avoir embrassé d'un coup d'œil plutôt que fait les réflexions qui précèdent :

—Bien sûr, vous me donnerez une rose? fit-il à Alphonsine d'un air qui pouvait signifier qu'il serait en effet pleinement dédommagé, par cette petite faveur, de l'ennui de la démarche qu'on l'exhortait à faire.

— Oh! bien vrai, répondit Alphonsine; et tout à l'heure je vais la déposer entre les mains de ma mère, qui la conservera pour vous la remettre aussitôt que vous aurez rempli vos conditions.

—Ce sera dès ce soir, reprit le vicomte, car mon adversaire est ici!

—Il est ici?

—Oui, et je le vois là-bas dans l'embrasure d'une fenêtre.

— Allez donc le trouver tout de suite.

—Et notre valse?

— Ah! oui, c'est juste, j'oubliais que nous étions en danse.

Alphonsine et le vicomte firent deux ou trois tours, et la valse étant finie, la jeune fille quitta son danseur, qui se dirigea vers l'endroit où il avait aperçu son adversaire.

Le vicomte était d'avance certain de l'issue de sa prévenance. Son adresse à l'escrime et au tir l'avait rendu fort redoutable, et, pour accepter ses cartels, il fallait que l'on ne pût absolument pas s'en dispenser. Il était certain aussi de ne pas être accusé de poltronnerie, car ordinairement il refusait toute espèce de réconciliation. Cependant il hésita quelques secondes, et peut-être se fût-il abstenu, tant il agissait contre son habitude, s'il n'eût pas rencontré le regard d'Alphonsine, où brillait la satisfaction la plus vive. Enfin, ce regard le détermina, et il alla droit à son adversaire, qui était en même temps l'un de ses meilleurs amis.

—J'ai deux mots à te dire, Alfred, fit-il au jeune homme.

—Je suis à ta disposition, répondit ce dernier; que me veux-tu?

—J'ai eu tort, reprit le vicomte, et je t'offre mes excuses.

Alfred était si loin de prévoir les paroles du vicomte, qu'il demeura tout interdit.

—Je t'offre mes excuses, répéta de Préval, qui faisait visiblement de grands efforts pour parler ainsi.

—Non! répliqua vivement Alfred, non...

—Tu n'acceptes pas?... interrompit le vicomte, dont la figure pâlit subitement.

—Non, je n'accepte pas, reprit Alfred d'une voix plus douce; nous avons eu tort tous deux, Eugène; je ne veux pas que tu t'excuses, et je te tends la main sans entrer en explication.

Touché de cette délicatesse, le vicomte serra fortement la main d'Alfred, et les deux amis, réconciliés, s'avancèrent bras dessus bras dessous au milieu du salon.

Après en avoir fait le tour, ils s'arrêtèrent devant madame Deschamps, qu'Alphonsine avait déjà prévenue.

—Votre charmante fille, madame, lui dit le vicomte, m'a appris tout à l'heure qu'il y avait demain à l'hôtel Lambert une vente au profit des Polonais pauvres, et elle me demandait ma clientèle; je n'ai pas pu la lui promettre, car je n'étais pas sûr alors d'être libre; mais à présent je sais que je le serai, et je viens vous prier, madame, de lui dire de me réserver ce qu'elle aura de mieux à son étalage.

—Je n'y manquerai pas, monsieur, répondit madame Deschamps, qui comprenait très-bien ce que cela signifiait.

—Vous tenez là, madame, une bien jolie rose, continua de Préval.

—Vous fait-elle plaisir, monsieur? répliqua madame Deschamps en lui offrant la fleur.

—Mais, madame, ce serait vous priver, et...

—Du tout, monsieur le vicomte; prenez cette rose, elle vous appartient.

Le vicomte mit la fleur à sa boutonnière, et les deux amis s'éloignèrent de madame Deschamps.

Alfred n'était pas un habitué de la société de madame de Norville;

cependant, comme il y était admis quelquefois, ces dames trouvèrent fort mauvais l'intimité qu'il paraissait avoir avec le vicomte.

Les deux jeunes gens s'aperçurent des marques de désapprobation que l'on ne se donnait pas la peine de dissimuler, et de Préval dit à son ami :

— Mon cher Alfred, si tu tiens à retourner chez ces dames, je t'engage à me quitter.

— Tu plaisantes, répondit Alfred. Y tiendrais-je encore dix fois plus, que je ne te laisserais pas; ce serait, en vérité, trop ridicule.

— Elles vont invoquer, répliqua le vicomte, le fameux proverbe : Qui se ressemble s'assemble.

— Qu'elles l'invoquent, ça m'est égal, repartit Alfred; j'en subirai toutes les conséquences; mais tu as agi trop délicatement, et je suis trop heureux de voir se terminer ainsi notre querelle pour que je rougisse de t'avoir pour mon ami. Du reste, je pourrai leur raconter l'affaire, et ce sera tout à ton avantage.

— Je ne te défends pas absolument d'en parler, répliqua le vicomte; néanmoins j'aimerais autant que tu t'en abstinsses, car elles seraient capables de croire que c'est leur punition qui produit son effet, et je tiens beaucoup à ce qu'elles ne s'attribuent pas les bonnes inspirations qui pourraient me venir.

— Tu espères donc en avoir d'autres?

— C'est une simple supposition.

— Eugène! tu as envie de rompre avec le passé.

— Moi? pas du tout.

— Je te dis que tu veux te corriger

— Allons donc! ça ne durerait pas quinze jours.

— Qui sait?

— Non, mon cher, il est trop tard; je suis comme les Orientaux pour l'opium; je ne puis plus me passer du poison qui m'énerve; il me reste encore environ cent cinquante mille francs, et jusqu'à ce qu'ils soient entièrement dépensés, je ne changerai rien à mon existence... Après...

— Eh bien?

— Tu connais les vers de Corneille : Quand on a tout perdu, que l'on n'a plus d'espoir...

— Tais-toi, interrompit Alfred, cela me fait mal de t'entendre parler ainsi.

— Oui, c'est vrai, c'est même très-stupide d'y songer avant l'heure; pensons à autre chose. As-tu des engagements pour demain?

— Non.

— Alors nous déjeunerons chez Véry.

— Oui, mais à condition que c'est moi qui t'invite.

— Non; je t'ai devancé.

— Soit; il est dit que ce soir tu me primeras en tout.

— Et si tu veux, nous irons ensemble à l'hôtel Lambert, où j'ai l'intention de faire quelques emplettes.

— Avec plaisir; je veux également y porter mon offrande.

Comme Alfred devait danser la valse dont on jouait à ce moment la ritournelle, il quitta le vicomte; et celui-ci, qui éprouvait le besoin de recueillir en repos ses pensées, sortit furtivement du bal, et fit demander une voiture. *(La fin au mois suivant.)*

DÉCEMBRE.

Même observation que pour les trois mois précédents ; le nom du mois de décembre vient du mot latin *decem*, qui signifie dix, et le mois de décembre est maintenant le douzième du calendrier.

Au sujet de la mauvaise dénomination de ces quatre derniers mois de l'année, on ne peut s'empêcher de reconnaître que l'ancien calendrier républicain offrait, ainsi que je l'ai déjà dit, des désignations beaucoup plus logiques. Peut-être y reviendra-t-on un jour, en faisant toutefois justice de la subdivision du mois en décades, subdivision qui bouleverserait sans avantages toutes les coutumes civiles et religieuses.

Parmi les solennités qui se célébraient anciennement durant le mois de décembre, les plus remarquables étaient les *Saturnales*, qui avaient lieu à Rome et en Grèce.

Ces fêtes avaient été instituées, par les Grecs, en commémoration de l'égalité qui régnait au temps de Saturne parmi les hommes.

Durant ces fêtes les esclaves étaient affranchis de l'autorité de leurs maîtres, dont ils prenaient les vêtements et qui les servaient à table. On fermait les tribunaux et les écoles ; on s'envoyait des présents ; on se donnait de somptueux repas ; on faisait des sacrifices à Saturne, et comme ce dieu, pensait-on, aimait beaucoup l'effusion du sang, puisqu'il avait dévoré ses fils, on donnait des combats de gladiateurs susceptibles de plaire à Saturne.

A Carthage, le culte que l'on rendait à Saturne était plus barbare encore que chez les Romains et les Grecs. Ce n'était pas seulement pendant le mois de décembre, mais bien toute l'année, que l'on faisait des sacrifices à ce dieu, et les victimes que l'on immolait étaient des enfants. Diodore rapporte à ce sujet qu'Agathocle étant venu mettre le siége devant Carthage, et la ville se trouvant réduite à la dernière extrémité, les habitants pensèrent que ce malheur provenait de ce que Saturne était irrité contre eux, parce que depuis quelque temps on lui avait immolé des enfants d'esclaves au lieu d'enfants de bonne maison, ainsi qu'on avait d'abord coutume de le faire, et qu'en conséquence on lui sacrifia le même jour deux cents enfants choisis dans les meilleures familles de Carthage. De telles atrocités montrent ce que peut la superstition sur des peuples privés des saintes lumières du christianisme.

On célèbre aujourd'hui, dans le mois de décembre, la naissance de celui qui vint mettre un terme aux usages barbares des peuples qui se croyaient alors les plus avancés en civilisation.

PLANTES QUI FLEURISSENT DANS LE MOIS DE DÉCEMBRE.

EN SERRE CHAUDE :

Les serres chaudes sont encore moins riches dans ce mois que dans le mois précédent ; il n'y reste plus en fleur que les plantes du mois d'octobre, dont la floraison s'est perpétuée.

Les soins à donner à la serre chaude deviennent de plus en plus délicats, et exigent une attention presque continuelle.

Comme dans ce mois le froid est presque toujours très-vif, il faut tenir exactement closes toutes les ouvertures de la serre ; cependant, si parfois la température s'adoucissait, on entr'ouvrirait de temps en temps quelques châssis, mais avec les plus grandes précautions, car s'il s'introduisait dans la serre beaucoup d'air humide, les plantes se moisiraient très-promptement.

La chaleur doit être entretenue d'une manière très-régulière ; et pour arriver à ce résultat, on placera dans la serre un thermomètre bien gradué, qui empêchera que l'on ne commette des erreurs, toujours très-préjudiciables, soit que l'on abaisse ou que l'on élève trop la température.

Quant aux arrosements, on les proportionnera comme toujours à la nature des plantes. Celles dont la fibre est ligneuse peuvent être arrosées fréquemment ; mais les plantes qui ont beaucoup de suc doivent l'être avec plus de réserve. Dans tous les cas, les arrosements seront plutôt multipliés qu'abondants, attendu qu'à cette époque ils ne servent guère qu'à empêcher les feuilles de se boucler.

EN SERRE FROIDE :

La serre froide est dans ce mois aussi pauvre que la serre chaude. Quelques *diosma*, *clusia* et *plumbago* sont à peu près les seules plantes que l'on y rencontre en fleur, à l'exception cependant de toutes les plantes de plein air, que l'on force au moyen de la chaleur, et qui dans les jardins d'hiver nous font retrouver le printemps et l'été durant la saison des frimas.

Pendant le mois de décembre les parterres offrent l'aspect d'une véritable désolation. Quand parfois la température s'adoucit, on voit bien par-ci par-là quelques *aconits*, quelques *perce-neige* et quelques *primevères*, étaler en tremblant leurs timides corolles ; mais la grêle vient bientôt les abattre, ou la neige les ensevelir sous son pâle et froid manteau.

Avec trois Roses.

(SUITE ET FIN.)

Lorsqu'il eut regagné son appartement, il prit un vase de cristal, y versa de l'eau, détacha la rose qu'il avait à sa boutonnière, la mit dans le vase, plaça celui-ci sur un guéridon, et, les yeux fixés sur la fleur :

— Voilà bien son image, se dit-il ; c'est sa fraîcheur, sa grâce et son éclat!... Si cette rose avait le don de la parole, sa voix ne serait pas plus douce!... Elle m'a parlé de ma mère!... Elle avait raison ! Si j'avais encore ma mère... je ne résisterais point à ses prières et à ses larmes... je deviendrais peut-être... Mais je suis seul ! seul au monde, et je n'ai pas... je n'aurai jamais la plus petite de ces saintes affections qui encouragent ou consolent!... Car cette jeune fille qui, la première, a jeté dans mon âme ce charme angélique et divin que je ne connaissais pas encore; cette jeune fille si pure et si naïve, suis-je digne de la revoir? suis-je digne de l'approcher? Ne dois-je pas craindre et éviter qu'un sentiment qu'elle ignore ne succède à la reconnaissance qu'elle me témoigne? Oh! ce serait un crime que je me reprocherais toujours!... Oui, je la verrai rarement, et je cesserai peu à peu des relations qui sont impossibles! Et cette fleur même, cette fleur dont je ne puis plus détourner mes regards, cette fleur qui semble tout étonnée de se trouver ici, avais-je fait assez pour la mériter? Ai-je le droit de savourer les parfums de cette pauvre petite créature qui se sauverait bien vite si elle pouvait fuir?... Attends, attends, petite fleur, je vais te donner une meilleure place ; tu n'y auras ni air ni lumière, mais l'air et la lumière que je respire ne te conviennent pas!!!

En prononçant ces mots avec un accent amer, le vicomte alla prendre dans un des tiroirs de son secrétaire une petite boîte qu'il déposa sur le guéridon, et l'ayant ouverte :

— Pauvre mère! fit-il, ce fut à son lit de mort qu'elle me donna ce crucifix; il y a bien longtemps que je n'avais osé le regarder! Va à côté de lui, petite rose; tu y périras promptement sans doute; mais j'aime mieux cela que de te voir t'effeuiller devant moi! Adieu, petite rose, adieu! Je n'ose pas embrasser ce Christ, et je n'ose pas t'embrasser non plus! Adieu!... je ne sais quand nous nous reverrons!...

En revenant du secrétaire où il était allé déposer la boîte, il s'approcha de son lit, sur lequel étaient deux fleurets démouchetés.

— Sans elle, se dit-il, il y aurait eu demain du sang à l'un de ces fleurets!... Au mien, je suppose, car j'ai sur Alfred l'avantage de la force, du sang-froid... et de l'habitude!... Allons, c'est un remords de moins sur ma conscience... Alphonsine! Dieu vous bénira!...

Le vicomte ne manqua, le lendemain, ni son déjeuner ni sa visite à l'hôtel Lambert.

Il acheta à Alphonsine un porte-cigarre qu'elle avait elle-même brodé ; et, quelques jours après, il alla rendre visite à madame Deschamps, qui le reçut avec une affabilité maternelle, et qui glissa dans la conversation de légers avis, dont il se promit intérieurement de profiter.

Peut-être, en effet, en avait-il vraiment l'intention; mais l'habitude, cette seconde nature, si difficile à vaincre quand on ne met pas pour cela tout en œuvre, l'emporta bientôt, et quinze jours s'étaient à peine écoulés, que de Préval était presque revenu sur cette pente fatale où la main d'un ange l'avait un moment arrêté.

Sur ces entrefaites, madame Deschamps et sa fille furent invitées à un grand bal, chez une dame qui, moins scrupuleuse que madame de Norville, continuait à recevoir le vicomte malgré ses écarts de conduite.

Après un quadrille, Alphonsine pria sa mère de l'accompagner dans une chambre à côté d'où sortait par intervalle un bruit causé par des pièces d'or qui s'entre-choquaient.

La première personne que la jeune fille aperçut en entrant fut le vicomte de Préval, qui jetait plusieurs louis sur une table de jeu; elle pressa légèrement le bras de sa mère, et l'attirant du côté de la table :

—Gagnez-vous, monsieur le vicomte? fit-elle à demi-voix.

A cet accent bien connu, de Préval se retourna brusquement, et tressaillit en voyant Alphonsine et sa mère.

—Vous ici, mesdames! balbutia-t-il, comme un écolier surpris en faute.

— Je suis maintenant bien convaincue, monsieur, reprit Alphonsine, que je vous ai fort ennuyé l'autre jour en vous forçant presque à danser avec moi!

—Comment cela, mademoiselle? repartit le vicomte.

—Oui, car je vois que décidément vous n'aimez pas la danse; il est déjà passé minuit, et vous n'avez pas paru au salon.

—Je ne vous savais pas là, reprit timidement Eugène.

—C'est une justification fort polie, répliqua la jeune fille; mais avez-vous donc juré de n'avoir jamais d'autre danseuse que moi?

Le vicomte ne répondit pas.

—Il y a bien longtemps, monsieur le vicomte, fit madame Deschamps, que nous n'avons eu l'avantage de vous voir.

—Et nous vous attendions ce matin, ajouta naïvement Alphonsine.

—Vous m'attendiez! fit de Préval.

—Oui, reprit madame Deschamps, c'était aujourd'hui notre jour de réception.

—Et vous avez bien perdu de ne pas venir, dit Alphonsine, vous auriez été témoin d'une petite scène fort attendrissante.

—Qui a eu lieu chez vous? repartit le vicomte.

—Oui, reprit la jeune fille. Nous apercevions depuis un instant de nos fenêtres une pauvre femme qui, tenant un enfant dans ses bras, était venue s'asseoir dans la neige et implorer la pitié des passants, à qui elle offrait un petit bouquet de fleurs. Hélas! il ne passait pas beaucoup de monde, et ceux qui passaient n'y faisaient guère attention. Maman lui envoie quelque menue monnaie par le domestique; mais cette pauvre femme avait tellement froid et faim, qu'elle ne pouvait ni parler ni prendre ce qu'on lui présentait. Le domestique vint nous dire cela, et maman ordonna qu'on la fit entrer à la cuisine. J'y courus aussitôt. Ah! monsieur le vicomte, qu'il est doux d'être charitable! Vous ne sauriez imaginer les caresses et les remercîments de cette pauvre femme! Jusqu'à son petit enfant qui nous tendait les bras, comme s'il eût compris que nous l'empêchions peut-être de mourir!

Enfin, cette pauvre mère paraissait si heureuse! si heureuse! et si reconnaissante, que ça me faisait de la peine de la voir partir; mais j'ai son adresse, et nous irons chez elle nous deux maman, car elle est encore bien misérable. J'ai pris ses fleurs, ajouta Alphonsine, et j'y ai choisi deux roses que j'ai mises au milieu de mon bouquet; regardez donc comme elles ont l'air drôle de se trouver en si nombreuse compagnie!

—Nous sommes quatre à quatre, messieurs, dit à ce moment l'un des joueurs engagé dans la partie d'écarté à laquelle le vicomte était également intéressé; qui veut se retirer de dix louis?

—Moi! fit le vicomte.

—Ah bah! s'écrièrent deux ou trois assistants, qui pour la première fois voyaient Eugène accepter une semblable proposition.

—Ça va, reprit le joueur qui avait proposé le retrait.

—Ma foi, vous avez bien fait, vicomte, fit un des partners d'Eugène, monsieur a la chance de tourner en roi.

De Préval ramassa les dix louis qu'il avait été si près de perdre, et s'adressant à Alphonsine :

—Voulez-vous, mademoiselle, me céder pour ces dix louis, que vous lui remettrez, une des deux roses de la pauvre femme?

—Pour ces dix louis, monsieur le vicomte? repartit Alphonsine. Oh! non, ce serait trop cher.

—Cinq minutes plus tard ils étaient perdus! reprit Eugène.

—N'importe, repartit la jeune fille.

—Combien donc l'estimez-vous? reprit le vicomte.

—Mais il me semble, dit Alphonsine, qu'un louis ce sera bien payé.

—Prenez alors ce louis, et je vais jouer les neuf autres!

— Oh! non, non, monsieur le vicomte, reprit la jeune fille d'un air suppliant, ne jouez pas!... ne jouez plus!

— Je m'y engage, repartit vivement Eugène, si vous acceptez mon marché.

— Mais ce serait une folie, monsieur le vicomte, fit madame Deschamps.

— Vous avez dit que vous ne joueriez plus! fit Alphonsine.

— Et je tiendrai ma promesse, répliqua le vicomte.

— En ce cas je prends votre argent, que je donnerai peu à peu à la pauvre femme, et si vous voulez venir nous accompagner jusqu'à notre voiture, je vous remettrai en échange une de ses roses.

— Vous partez déjà! fit le vicomte.

— Oui, repartit madame Deschamps, je suis un peu souffrante, et Alphonsine n'aime pas beaucoup les grands bals.

— Alors, mesdames, je suis à vos ordres.

Le vicomte offrit son bras à madame Deschamps, et lorsqu'il l'eut mise, ainsi que sa fille, en voiture, il prit, dans le bouquet d'Alphonsine, une des roses de la pauvre femme, et ayant salué ces dames, il appela un fiacre et retourna chez lui.

— Si nous étions encore au temps des sortiléges, se dit-il en entrant dans sa chambre, je croirais vraiment que je ne suis plus le maître de mes actes! Je viens de promettre de ne plus jouer!... Ah ça! mais je suis donc réellement fou?... Et cette jeune fille me fera donc faire tout ce qu'elle voudra? Il n'y avait rien d'extraordinaire à ce qu'elle me trouvât au jeu; eh bien, cependant, je me suis troublé, j'ai balbutié, j'ai eu honte!... Oui, j'ai eu honte!...

Il se promena quelque temps en silence en regardant la rose qu'il avait à la main, et tirant de son secrétaire la petite boîte dans laquelle il avait déposé l'autre:

— Tu vas, dit-il, aller rejoindre ta sœur, ma petite rose. Ta sœur, hélas! elle doit être bien sèche maintenant; c'est égal, elle pourra t'entendre encore, dis-lui tout ce que j'ai pensé!...

Puis ouvrant la boîte et faisant un mouvement de surprise:

— C'est étrange, fit-il, cette rose est à peine flétrie!... Allons, bah! reprit-il au bout d'un instant, vais-je à présent devenir superstitieux?... Cette rose privée d'air s'est conservée plus longtemps qu'elle ne l'eût fait dans un vase, c'est tout simple, et ce n'est point un miracle inexplicable!... N'importe! c'est bizarre, et cette fleur, dont la durée d'ordinaire est si courte, paraît avoir gardé sa fraîcheur pour me montrer qu'elle est plus stable que ma situation d'esprit d'il y a quinze jours!... Eh bien, non! vous vous trompez, ma petite rose, je pense encore ce que je pensais, je désire encore ce que je désirais, et je vaux mieux, je crois, que je ne valais alors... Il me semble même que je pourrais aujourd'hui vous approcher de mes lèvres... Il me semble que je pourrais toucher à ce crucifix que vous avez embaumé... Il me semble... mais non, pas encore!...

Et refermant la boîte avec précaution:

— A bientôt, petites roses... je ne vous dis plus : adieu, mais... au revoir!

Cinq ou six semaines après le bal donné par madame Deschamps, il y avait une petite réunion chez madame de Norville, et, comme d'habitude, les mamans devisaient entre elles, dans le boudoir de celle-ci, pendant que les jeunes gens dansaient ou jouaient dans le salon.

Chose assez rare, la conversation commençait à languir, lorsqu'une grosse dame d'une cinquantaine d'années se précipita plutôt qu'elle n'entra dans le boudoir.

— Eh! voilà cette chère dame de Langle, fit à la fois toute la réunion.

— Pourquoi, bonne amie, venez-vous si tard? dit madame de Norville.

— Une minute, mes belles, une minute! laissez-moi d'abord respirer, répondit la nouvelle venue; je viens de monter les escaliers quatre à quatre et je n'en puis plus... Ouf! je m'aperçois que je ne suis plus jeune!...

— Et que nous apportez-vous de neuf? reprit madame de Norville.

— Quelque chose d'ébouriffant!

— Quoi donc? s'écrièrent toutes les mamans.

— C'est à n'y pas croire.

— Mais parlez donc vite; nous sommes sur les épines.

— Et il y a de quoi, je vous assure; aussi j'avais hâte de vous l'apprendre; mais comme je montais en voiture, il m'est arrivé une visite qui m'a mise sur les charbons; enfin, me voilà, et je vais vous dire ce que c'est; attendez-vous à tomber des nues.

— Vraiment!

— Vous allez en juger.

— Nous écoutons.

— J'ai été longtemps à n'en pas croire mes yeux.

— Mais, ma chère, vous nous tuez avec vos préliminaires.

— M'y voilà : j'étais allée ce soir à la Madeleine pour entendre une conférence de l'abbé ***; mais, par malheur, je suis arrivée trop tard, et ça finissait quand je suis entrée; je l'ai regretté vivement, car il paraît qu'il parle fort bien l'abbé ***. C'est un homme tout jeune, et l'on prétend qu'il marquera parmi nos plus célèbres prédicateurs. Si je ne me trompe, c'est lui qui vint prêcher le Carême dans une petite ville de Bretagne où je me trouvais il y a trois ans; tout le monde courait l'entendre et...

— Mais, ma bonne, interrompit madame de Norville, si vous continuez longtemps ainsi, nous ne saurons pas ce soir ce que vous avez à nous dire.

— J'y suis, j'y suis!... reprit madame de Langle; je vous disais donc... Ah! oui. Eh bien, savez-vous qui j'ai rencontré à la Madeleine?

— Madame Durec? fit l'une des dames.

— Non.

— Mademoiselle de Langlade? fit une autre.

— Encore moins.

— Madame d'Allaud? dit une troisième.

— Du tout, vous n'y êtes pas.

— J'ai deviné! fit madame de Norville; c'est cette impie de madame Lormond.

— Allons, reprit madame de Langle, vous en êtes à cent lieues les unes et les autres. D'abord, je dois vous avertir que la personne n'est pas une femme.

— Vous appelez ça d'abord, vous, riposta madame de Norville; voici trois heures que nous cherchons, et vous n'en disiez rien.

— Ah! madame de Langle, vous êtes toujours la même! firent ensemble deux ou trois dames.

— Ne vous fâchez pas, ne vous fâchez pas, je vais vous le dire, car je suis persuadée que vous ne devineriez pas. Eh bien, la personne que j'ai rencontrée... ce soir... à la Madeleine, c'est...

— C'est?

— Le vicomte de Préval!

— Pas possible! exclama-t-on d'une seule voix.

— Je vous disais bien que cela vous surprendrait, reprit madame de Langle. Oui, le vicomte de Préval lui-même; si je ne l'avais pas vu j'en douterais.

— Reste à savoir, repartit une des dames, ce qu'il y faisait, à l'église.

— Oh! répliqua madame de Langle, et c'est ce qui m'a le plus surprise; je puis certifier qu'il était là dans un très-bon motif.

— Comment le savez-vous?

— Au premier instant j'ai pensé, comme vous, que ce n'était point la religion qui l'amenait à la Madeleine; aussi, voulant savoir à quoi m'en tenir, je suis allée me mettre derrière la chaire, et de là j'ai pu l'examiner tout à mon aise.

Vous savez, mes bonnes, continua madame de Langle, que je ne suis point une des amies du vicomte, et que ce n'est pas moi qui m'aveuglerais sur ses actes; cependant, je dois avouer franchement que sa tenue m'a tout à fait édifiée.

Debout à côté du maître-autel et les bras croisés sur sa poitrine, il ne faisait pas un seul mouvement et paraissait plongé dans les plus profondes méditations; c'est au point que j'en suis restée toute bête.

— Moi, j'aurais crié au miracle! interrompit une dame.

— Après une demi-heure, reprit madame de Langle, oui, une bonne demi-heure au moins, il s'est respectueusement incliné devant l'autel et s'est dirigé vers la porte; je le suivais des yeux en prenant garde qu'il ne m'aperçût, et je l'ai vu très-distinctement déposer une pièce de monnaie dans le tronc des pauvres, s'approcher ensuite du donneur d'eau bénite, toucher du doigt son goupillon, et faire avant de sortir le signe de la croix!

— Il a fait le signe de la croix! s'écria presque toute la compagnie.

— Oui, mesdames, c'est exactement comme je vous le raconte.

— Réflexion faite, repartit madame de Norville, ça commence à ne plus m'étonner autant; j'avais entendu dire, sans y croire néanmoins, que le vicomte se rangeait, et ce que nous venons d'apprendre me confirme que nous lui avons rendu un fameux service en l'excluant de notre société, car il n'y a pas de doute que ce soit cet affront qui l'ait décidé à changer de conduite.

—C'est évident, répliqua madame de Langle, et cela m'est venu tout de suite à l'idée.

—Je me renseignerai, reprit madame de Norville, et si le vicomte est devenu plus raisonnable, je vous proposerai de l'admettre à nos réunions comme par le passé.

—Ne nous pressons pas, riposta cette dame, qui, lors de la condamnation du vicomte, avait tant paru craindre pour son fils Hector la société de de Préval.

—Je ne ferai rien à la légère ni sans vous consulter, repartit madame de Norville; ayez foi dans ma prudence et dans mon tact habituels.

Madame Deschamps, qui assistait à cet entretien, s'était abstenue d'y prendre part. La nouvelle apportée par madame de Langle ne l'avait aucunement surprise, car voyant quelquefois le vicomte, elle s'était aperçue depuis déjà longtemps que de Préval avait considérablement modifié son genre d'existence; elle eût pu même désabuser ces dames sur l'honneur qu'elles s'en attribuaient; mais elle crut plus à propos de ne rien dire.

A deux ou trois jours de là, le vicomte vint lui rendre visite; il avait l'air chagrin et paraissait fatigué.

—Qu'avez-vous, monsieur de Préval? lui dit madame Deschamps, on vous croirait malade.

—En effet, ajouta Alphonsine, je vous trouve un peu changé.

—Ce n'est rien, mesdames, répondit le vicomte; mais j'ai fait ce matin plusieurs courses qui m'ont laissé des impressions pénibles.

—Où donc êtes-vous allé? reprit Alphonsine avec son naturel ordinaire.

—Je suis allé visiter les prisons.

—Quelle singulière idée! ce doit être un spectacle beaucoup plus triste que curieux.

—Ce n'est pas toujours la curiosité, repartit le vicomte, qui nous engage à visiter ceux qui souffrent, quelle que soit d'ailleurs la cause de leurs souffrances.

—C'est bien, ce que vous dites là, monsieur Ernest, répliqua la jeune fille. Vous avez dû, n'est-ce pas, parmi ces malheureux, en rencontrer de réellement dignes de compassion?

—Oui, surtout un, reprit le vicomte; c'est un pauvre jeune homme de dix-huit ans environ, que l'on va prochainement traduire en cour d'assises.

—Ah! mon Dieu, si jeune! Et qu'a-t-il fait?

—Une chose que je considère plutôt comme une étourderie que comme un crime. Ordinairement fort sobre, il a cédé un soir aux sollicitations de quelques-uns de ses camarades avec lesquels il s'est enivré, et n'ayant plus alors la conscience de ce qu'il faisait, il est monté chez un vieil avare de sa connaissance, a brisé sa porte et a emporté tous ses habits!

—Mais c'est tout bonnement une espièglerie, fit madame Deschamps.

—Je le crois, repartit le vicomte; mais malheureusement pour lui, la loi n'admet pas ces plaisanteries-là.

—A quoi peut-on le condamner? fit Alphonsine.

—Aux galères!

—Aux galères?

—Hélas! oui, reprit le vicomte. Quand je suis entré dans la prison, sa mère venait d'arriver, et j'ai été témoin de l'une de ces scènes que l'on voudrait vainement décrire; ils m'ont tellement ému, que j'ai été sur le point de m'offrir pour être le défenseur de ce pauvre enfant!

—Vous êtes donc avocat? fit madame Deschamps.

—Qui est-ce qui n'est pas avocat, madame? repartit en souriant le vicomte; mais je dois avouer que mon diplôme ne m'a pas encore servi.

—Vous ne trouverez jamais une meilleure occasion de l'employer, monsieur le vicomte, reprit Alphonsine; prenez la défense de ce jeune homme, prenez-la!

—Je ne puis pas!

—Je vous en prie!

—Vous m'obligez à un refus!

—Je vous en supplie!

—Mais si je le défends mal?

—Je ne le pense pas, reprit madame Deschamps; cette cause est de celles où l'on doit laisser parler son cœur, et je suis certaine, monsieur le vicomte, que vous serez rempli d'éloquence.

— Mon Dieu, madame, si je le savais je ne demanderais pas mieux; mais...

— Que faut-il faire pour vous y décider? repartit Alphonsine.

— Vos paroles me suffiraient bien, mesdames; et si je ne me résous pas plus vite, c'est qu'en vérité je crains d'être au-dessous de la tâche.

— Attendez, dit Alphonsine, je vais vous donner du courage.

La jeune fille sortit une minute, et revint en tenant dans ses mains un pot de fleurs contenant un charmant petit rosier pompon.

— Aimez-vous toujours les roses? dit-elle malignement au vicomte.

— Plus que jamais, répondit de Préval.

— Eh bien, voici un petit rosier que j'ai acheté la semaine dernière et que je cultive moi-même; personne n'y touche, pas même maman; il est à moi, c'est mon bien, je le soigne, je le bichonne; enfin c'est mon amour. Vous voyez qu'il va bientôt fleurir, et Dieu sait si j'attends ce moment avec impatience! Si vous voulez plaider pour ce jeune homme, monsieur le vicomte, je vous permettrai d'y cueillir la première rose!

En quittant les dames Deschamps, le vicomte courut se faire nommer d'office défenseur du jeune accusé!

Le jour où fut appelée cette affaire, la salle d'audience était pleine. Alphonsine et sa mère avaient voulu naturellement assister aux débats, et Alfred, prévenu par le vicomte, était venu pour soutenir son ami du regard et du geste.

En commençant son plaidoyer, le cœur du vicomte battait bien fort; il y eut même un peu d'incertitude et d'obscurité dans ses premières phrases; mais, stimulé par un amour-propre facile à concevoir, et encouragé par les signes d'Alfred, et peut-être plus encore par l'envie de mériter complétement la première fleur du petit rosier pompon d'Alphonsine, il reprit bientôt son aplomb, et se laissant aller aux élans de sa verve, il captiva promptement son auditoire.

Plusieurs fois des murmures extrêmement flatteurs interrompirent le jeune avocat; mais à la fin de son plaidoyer l'entraînement devint général, et malgré le respect dû à la justice, chacun le manifesta par des bravos, lorsque le vicomte, prenant la mère de l'accusé par la main et la montrant aux juges, leur dit:

« J'ai eu le bonheur de vous émouvoir, messieurs les jurés, mais » cette femme achèvera de vous attendrir!

» Je parlais, et cette femme pleure!

» Pour mon client je ne suis qu'un étranger, et cette femme, mes- » sieurs, c'est sa mère!..... C'est sa mère, qui vous redemande son » enfant!

» Vous le lui rendrez, je n'en doute pas, messieurs; vous aurez de » l'indulgence pour une faute grave, il est vrai, mais excusable dans » les circonstances où elle a été commise; et s'il faut une réparation à » la société, cet enfant l'offrira de lui-même par une conduite désor- » mais à l'abri de tous reproches, car je l'ai vu vingt fois dans sa prison » le jurer aux genoux de sa mère!!! »

Comme il se rasseyait, le vicomte jeta involontairement les yeux sur l'auditoire, et aperçut Alphonsine, dans les yeux de laquelle brillait une larme d'attendrissement, de satisfaction et peut-être d'orgueil.

Le jury rendit un verdict de non culpabilité!

Sous le péristyle du palais, Alfred d'un côté et les dames Deschamps de l'autre, attendaient le vicomte.

Dès qu'Alfred le vit s'avancer, il courut à sa rencontre, et se jetant à son cou:

— Tu as été admirable, mon bon Eugène, lui dit-il, et tu voudrais en vain le nier, tu pensais tout ce que tu as dit.

— C'est vrai, répondit de Préval, et je te l'avoue maintenant, je ne suis plus le même homme d'il y a deux mois.

— Tu ne saurais t'imaginer toute la joie que tu me procures, repartit Alfred. Mais comment s'est-il fait qu'en si peu de temps.....

— Je te le dirai plus tard, répliqua le vicomte.

— Mais ne perds pas de temps, et va nous commander à dîner chez Véry, je t'y rejoins dans un quart d'heure.

— Ah! cette fois-ci, par exemple, c'est moi qui régale.

— Comme tu voudras.

Alfred se jeta dans un cabriolet de place, et le vicomte s'approcha d'Alphonsine et de sa mère.

— Nous sommes mal à l'aise ici pour vous complimenter, monsieur Eugène, lui dit madame Deschamps; voulez-vous prendre le thé ce soir avec nous?

— Avec beaucoup de plaisir, madame.

— A ce soir, alors, nos félicitations, reprit madame Deschamps.

— Je suis sûre que vous vous sentez bien heureux! fit Alphonsine.

— Oui, bien heureux, répondit le vicomte, et je n'oublierai jamais que c'est à vous que je dois ce bonheur-là.

— Vous voulez dire à mon rosier, repartit en souriant la jeune fille.

— A ce soir, monsieur le vicomte, reprit madame Deschamps; nous vous quittons, parce que nous avons à faire une visite avant de rentrer.

A huit heures le vicomte sonnait chez madame Deschamps.

Dès qu'il fut introduit, Alphonsine et sa mère lui prodiguèrent mille éloges, et la jeune fille courut chercher son petit rosier, qui, le matin précisément, avait épanoui sa première fleur.

— En vous donnant cette rose, dit-elle au vicomte, je vous prédis, monsieur de Préval, que vous serez un jour un avocat célèbre, et quand nous serons de retour en province, je prierai maman de s'abonner à *la Gazette des Tribunaux*, pour que je suive pas à pas vos progrès.

Le vicomte prit la rose; mais en même temps son front se plissa.

— Je vais donner mon coup d'œil là-dedans, reprit Alphonsine en s'adressant à sa mère, et je ferai servir le thé; n'est-ce pas?

— Va, ma fille, répondit madame Deschamps.

— Est-ce que vous comptez laisser prochainement Paris, madame? fit le vicomte aussitôt qu'Alphonsine se fut retirée.

— Oui, monsieur Eugène, j'ai quelques affaires qui me rappellent dans mon pays.

— Et votre départ est-il fixé, madame?

— Pas au juste; mais je pense que ce sera dans huit ou dix jours.

Le vicomte pâlit.

— Eh! mon Dieu! comme vous êtes pâle, monsieur Eugène! fit madame Deschamps en allant à lui; vous trouvez-vous indisposé?

— Non, madame, répondit le vicomte; mais l'instant qui va suivre doit être pour moi solennel.

— Que voulez-vous dire?

— Quelques mots que je ne puis plus taire; pardonnez-les-moi d'avance, et s'il le faut j'oublierai mes paroles à mesure que je les prononcerai.

Quand le ciel m'a fait vous connaître, madame, j'étais en train de consommer la ruine de ma santé, de ma fortune et... de mon honneur! Vous et votre fille, vous, par la bienveillance avec laquelle vous m'avez accueilli lorsqu'on me chassait ailleurs, votre fille par ce charme irrésistible de la candeur et de la vertu dont j'ai subi la douce et sainte influence, vous avez fermé la digue du torrent qui m'entraînait!

Privé de ma mère, j'avais reporté sur vous, madame, toute l'affection que j'aurais eue pour elle; je voyais une sœur dans mademoiselle Alphonsine, et je travaillais sans relâche à pouvoir me dire à moi-même que je n'étais plus indigne d'éprouver un semblable sentiment!

J'y serais parvenu, madame! oh! oui, j'y serais parvenu, car j'en avais fais la promesse sur des objets qui me sont sacrés!... Je me sentais le courage de tout entreprendre... Mais la nouvelle de votre départ me désespère et m'effraye! Il me semble que toutes mes bonnes résolutions vont s'évanouir... il me semble que je vais tout perdre... il me semble qu'un verre d'eau glacée vient de me tomber sur le cœur!...

— Mais nous nous reverrons un jour, monsieur Eugène, repartit avec bonté madame Deschamps; ma fille et moi reviendrons à Paris l'année prochaine, et d'ici là nous ne serons pas entièrement séparées de vous, puisque je vous permettrai de nous écrire. Malgré notre absence, vous n'en persévérerez pas moins dans la noble voie que vous avez reprise, et nous vous retrouverons entouré des hommages et de la considération de tous.

— Je vois, madame, répliqua tristement le vicomte, que vous ne comprenez pas la peur que me cause la solitude, la solitude du cœur surtout, et je m'aperçois que vous n'avez pas reconnu que la principale cause de mes désordres passés était la privation d'êtres chéris dont l'amour et les soins journaliers eussent été pour moi les stimulants les plus actifs.

— Je vous demande pardon, monsieur Eugène, je l'avais deviné.

— Dans ce cas, madame, fit le vicomte, vous devez prévoir ce qui arrivera quand je ne vous verrai plus!... Mais passons, reprit-il, sur de vaines circonlocutions; vous n'avez pas protesté tout à l'heure quand je vous disais que je vous aimais comme j'aurais aimé ma mère; je vais donc vous parler comme je l'aurais fait à celle que j'ai trop tôt perdue!

Je suis certain, madame, que vous et votre fille êtes et serez toujours mes seuls et bons génies, et ce lien que vous n'avez pas entièrement réprouvé, voulez-vous le resserrer ou le rompre?

Madame Deschamps, devenue tout à coup pensive, regarda le vicomte avec une expression ineffable.

De Préval baissa les yeux.

— Avez-vous bien réfléchi, monsieur Eugène, reprit madame Deschamps, à ce que vous venez de me dire?

— Oui, madame, répliqua timidement de Préval, et j'ai songé même à tout ce qui s'y rattache. Ma fortune est encore assez considérable, et d'ailleurs je suis le seul héritier d'un vieil oncle qui me laissera deux ou trois fois autant que je possède.

— C'est fort bien, repartit madame Deschamps; mais je ne suis pas très-riche, moi, monsieur Eugène.

— Tant mieux, madame.

— Et vous avez un titre qui vous permettrait d'espérer...

— Oh! madame, interrompit le vicomte, avec quel bonheur je l'offrirais à mademoiselle Alphonsine!

— Chut! fit madame Deschamps, la voici! Demain vous aurez ma réponse.

La soirée se passa aussi gracieuse que possible.

Lorsque de Préval se fut retiré, madame Deschamps fit signe à sa fille de venir s'asseoir auprès d'elle, et lui passant un de ses bras autour du cou :

— Sais-tu, lui dit-elle, que c'est toi qui es cause du changement opéré chez le vicomte?

— Oui, je sais ça, répondit naïvement Alphonsine.

— L'aimes-tu, M. Eugène?

— Beaucoup, maman, parce que c'est un bon jeune homme, et je donnerais bien des choses pour qu'il fût mon frère.

— Je crois, reprit madame Deschamps, que notre départ lui causera du chagrin.

— Et à moi aussi, maman; mais il nous écrira, n'est-ce pas?

— Oui, sans doute. Mais si, au lieu de nous écrire, il continuait de de nous voir tous les jours?

— Ma foi, ce serait bien mieux.

— Et si, au lieu d'être ton frère, et par conséquent mon fils, il devenait mon gendre?

Alphonsine se mit à rire, et prenant le menton de madame Deschamps :

— Ma petite mère, lui dit-elle, tu as parfois des idées qui sont véritablement drôles.

— Ça ne te conviendrait donc pas?

— Allons donc, maman! tu t'amuses. Je deviendrais vicomtesse, moi?

— Dam! il ne tient qu'à toi.

— Hein?

— Le vicomte me l'a proposé ce soir même.

Ce fut au tour d'Alphonsine de devenir sérieuse.

— Il t'a demandé cela? fit-elle à madame Deschamps.

— Oui, pendant que tu étais à préparer le thé.

— Sérieusement?

— Je le suppose du moins.

— Mais lui as-tu dit que nous n'étions pas riches?

— Je lui si tout dit.

— Il m'aime donc?

— Ça donnerait à le penser.

— Et que lui as-tu répondu?

— Que je te consulterais; ainsi décide-toi.

— Est-ce bien pressé?

— Il attend demain notre décision.

— Demain, maman! comme tu y vas!!! Enfin, c'est égal, j'ai la nuit pour réfléchir, et je te dirai cela demain, moi aussi.

Il serait difficile de rendre compte des réflexions d'Alphonsine et de sa mère, et des angoisses du vicomte pendant cette nuit où ils ne dormirent probablement ni les uns ni les autres; mais le mois suivant, tous trois, accompagnés de madame de Norville et de quelques autres dames, se rendaient aux messageries Laffitte.

— Venez au moins quelques jours avant la noce, pour que nous ayons le temps de nous reconnaître, disait Alphonsine à ces dames en les embrassant, avant de monter en diligence.

— Oui, mon enfant, nous vous le promettons, répondit madame de Norville.

Puis, s'adressant au vicomte :

— Nous avons été fort sévères envers vous, monsieur Eugène ; mais les résultats vous en dédommagent bien ! qu'en pensez-vous ?

— Oui, c'est vrai, madame, répondit de Préval ; et il me serait vraiment impossible de reconnaître tout ce que je vous dois.

Et lorsque la diligence se fut éloignée :

— Cette pauvre dame de Norville, dit-il à Alphonsine, elle croit pourtant que c'est à son châtiment que je dois ma conversion.

— Laissons-la croire, ami, repartit Alphonsine avec un sourire de bonheur ; il est inutile de raconter à tout le monde ce que l'on peut faire... *avec trois roses !*

EXPLICATION

DES

CHARADES, RÉBUS, ÉNIGME ET LOGOGRYPHE.

CHARADE, page **18.** — *Moulin.*

RÉBUS, page **18.** — Une bonne éducation est la source des vertus (*une bonne, éduque assis, on est la source des vers, tu*).

RÉBUS, page **30.** — Il est une heure où le criminel perd la tête et se laisse découvrir (*il est une heure, houle, criminel perd la tête E se laisse découvrir*).

LOGOGRYPHE, page **42.** — *Fauteuil*, mot dans lequel on trouve : *Auteuil ; lait ; laie ; ta ; faite ; fléau ; filet ; aile ; fi ; fa ; la ; ut ; ail ; flûte ; faute ; eau ; feu ; faite ; autel ; if ; futaie ; étau ; fat ; lie et étui*).

CHARADE, page 56. — *Fardeau.*

RÉBUS, page 56. — Les délais au Palais perdent les affaires (*laide et laids au pas, laid, paire de laids, affaires*).

ÉNIGME, page 98. — *Secret.*

RÉBUS, page 116. — Sympathie ne s'impose (*saint patine, saint pose*).

[illegible]

www.ingramcontent.com/pod-product-compliance
Ingram Content Group UK Ltd.
Pitfield, Milton Keynes, MK11 3LW, UK
UKHW031857260826
14628UKWH00002B/823

9 782329 597874